La Fin De Lespirit

La Trilogie des Riven

Tome Trois

A.R. Knight

Autre Monde

J'étais encore en vie la dernière fois que j'ai embrassé ses lèvres. Douces, fraîches au toucher. Les miennes devaient être pareilles. Les yeux de Selena, cependant, étaient encore pleins de vie. Son âme était toujours là. La mienne aussi.

Nous nous sommes séparés, avons rassemblé nos affaires dans l'appartement gris et cendreux. J'ai enfilé mon long manteau noir, vestige d'une époque révolue. Celle où j'étais un guide, chargé de conduire les esprits des morts terrestres coincés à Riven vers leur destination finale. Les envoyer dans le Cycle pour les empêcher d'envahir ce monde. Cet endroit grandiose et désolé.

Ma demeure.

J'ai accroché mon fouet à ma ceinture, un cordon de trois mètres se terminant par des pointes métalliques. Sur mon côté gauche, j'ai glissé un long couteau, quarante-cinq centimètres de désespoir affûté. Dans mon dos, j'ai placé la grande épée que j'avais prise à l'homme qui m'avait tué. L'épée mesurait la moitié de ma taille et nécessitait les deux mains pour être maniée. Sa lame en métal noir et argent aurait été lourde, mais sans un vrai corps et ses limites, je n'avais aucun mal à soulever l'arme.

Je ne me fatiguais plus désormais.

Mon arbalète pendait par-dessus l'épée, trois séries de carreaux enroulés autour du fût. Des carreaux normaux à pointe noire destinés à infliger une douleur aigüe à tout ce qu'ils frappaient. Ensuite venaient les bleus, prêts à cracher un feu dompteur qui conduirait un esprit vers sa fin paisible. Enfin, les orange. Un tir qui pouvait être aussi dangereux pour moi que pour l'ennemi. Mes préférés.

— Tu es sûr que c'est ce que nous devrions faire ? a demandé Selena en plaçant son couperet, aussi long qu'un couteau et aussi épais que mon épée, avec des dents acérées sur le tranchant, dans son étui fixé au rabat avant de son manteau.

— Je n'en sais rien, ai-je répondu. Mais si Nara n'a pas d'idée, nous sommes coincés. Des brèches surgissent partout, et les guides ne sont pas assez nombreux. Nous avons besoin d'un miracle, et à moins que tu n'en aies trouvé un ces dernières heures, cet esprit est notre meilleure chance.

Je n'ai pas mentionné l'autre raison de notre hâte. La voix qui chuchotait aux confins de mon esprit, m'appelant à tout abandonner pour entreprendre cette longue marche vers l'oubli. Le Cycle murmurait, toujours présent. Un doux murmure m'invitant à renoncer à mes soucis et à embrasser la paix.

Et on disait que les morts n'avaient plus de soucis.

— Est-ce fort aujourd'hui ? Selena a remarqué mes yeux fermés. Mauvais ?

Elle me posait cette question chaque matin. Sa passion tenait le Cycle en échec. Si je me concentrais sur elle, sur ce que Selena disait, sur ce que nous avions, alors l'appel de sirène du Cycle s'atténuait. Selena me donnait une raison de rester, bien plus convaincante que l'incitation du Cycle à partir.

— Pas pire qu'un autre jour. J'ai passé ma main sur mon visage et lui ai lancé un sourire négligé.

Selena m'a fixé durement pendant un moment. Elle savait quand je ne lui disais pas toute la vérité. Je n'avais pas le temps pour cette discussion maintenant, cependant. Il y avait des choses plus importantes à régler.

— Tu es prête ? J'ai fait un pas vers la porte. Alec et Anna ne devraient pas tarder.

— C'est toi qui as une douzaine d'armes. Selena n'avait pas besoin de lames pour être mortelle, bien que les deux qu'elle portait suffisaient. Un seul regard glacial de ces yeux et n'importe quel esprit aurait dû prendre la fuite.

Travail de Laboratoire

Nous avons quitté l'appartement, situé au dernier étage d'un immeuble de trois étages que nous entretenions frénétiquement tandis que le reste de la ville s'effondrait autour de nous. La lumière grise de Riven brûlait à travers les fenêtres sans vitres, omniprésente et sans vie. Un rappel de ce que j'avais perdu lorsque Piotr m'avait fait assassiner. La couleur du lever du soleil à l'aube, le chant des oiseaux le matin, même le grondement et le vrombissement de la circulation. Riven se dressait comme une ruine silencieuse.

La plupart des bâtiments de la ville se décomposaient après des siècles sans entretien. Brisés par les combats, par la destruction tourmentée d'esprits en colère, ou laissés à pourrir selon les lois mystérieuses de Riven. Normalement, le ciel gris était une page blanche, mais maintenant des étincelles parsemaient son terne infini de rafales colorées. Des guides s'alertaient et communiquaient entre eux à travers les avenues et les kilomètres de pâtés de maisons. Ils avertissaient les autres d'une brèche, d'un essaim d'esprits en colère assoiffés de vengeance ou de chaos, ou les deux.

Au rez-de-chaussée, nous sommes entrés dans un laboratoire animé, un grand espace carré rempli de machines bouillonnantes, de métal tordu et de forges ardentes. Des appareils construits dans le monde impitoyable de Riven par un fou que j'avais trouvé des années auparavant.

Nicholas Salzer leva les yeux à notre arrivée et nous fit un rapide signe de la main avant de se retourner vers un grand morceau de tissu qu'il avait étalé sur une table. Il tenait dans une main un bâton dont l'extrémité était brûlée. Le papier étant difficile à trouver à Riven, on utilisait tout ce qui pouvait retenir les cendres sombres.

— Qu'est-ce qui te brûle l'esprit maintenant ? ai-je demandé, et Nicholas s'est arrêté, se tournant vers moi avec un regard absent, comme un homme émergeant des profondeurs de la concentration.

— J'essaie de trouver un bon moyen de résoudre ce problème, a dit Nicholas, en brandissant le bâton de cendre comme si cela expliquait tout.

— Ce problème ? J'ai essayé de voir ce qu'il écrivait, mais la kyrielle de mathématiques gravée sur le tissu m'était étrangère.

— Les esprits, a dit Nicholas. Il semble que le goulot d'étranglement soit simplement que le Cycle prenne trop de temps. Que les esprits soient autorisés à rester au-delà de leur expiration.

— Tu as trouvé l'évidence, a dit Selena en s'appuyant contre le mur, les bras croisés. Mais qu'est-ce que tu vas faire à ce sujet ?

— C'est précisément ce que j'essaie de déterminer, a répondu Nicholas en parlant à la table, dos à nous. Quand j'aurai une hypothèse convenable, je serai ravi de vous en faire part.

Une question me brûlait les lèvres, mais avant que je puisse la poser, le scientifique s'est lancé dans des marmonnements rhétoriques. Destinés à ses équations, sans doute. J'ai jeté un coup d'œil à Selena et haussé les épaules. Nicholas était son propre maître, et il ne supportait pas les interruptions.

— On attend dehors ? a dit Selena. J'ai acquiescé.

Le laboratoire donnait sur une large route bordée de divers bâtiments de chaque côté, formant un canyon peu profond. De temps en temps, un esprit errait de haut en bas, l'air perdu ou, dans de rares cas, marmonnant tout seul. Riven n'avait aucun parti pris. Des esprits de n'importe où pouvaient apparaître, eh bien, n'importe où. On pouvait marcher dans la rue et voir d'un côté un soldat de la guerre et de l'autre un homme d'une tribu dont on ignorait l'existence. L'au-delà était le creuset ultime.

Pourtant, parmi les flocons de cendres et les trottoirs vides, Alec et Anna n'étaient nulle part en vue.

Brèche Dans La Ruelle

Le ciel était dépourvu d'étincelles. Aucun cri de panique ne résonnait dans l'avenue. Les absences inexpliquées à Riven menaient généralement à de terribles conclusions, mais je m'accrochais à une raison plus agréable.

— Ai-je perdu la notion du temps ? demandai-je.

Riven n'avait ni horloges, ni jours, ni nuits étoilées pour naviguer dans le passage des heures. Seule mon intuition, ce sentiment général de l'histoire avançant lentement, m'empêchait de perdre toute idée du moment où je me trouvais.

— Ça semble juste, dit Selena. Ce qui n'est pas une garantie.

Avant, quand j'étais vivant, je ressentais le temps. Mon corps, toujours sur Terre, de l'autre côté, me disait quand me réveiller. Quand je devais repasser de l'autre côté. Anna avait enterré ce corps quelque part. Ou l'avait brûlé. Je ne lui avais jamais demandé ce qui lui était arrivé, et elle ne me l'avait pas dit. Je n'avais jamais prévu de le faire.

Nous avons tous les deux crié au moment où nous avons

vu Anna, la voyant trébucher hors d'une ruelle à un demi-pâté de maisons, se tenant le côté. Des marques de griffures sanglantes, des lignes déchiquetées laissées par des ongles, déchiraient son manteau. Son fléau, chaîne et boule à pointes déployées, traînait sur le sol. Elle boitait.

— Alec a besoin d'aide, dit Anna alors que nous courions vers elle. Il y a une brèche juste là-bas. Elle s'est ouverte sur nous.

Nous n'avons pas hésité. J'ai crié en direction du laboratoire, disant à Nicholas de sortir et d'aider Anna, puis Selena et moi sommes partis en courant. Nos pieds martelaient les pavés. Nous nous sommes faufilés entre les bâtiments. Nous avons atteint une ruelle et avons alors vu la brèche sur notre droite. Dans une petite clairière formée lorsque les arrières de certaines structures s'étaient effondrés en un grand tas de décombres. Maintenant, une mare luisante recouvrait ces planches et ces pierres brisées, sauf qu'au lieu d'eau, la surface reflétait une partie de la Terre.

Des esprits traversaient la brèche, leurs mains s'élevant dans Riven comme des nageurs émergeant de l'eau. Des gens mourant de violence, de maladie, ou même de simple vieillesse. Normalement dispersés dans tout Riven, les brèches attiraient les esprits ensemble. Les attiraient dans des zones uniques où leur confusion, leur rage et leur désespoir face à leurs vies perdues se nourrissaient mutuellement et les poussaient dans la rage hystérique qui rendait les morts si dangereux. Ils traversaient dans des vêtements en lambeaux, en uniformes, jeunes et vieux, selon la façon dont les esprits se voyaient en franchissant cette dernière ligne entre la vie et la perte.

Un guide se tenait au milieu de ces mains agrippantes, ces bouches grognantes et ces yeux sauvages. Alec bondissait d'un esprit à l'autre, délivrant une série de courts coups avec les gantelets nervurés qui enveloppaient ses poings et ses avant-bras. Des pointes sur ces gantelets brûlaient d'un feu bleu qui enveloppait chaque esprit qu'ils touchaient et consumait la colère visible dans ces yeux morts. Les pacifiait et envoyait les esprits dans leur dernière marche vers le Cycle.

Il aurait été facile de regarder cette danse, de rester en arrière et d'admirer Alec alors qu'il maîtrisait un esprit après l'autre. Mais nous pouvions voir le prix à payer. Des coupures apparaissaient ici et là alors qu'une main ou une autre réussissait un coup chanceux. Un pas de côté qui évitait un plaquage maladroit menait Alec dans la morsure d'un autre esprit. Être en infériorité numérique à Riven était une condamnation à mort, peu importe à quel point le guide était bon.

Selena et moi nous sommes frayés un chemin de chaque côté. J'ai frappé avec le fouet en premier, envoyant sa pointe s'enrouler autour d'un esprit qui tendait la main vers le dos d'Alec. Le fouet s'enroula autour du bras de l'esprit et sa pointe s'enfonça dans son épaule. L'esprit, un gentleman chic dans un costume qui semblait venir directement d'un mariage, se retourna et grogna vers moi. Ses yeux brûlaient d'un feu pâle, un esprit perdu.

J'ai tourné la poignée de mon fouet et le feu a jailli le long de la corde, des flammes bleues qui correspondaient à la teinte des yeux de l'esprit. Alors que l'esprit se jetait sur moi, le feu atteignit son corps et l'enveloppa dans sa brûlure purificatrice. J'ai senti sa main toucher mon épaule, mais au lieu de déchirer, elle est tombée et j'ai levé les yeux vers un regard vide. Les yeux vides d'un esprit pacifié.

— Votre arrivée est des plus opportunes. Alec esquiva un autre esprit, lui assénant trois coups rapides au milieu et l'envoyant trébucher, enveloppé d'une lueur bleue de domptage. J'ai une tablette, et elle est presque prête.

J'ai jeté un coup d'œil vers Selena et je l'ai vue avec son couperet dans une main et un couteau dans l'autre, se précipitant entre les esprits et tranchant leur colère coup après coup. Une belle tempête, une partenaire dont je n'avais jamais réalisé qu'elle était à mes côtés. Je ne savais pas où Selena trouvait sa capacité, mais la regarder se frayer un chemin à travers ces bras agrippants et ces bouches crachantes me remplissait d'une sorte de fierté, un amour qui ne vient qu'en voyant celle que vous aimez le plus dépasser vos espoirs les plus fous.

Oui, regarder l'amour de ma vie découper un tas d'esprits morts était le point culminant de ma journée.

— Reculez, cria Alec.

J'ai regardé le guide détacher une tablette de sa ceinture, un bloc de pierre avec un saphir serti au milieu. Un saphir qui brillait d'un bleu profond, prêt à accomplir sa mission. Fermer la brèche et chasser les esprits restants. Alec la posa au sol et appuya sur le saphir alors que deux autres esprits tendaient les mains vers son dos.

Des vrilles bleues jaillirent de la tablette, frappant les esprits et les enveloppant de feu. D'autres se dirigèrent vers le bord de la brèche, semblant plonger dans le sol et refermer le portail. Et puis Selena tira sur mon bras, m'entraînant loin.

— On doit courir, dit Selena. Si ce truc nous atteint, on est fichus.

Mes jambes se sont mises en marche et nous avons sprinté dans la ruelle. J'avais oublié. J'étais maintenant un esprit. Cette tablette me détruirait aussi sûrement qu'elle avait détruit nos ennemis. Tant de règles que je devais réapprendre.

— Merci, dis-je. Je n'y suis pas habitué.

— Je suis à peu près sûre que c'est toi qui m'as dit que Riven ne donnait pas de seconde chance, dit Selena. Que je devais toujours rester sur mes gardes.

— Pas tant que tu es là, dis-je. Selena leva les yeux au ciel.

Je regardai à nouveau dans la ruelle et ne vis plus aucune trace du portail. Seulement Alec, qui ramassait la tablette. Des esprits satisfaits fixaient le vide. Dans une minute ou deux, ils s'en iraient et entameraient un voyage de plusieurs jours vers une montagne à l'ouest de la ville. Dans une grotte et jusqu'à ses profondeurs, où ils trouveraient le Cycle, un grand lac bleu.

Chacun de ces esprits s'y plongerait et s'effacerait de l'existence.

Vers l'est

Pour ce qui était des égratignures, celles d'Anna n'étaient pas dangereuses. Des déchirures dans le manteau, une entaille le long de sa jambe. Des bleus sur ses poignets là où des mains spectrales l'avaient trop fermement agrippée. Alec présentait des blessures similaires. Le prix habituel à payer pour faire des affaires à Riven ces jours-ci.

— Tu te souviens de l'époque où on pouvait entrer et sortir sans douleur ? Alec fixait ses blessures en secouant la tête. Nous étions dans le labo, nous préparant pour notre escapade de l'autre côté de la ville. Quand tout ce qu'on avait à craindre était un peu de malchance ?

— Je ne sais pas dans quel Riven tu étais, dis-je. Ça a toujours été dangereux.

— C'était amusant avant, répliqua Alec. Maintenant, je traverse parce que c'est mon travail, pas parce que j'en ai envie.

— Tu parles à quelqu'un qui est piégé ici, dis-je. Pour toujours.

— Pas s'ils percent un trou, dit Anna. Alors tu pourrais revenir.

— Pour profiter du monde pendant les brèves heures

avant que les morts ne l'envahissent complètement, dis-je. Quelle pensée réjouissante.

— C'est la raison de cette aventure, non ? dit Alec. Cette femme, cette Nara, elle a un moyen ?

— C'est ce que nous allons découvrir, dis-je en jetant un coup d'œil à Selena. En parlant de ça, nous devrions bouger. Anna, ça va aller pour toi ?

— Je peux gérer. Anna se leva, les épaules droites. La tête haute. Alec ne devrait pas être seul là-bas de toute façon.

La marche fut lente. Anna boitait encore, et nous étions plus prudents que d'habitude. Nous scrutions les ruelles et les rues latérales, l'un de nous surveillant toujours nos arrières. Je n'étais jamais détendu en marchant dans Riven, mais maintenant j'étais sur le qui-vive. À chaque instant, mes yeux se posaient dans une direction différente, essayant de voir dans tous les coins et les ombres.

De l'appartement, nous nous dirigeâmes vers l'est, traversant la partie centrale de Riven. Les rues s'élargissaient en larges boulevards et les bâtiments s'élevaient sur cinq ou six étages. Des hôtels et des bureaux qui n'avaient jamais été utilisés. Comme si un enfant les avait imaginés et avait abandonné l'idée à mi-chemin. Des maisons de poupées sans poupées.

Nous vîmes des guides. Des guides par dizaines. Se précipitant en équipes vers des étincelles qui jaillissaient. Transportant des blessés vers les endroits où ils pouvaient traverser, où les guides pouvaient guérir et revenir après quelques heures d'absence. Des cris à l'aide se mêlaient aux cris de victoire dans les couloirs entre les murs. Plusieurs fois, nous nous arrêtâmes pour aider des guides à sceller des esprits, fermer une brèche ou maîtriser un groupe d'âmes en furie. Selena et moi, avec nos manteaux et nos armes de guide, restions discrets. Ne parlions pas, ne donnions pas nos noms. Faisions ce que nous pouvions tout en évitant d'être reconnus.

Une seule fois, un autre guide insista. Il avait reconnu Alec et, après que nous eûmes fermé une brèche ensemble, le guide nous félicita chacun à notre tour. Il hésita quand il vit mes traits meurtris. Ses yeux, cernés et fatigués, se plissèrent. Il me regarda de haut en bas.

— Je connais ce visage, dit le guide. Quel est ton nom ?

— Son nom n'a pas d'importance. Anna posa sa main sur mon épaule. Il est avec moi. Et Alec.

Le guide lui jeta un regard en coin. — Nos lois ne sont pas tendres envers ceux qui aident les fugitifs.

— Je n'ai jamais connu de guide qui se retourne contre quelqu'un lui apportant de l'aide, dis-je.

Le guide recula d'un pas. — Je ne peux nier vos efforts. Et je n'ai ni l'énergie ni l'envie de vous rendre justice aujourd'hui. Un autre matin, cependant, je ne me retiendrai pas. Tu as des vies dont tu dois répondre, Carver Reed.

Il se retourna et s'éloigna, les autres guides de son groupe le suivant dans un jugement silencieux. Ses mots me blessèrent, mais la douleur se fondit dans cette partie engourdie de moi qui avait grandi depuis que j'avais été chassé en tant que guide. Je ne prétendais pas être un saint. Que je n'avais pas fait de choses terribles au nom d'objectifs plus grands. Mais perdre des amis n'était jamais facile. Perdre ma place dans la vie me piquait chaque jour. Chaque heure.

Alors que nous approchions du bord est de la ville, les bâtiments s'espaçaient ; de vastes cours devenaient la norme. De la pierre blanche à motifs entrecoupée de statues occasionnelles ou de bâtiments à dôme. Le plus grand d'entre eux, le Palais, marquait l'endroit où Alec et moi avions combattu notre première goule des mois auparavant. Une époque où ma vie était différente.

Quand j'*avais* une vie.

— Alors, quand penses-tu que tu seras de retour ? demanda Anna.

— C'est une question impossible, répondis-je. Nara pourrait nous donner une réponse en quinze minutes, ou elle pourrait nous retenir là-bas pendant quinze mois.

— Riven ne tiendra pas aussi longtemps. Alec jeta un coup d'œil à ses gantelets, comme s'ils étaient directement responsables de la survie de Riven.

— Nous irons aussi vite que possible, dit Selena. Je ne laisserai pas Carver perdre du temps.

— Tu ne me laisseras pas ? demandai-je. Mais c'est ma chose préférée à faire.

La porte est de Riven se dressait grande et fière. Une arche construite en pierre et bordée de deux tours à tourelles jumelles. Nous nous tenions tous les quatre sous cette arche, regardant l'espace dégagé d'une centaine de mètres avant que ne commencent les champs infinis de céréales blanches ondulantes. Il y avait quelque chose d'inévitable dans cette posture, le sentiment que nous ne nous reverrions peut-être jamais. Cette séparation, ce moment où les deux paires se séparaient, avec Alec et Anna retournant dans les rues déchirées par la guerre tandis que Selena et moi nous aventurions dans l'inconnu.

— Tu es sûr que tu ne veux pas que je te lie ? dit Anna. Je peux t'empêcher d'entrer dans le Cycle. Nous pourrions parler sur de longues distances.

— Tu as besoin de ta force, dis-je. Tu ne peux pas te permettre d'être moins que ton meilleur. Si tu meurs parce que le lien sape ton énergie, alors je serais exactement là où je suis maintenant. Me lier n'aiderait pas Selena non plus.

— Nous pouvons nous garder sains d'esprit l'un l'autre, dit Selena.

— Le contraire de la plupart des amours que j'ai connus, ajouta Alec. Nous rîmes, mais c'était le genre de rire sec. Bas et chargé de fardeaux futurs. Néanmoins, j'accueillis avec joie l'occasion de sourire. Dans ma tête, le Cycle continuait ses murmures.

Il ne s'arrêtait jamais.

LES CHAMPS ÉTERNELS

Selena et moi avancions pas à pas. Alec et Anna firent demi-tour et disparurent parmi les statues et les colonnes. De retour vers le monde que j'avais connu. Devant nous s'étendaient des rangées interminables de grands épis blancs. Certains plus hauts que moi, la plupart mesurant au moins un mètre ou un mètre vingt. Tous se balançant d'avant en arrière dans la brise éternelle de Riven.

Je pris la tête, écartant et repoussant les épis. C'était comme se frayer un chemin à travers une forêt dense ou un marécage. Chacun de mes mouvements impliquait de repousser les plantes. Si on pouvait même les appeler ainsi.

— Comment as-tu réussi à marcher aussi loin avant ? demanda Selena en écartant un épi de son visage. Comment as-tu pu trouver ton chemin quelque part ?

— Nara m'a montré, dis-je. Elle m'a indiqué la bonne direction, m'a guidé presque tout du long. Jusqu'à ce que je puisse voir les murs.

— Je me souviens des conversations, dit Selena. Tu parlais de l'immensité de tout ça. Je n'y croyais pas vraiment, mais maintenant ces plantes sont la seule chose que je peux voir.

La dernière fois que j'étais passé par ici, Selena et moi étions liés l'un à l'autre. J'étais vivant et nous pouvions nous envoyer nos pensées et nos émotions sur n'importe quelle distance dans Riven. Ç'avait été mon seul réconfort alors que j'errais seul dans ce champ sans fin. Même Nara, quand elle était là, agissait moins comme une compagne que comme une enseignante distante.

— Quand nous la trouverons, dis-je, laisse-moi parler en premier. Je ne pense pas qu'elle s'attendra à te voir.

— Tu crois que ça posera problème ?

— Je ne sais pas quoi penser. J'écartai une paire d'épis avec mes mains, passai entre eux et les maintins écartés pour que Selena puisse suivre. Elle m'a dit qu'elle était vieille. Des centaines d'années. Qu'elle avait vu Riven se construire depuis le début et devenir ce qu'il est maintenant. Dis-moi si tu deviendrais folle en restant ici aussi longtemps, sans amis, sans saisons, rien d'autre que ça.

— Seule ? Je ne pense pas que je tiendrais un mois. Je ne pense pas que quiconque le pourrait.

— Tu t'en es approchée.

Même après que je l'avais trouvée, même après que j'avais lié Selena, elle avait passé la plupart de ses journées dans Riven à attendre et à observer. Dessinant sur les murs de l'appartement ; des paysages urbains qu'elle pouvait voir depuis sa fenêtre. Je m'étais inquiété de savoir si elle allait s'effondrer, si un jour je viendrais lui rendre visite et trouverais Selena détruite par la pâleur immuable de ce monde.

— J'ai toujours été une survivante, dit Selena. Je me suis appuyée sur toi. Je me suis appuyée sur Nicholas. Je me suis appuyée sur le souvenir de mes enfants et ce qu'il a fallu pour les élever.

Selena ne mentionna pas les maris qu'elle avait assassinés. La volonté qu'il avait dû lui falloir pour planifier leur fin et réellement passer à l'acte. Pour laisser une vie après l'autre derrière elle en tant que veuve éplorée jusqu'à ce que tout la rattrape finalement. Cette cicatrice courant le long du visage de Selena, un rappel toujours présent des sacrifices qu'elle avait faits et de la douleur qu'elle avait endurée. Et qu'elle avait infligée.

C'était peut-être ce qui m'attirait chez elle. Ce qui nous maintenait ensemble dans ce monde fou. Elle et moi avions tous deux tant perdu, avions enduré des vies brisées et des rêves brisés. Il était approprié que Riven s'avère être notre foyer. Le seul endroit où deux âmes comme les nôtres pouvaient se faire une existence. Telle qu'elle était.

— Combien de temps allons-nous errer ? demanda Selena plus tard, alors que les murs de la ville disparaissaient à l'horizon et que nous poursuivions notre marche.

— Ça dépend si je peux la trouver, dis-je. Si je me perds, alors nous pourrions simplement rester ici, à pousser à travers les épis jusqu'à ce que Riven implose.

— Tu m'inspires beaucoup de confiance.

— Hé, c'était ton idée de venir, dis-je. Selena avait insisté, en fait. Déclaré que si je partais pour une autre quête sans elle, l'une de ces deux choses arriverait : soit je deviendrais fou et succomberais aux murmures constants du Cycle, soit elle le deviendrait. Ça rendait le choix assez facile.

Nous continuâmes à nous enfoncer de plus en plus loin dans le vaste champ pendant ce qui semblait être un jour ou plus, mais sans la fatigue d'un corps ou le schéma d'un soleil pour vous dire l'heure, il était difficile de savoir. Finalement, cependant, nous vîmes tous les deux la fumée vaporeuse s'élever dans le ciel. Le feu de Nara. Brûlant les épis un par un, apparemment pour toujours.

Quand je poussai à travers la dernière rangée d'épis et entrai dans la clairière, tout semblait identique à avant. La hutte de Nara, une structure de chaume, se dressait seule au-delà d'un feu qui dévorait un grand tas de grain. Je n'étais pas sûr s'il s'agissait du même tas qui était là quand j'avais trouvé la clairière pour la première fois, ou si Nara coupait réellement plus d'épis. De toute façon, il ne semblait pas que son brûlage constant faisait des progrès. Le grain se pressait aussi près qu'avant.

— Où est-elle ? demanda Selena. Tu n'as pas dit qu'elle nous attendrait ?

Je fis un signe de tête vers la hutte.

— Je suppose qu'elle est là-dedans, ou nous sommes venus jusqu'ici pour rien.

— Pour rien ? La voix de Nara sortit de la porte de la hutte, glacée et éraillée. Pour rien ? Tu as une très piètre opinion de tes voyages, Carver. Même si tu devais simplement faire demi-tour maintenant, n'aurais-tu pas gagné ne serait-ce qu'un tout petit aperçu de qui tu es ?

Nara émergea de la hutte, portant la même robe sombre que j'avais vue auparavant. Son capuchon relevé pour couvrir ses yeux, gardant son visage dans l'ombre. Cette étrange combinaison d'âge qui faisait paraître Nara à la fois sage mais loin d'être fragile. Des lignes gravées sur des bras forts, une peau épaisse et des cheveux brillants. Des mouvements empreints de détermination.

— Elle parle toujours comme ça ? demanda Selena.

Je ne pus qu'acquiescer.

Les Seigneurs de Riven

Peut-être était-ce la façon dont Nara apparaissait dans sa robe, sa démarche lente et délibérée alors qu'elle traversait la clairière pour se tenir devant Selena et moi, mais j'ai frissonné. J'ai voulu reculer mais j'ai résisté. Lorsque Nara s'est approchée, la lumière qui s'infiltrait sous sa capuche a révélé davantage son visage, un regard qui avait juste assez de rides pour suggérer la sagesse plutôt qu'un âge avancé. Si nous avions été à Chicago, je lui aurais accordé le respect dû à une aînée. Ici, dans un endroit où les esprits déterminaient leur propre apparence, choisir un tel aspect avait un but.

— Tu as amené quelqu'un avec toi ? Qui est-ce ? Nara a incliné la tête vers Selena, gardant ses yeux fixés sur moi. Un esprit. Un choix inhabituel pour un guide.

— Je ne suis plus un guide, ai-je répondu. C'est Selena. Nous sommes ici pour demander ton aide.

— Mon aide ?

— Tu as dit que tu avais un moyen d'empêcher Riven de s'effondrer. La situation ne fait qu'empirer ; les esprits continuent d'affluer et des brèches s'ouvrent partout, ai-je dit. Si tu as une solution, j'aimerais savoir ce que c'est.

Nara s'est approchée de moi, a tendu la main et a touché mon visage. J'ai reculé. Il y avait quelque chose d'étrange à ce qu'une personne que l'on ne connaissait pas vous touche. La peau froide de Nara, les effleurements de ses ongles sur ma joue ont semé le malaise. J'ai remarqué que la main de Selena dérivait vers son couperet. Mais Nara a reculé, une moue traversant ses lèvres.

— Elle et moi ne sommes pas les seuls esprits ici, a dit Nara. Que t'est-il arrivé, Carver Reed ?

— Tu vois cette épée ? ai-je dit, ma main se levant vers la poignée de la grande lame sur mon dos. L'homme qui la possédait m'a fait tuer de l'autre côté. Il l'a payé.

— Alors tu as réussi. Je suis impressionnée. Pour que tu sois de retour, Riven doit vraiment être dans un état critique.

— S'il te plaît, a dit Selena. Si tu peux nous aider, nous avons besoin d'un moyen de fermer les brèches rapidement. Un moyen d'aider les esprits à atteindre le Cycle plus vite.

Nara a lancé un regard glacial à Selena. — Riven n'est pas un produit de la nature. Ce n'est pas un monde aléatoire de chaos, comme celui d'où tu viens. D'où je viens. C'est une construction. Bâtie par ceux qui refusent de faire le dernier saut dans le Cycle. Je suis l'une d'entre eux.

Nara a levé une main ridée.

— Avant que tu ne commences à poser tes questions, avant que tu ne paniques ou que tu ne supposes que je suis quelque chose de plus grand que ce que je suis, regarde à nouveau le monde dans lequel tu te trouves. Un endroit où la loi naturelle est dispersée. Où les choses que tu considères comme des certitudes vont et viennent au gré du vent. Où une maison peut n'être rien de plus que des débris et la suivante se tenir parfaitement. Tout ceci, chaque centimètre sur lequel tu marches, vient de nous.

J'ai entendu les mots. Ils ressemblaient à ceux de Piotr. Les divagations folles de quelqu'un qui se croyait au-dessus et au-delà de tout le monde. Même si Nara disait la vérité, même si elle était une sorte d'esprit ancien qui avait contribué à façonner Riven tel qu'il était, elle était toujours ici au milieu des tiges de céréales sans fin, seule dans une hutte. C'était loin d'être l'existence que j'imaginais pour quelqu'un ayant le pouvoir de créer un monde.

— Si tu es si puissante, si tu es vraiment ce que tu prétends être, alors pourquoi laisser Riven sombrer dans la décrépitude ? ai-je demandé.

— Parce que je ne peux pas, a répondu Nara. Parce que, malgré tout ce que nous avons appris au cours de nos siècles à Riven, nous étions autrefois humains. Et les humains sont imparfaits.

— Ce n'est pas une réponse à ma question.

— Je t'ai demandé de revenir, a dit Nara. Parce que je veux te sauver. Je veux sauver tes guides et ton ordre. Garder Riven en sécurité. Dans notre folie, dans notre peur, nous nous sommes liés. Je ne peux pas plus quitter cette clairière que toi, un esprit, ne peux choisir de retourner chez toi.

— Carver, a dit Selena. Elle te manipule. Je l'ai déjà vu. Je l'ai déjà fait.

— Ton amie est perspicace, a dit Nara. Je veux effective-ment quelque chose de toi. Je veux que tu ailles trouver les deux autres. Amène-les ici. Ensemble, nous trois pouvons faire de Riven ce dont il a besoin. Nous pouvons empêcher cette catastrophe et faire en sorte que les guides n'aient plus jamais besoin de mourir.

— C'est une sacrée promesse, ai-je dit.

— C'en est une que je peux tenir, a dit Nara. Est-ce une promesse que tu peux te permettre d'ignorer ?

J'ai jeté un coup d'œil à Selena. Sa bouche était pincée, ses yeux plissés vers Nara. J'avais déjà été l'objet de cet examen minutieux. Mon âme avait été pesée et mesurée. Mais cela n'avait pas d'importance. Nous étions venus ici dans un seul but ; essayer de trouver de l'aide pour la ville condamnée et nos amis qui, en ce moment même, luttaient pour leur propre survie. Même si Nara ne nous disait pas toute la vérité, pouvions-nous partir ?

— Tu as dit qu'il y en avait deux autres, ai-je demandé. Où sont-ils ?

Nara s'est déplacée vers son feu ardent et a saisi le bas non allumé d'une des tiges de céréales. Elle a tenu la torche en l'air. Ses lèvres ont bougé, un murmure silencieux que je ne pouvais pas distinguer. La flamme au sommet de la céréale s'est tordue, s'enroulant sur elle-même avant de jaillir vers le nord et l'ouest. De retour vers la ville et au-dessus.

— Mali est la première, a dit Nara. Tu la trouveras en train de jouer avec ses créations. S'il y en avait une parmi nous qui voulait vraiment être une déesse, c'était Mali.

Une fois de plus, Nara a murmuré à la tige de céréale. Une fois de plus, la flamme s'est recroquevillée sur elle-même et a jailli, cette fois vers le sud et l'ouest.

— Dolan est le second, a dit Nara. Il devrait être aussi oisif que jamais. Pris dans un passé auquel il ne peut retourner.

— Et une fois que nous aurons réuni ces deux-là, vous pourrez travailler ensemble ? a demandé Selena. Vous pourrez fermer les brèches ?

Nara a fait un signe de tête flétri. J'avais toujours l'impression que Nara n'avait parlé à personne d'autre que moi depuis des années. Peut-être des décennies. Le simple fait de tenir une conversation était une lutte pour elle.

— Nous ferons plus que fermer les brèches, dit Nara. Nous empêcherons qu'elles ne se produisent à nouveau.

— Ça semble trop beau pour être vrai, dis-je.

— Quand on a affaire aux dieux, c'est souvent le cas. Je vous suggère d'aller d'abord trouver Mali. Elle sera la plus difficile, et vous aurez besoin de toutes vos forces.

Nara nous tourna le dos et entra dans sa hutte. Je la

regardai disparaître en retenant mille questions sur ma langue. S'il y avait une chose que j'avais apprise de Bryce et des autres guides, c'était que l'information venait souvent selon les souhaits des autres, pas les miens.

— Elle nous a montré le chemin, dis-je. Je suppose qu'on ferait mieux de se mettre en route.

— Attends une minute, répliqua Selena. On va juste suivre ses ordres comme ça ?

— Tu as de meilleures idées ?

— On pourrait obtenir plus d'informations. Selena regarda vers la hutte. J'ai l'impression qu'elle ne nous dit pas tout.

— Elle ne dit pas toute la vérité, dis-je. Mais je ne pense pas qu'insister nous donnera une meilleure réponse.

— Carver, elle a dit que tous les trois avaient créé Riven. Si c'est vrai, alors pourquoi a-t-elle besoin de nous pour faire ça ? Tu ne crois pas à ces bêtises sur le fait d'être liés, si ?

Je ne savais pas quoi faire. Ni quoi dire. Tout à coup, le sentiment d'être piégé, d'être enfermé dans Riven pour toujours semblait comprimer mon esprit et le fracturer en morceaux. Je ne quitterais jamais cet endroit. Je ne verrais plus jamais un ciel qui ne soit pas gris, je ne respirerais plus jamais vraiment d'air pur ni ne boirais une autre tasse de café. J'étais passé d'un monde d'ordre et de lois, où la raison régnait, à un monde où les morts marchaient et où des figures mystérieuses revendiquaient un pouvoir inimaginable.

— Selena, dis-je, en l'enveloppant dans une étreinte si soudaine que ses yeux s'écarquillèrent de surprise. Je ne sais pas quoi croire. Je ne sais pas quels autres choix nous avons. Si nous tournons le dos à ça, alors que nous reste-t-il ? Que pouvons-nous faire d'autre que nous battre, nous battre et nous battre jusqu'à ce que le Cycle s'empare de nos esprits et nous réduise à néant ?

— Je...

— Nous sommes morts, Selena. Nos vies se sont terminées. Et pourtant, d'une manière ou d'une autre, nous nous sommes retrouvés ici dans cet endroit terrible, dis-je, sans vraiment connaître les mots que je prononçais. Ils sortaient les uns après les autres comme s'ils venaient de l'instinct plutôt que de mon esprit. Riven est grandiose et hideux, mais c'est tout ce que nous avons. Je suis prêt à faire tout ce que nous pouvons pour le sauver. Aide-moi.

Je sentis les bras de Selena m'entourer, rendant l'étreinte. C'était à la fois ridicule et totalement nécessaire pour nous deux de nous tenir si près l'un de l'autre. Je ne pouvais pas entendre son cœur battre, car elle n'en avait pas. Je ne sentais pas le mouvement de sa respiration, car elle ne respirait pas. Je ne sentais pas la chaleur de son corps sous son manteau, car nous n'étions pas chauds. Mais je sentais son amour, et je l'embrassais.

Un long moment plus tard, je la relâchai, reculai d'un pas et plongeai mon regard dans celui de Selena. — Tu es prête à aller trouver un dieu ?

— Après tout ce qu'on a déjà fait ? J'ai le sentiment que je vais être déçue, répondit Selena.

Le Canyon Vide

Nous avons marché vers le nord pendant ce qui a dû être des heures avant de remarquer le moindre changement. Rien d'autre que cet interminable champ de céréales. Si Nara avait dit la vérité, alors la vision qu'elle et les autres avaient pour Riven était bien fade. Qui avait besoin d'un champ aussi vaste dans un monde où personne n'avait besoin de manger ?

Selena, regardant autour d'elle, fut la première à remarquer que nous étions de retour. J'avais les yeux trop enfoncés dans les épis, écartant l'un après l'autre.

— Je crois que je vois les murs, dit Selena. Le côté nord de la ville.

— Alors nous sommes assez loin à l'ouest, selon Nara, dis-je. Il est temps d'aller au nord.

— Tu y es déjà allé ? Au nord de la ville ?

— Le plus loin que je sois allé, c'était quand nous avons escorté cette fille, Honora, depuis New York, répondis-je.

Il n'y avait jamais eu beaucoup d'intérêt à aller au nord de la ville. Il n'y avait pas assez d'esprits pour que ça en vaille la peine. Les Warrens et les Shambles étaient des terrains de chasse plus fructueux. Les usines en ruine du Tar Pit étaient plus excitantes que l'herbe morte et les manoirs brisés du côté nord.

Je vivais à Riven maintenant, cependant. Autant explorer ma nouvelle maison.

Nous nous sommes dirigés vers le mur, dans cette bénite clairière de cent mètres entre la fin du champ de céréales et la pierre de la ville. Aucune porte en vue, seulement de la pierre crénelée nous séparant du chaos à l'intérieur et du néant à l'extérieur. J'ai cherché des étincelles, mais aucune n'illuminait le ciel gris de Riven. Soit nous étions trop loin des combats, soit ils étaient déjà terminés.

— Je n'aurais jamais pensé voir ces murs et ressentir du soulagement, dis-je en posant ma main sur la roche lisse. Je serais heureux de ne plus jamais retourner dans ce champ.

— Quelque chose me dit que c'est peu probable, répondit Selena en jetant un coup d'œil aux épis. À moins que Nara ne décide de déménager.

L'étincelle de Nara suggérait que nous devrions continuer le long du mur jusqu'à atteindre la porte nord de la ville. Comparée à la traversée du champ, la clairière au-delà du mur facilitait la marche. De temps en temps, je me rappelais depuis combien de temps Selena et moi marchions, comment je n'avais pas vraiment dormi, eh bien, du tout depuis que Piotr m'avait assassiné. J'aurais dû être épuisé. Mon corps, après avoir parcouru des kilomètres et des kilomètres, aurait dû me faire mal. Au lieu de cela, je me sentais pareil. Ni bien, ni mal. Juste... là.

Quand nous sommes arrivés à la porte nord, nous avons constaté qu'elle était l'égale de celle du côté est, une seule arche courbe avec de la place pour que dix à quinze personnes passent de front. Selena et moi avons longuement regardé vers la ville. Par là se trouvait notre maison. À l'est, le champ s'amenuisait et mourait, comme coupé par une barrière invisible. Il y avait des épis de céréales ondulants, puis, à moins de trente centimètres, de la terre dure. Cette terre aplatie s'étendait vers le nord aussi loin que nous pouvions voir. Un paysage rasé, vide.

— On ne peut pas dire grand-chose de leur imagination, dis-je en fixant le vide.

— Nara vit dans une hutte au milieu de ce champ, répliqua Selena. Je ne pense pas qu'ils étaient le groupe le plus créatif. Si je pouvais créer un monde, Carver, ce serait l'endroit le plus incroyable.

— Ah oui ? Raconte-moi, répondis-je alors que nous commencions notre marche vers le nord.

— D'abord, il y aurait un océan, dit Selena. Parce que je n'en ai jamais vu. Des vagues monumentales le long d'une plage qui s'étendrait sur des kilomètres et des kilomètres.

— Pas un mauvais début, dis-je.

— La plage se transformerait en une ville. Pas comme Riven, ou Chicago, continua Selena. Non, elle serait à la fois plus grande et plus petite. Pas de pollution, des amis et des voisins que tu connaîtrais vraiment. Des bâtiments qui s'enchaîneraient si bien que tu pourrais marcher d'un bout à l'autre de la ville sans voir deux fois la même chose.

— Je suppose que tes croquis ne montraient pas tout ton côté créatif, dis-je. Les dessins au fusain et à la cendre couvraient les murs de son, notre, appartement. Des paysages urbains de Riven que Selena capturait depuis le balcon.

— Peut-être que toute cette monotonie fait ressortir ce côté de moi, dit Selena. Au milieu de la ville, cependant, il y aurait ce grand arbre. Un tronc large de plusieurs kilomètres. Des espèces entières vivraient dans ses branches, et les fruits les plus délicieux pendraient pour quiconque passerait par là.

— J'aime mieux ton Riven que celui-ci, dis-je.

Selena continua de parler pendant que nous marchions, ajoutant de plus en plus de détails au monde de son imagination. J'apportais mes commentaires, et nous étions tellement immergés dans cette idée que lorsque nous avons vu Riven se fendre devant nous, ce fut décevant de quitter ce rêve.

Des canyons. C'est le mot qui me vint à l'esprit. De grandes failles dans le sol devant nous, la terre descendant et se crachant dans des tranchées creusées à même la surface. À l'est et à l'ouest, nous pouvions en voir d'autres, leurs bords dentelés dépassant de la terre autrement dure.

Le canyon devant nous était large, probablement d'un kilomètre ou plus. Comme si quelqu'un avait planté une pelle dans le sol juste à cet endroit et avait déclaré que c'était le début. J'avais vu des dessins et lu des récits sur le Grand Canyon en Amérique. Ses sédiments peints formant des fresques sur les parois de la merveille. Ici, cependant, Riven prouvait une fois de plus sa capacité à réduire la nature à sa forme la plus désolée.

Des gris et des noirs ombraient les parois du canyon de haut en bas, bien que je ne puisse expliquer ces couleurs. La lumière de Riven projetait certainement des ombres, mais les dégradés le long des côtés striés devant nous ne suivaient aucun modèle établi. C'était plutôt comme si quelqu'un avait jeté un pot d'encre, éclaboussant son contenu sur une toile géante sans réfléchir à l'endroit où il tomberait.

— Et nous venions juste de parler de l'ennui de cet endroit, dis-je alors que nous restions là à regarder.

— Riven nous surprend toujours, répondit Selena.

Des surprises. Qu'est-ce qui pouvait bien se cacher dans ce canyon ? Je n'avais vu aucun esprit — ce n'était certainement pas le chemin vers le Cycle. Le canyon tournait peu après l'endroit où nous nous tenions, et n'importe quoi pouvait se trouver au-delà du virage. Je me souvenais de la goule dans la forêt, ce monstre séculaire qui attendait de dévorer toute pauvre âme qui passait par là. Pourquoi n'y en aurait-il pas un autre ici aussi ?

— Je suppose que Mali est quelque part là-dedans, dis-je. C'est là que Nara nous a envoyés. On va juste être prudents.

— Parce qu'on ne l'a pas été jusqu'à présent ? répliqua Selena. Allez, Carver. Quoi qu'il arrive, on sera prêts.

Intelligente, créative et sûre d'elle ? Tant de raisons pour lesquelles j'aimais cette femme.

La Vie Dans La Mort

Nous sommes entrés dans le canyon, les parois s'élevant de chaque côté. En nous enfonçant plus profondément, j'ai remarqué que ce que j'avais pris pour de l'ombre ou de la roche colorée était en fait une plante moussue. Quelque chose comme les feuilles sombres des arbres dans la forêt. Elle poussait en fils et en étendues, se frayant un chemin entre les affleurements rocheux et la terre friable. En fait, il semblait que cette matière pourrait réellement maintenir le canyon debout, l'empêchant de s'effondrer sur lui-même. Après les arbres et les céréales, je n'étais pas vraiment surpris par une nouvelle forme de demi-vie à Riven.

Sous nos pieds, le sol devint plus inégal, la terre se remplissant de roches et de creux. Plus naturel. Les flocons de cendres omniprésents s'estompaient, comme s'ils étaient filtrés du ciel. Un ciel qui avait perdu une partie de sa teinte grise. J'y distinguais même une note de bleu. Plus nous allions vers le nord, plus Riven changeait pour ressembler au monde que j'avais quitté.

— Je ne comprends pas cet endroit, dis-je. Riven n'est plus lui-même.

— Mali est une créatrice, n'est-ce pas ce qu'a dit Nara ? répondit Selena. Et si c'était elle qui faisait tout ça ?

— Alors pourquoi Mali ne change-t-elle pas tout à Riven ? Pourquoi n'affecter que ces canyons ?

— Carver, tu essaies de comprendre pourquoi un esprit coincé ici depuis des siècles n'a pas de sens.

— Bien vu.

Au fur et à mesure que nous avancions, les plantes commençaient à changer. La mousse noire et arachnéenne virait au vert. Cela aussi paraissait étrange à sa manière. Les lianes et les feuilles étaient parfaites, immaculées dans leur couleur émeraude. Comme la goule l'avait été dans la forêt. De temps en temps, des fleurs jaillissaient de l'une des vignes ; des violets et des bleus fluorescents. Sous nos pieds, la terre dure cédait la place à de l'herbe moelleuse, toute de hauteur uniforme. Comme si elle avait été entretenue par un jardinier particulièrement attentif.

Des arbres commençaient à surgir autour de nous, non pas les grandes statues mortes à l'ouest de la ville, mais des troncs bruns, leur écorce encodée de feuilles. Entre leurs branches enchevêtrées, d'autres lianes formaient des boucles et se balançaient. Des fougères, partageant toutes le même type de feuille rayée, jaillissaient entre les troncs. Les mêmes motifs, apparaissant encore et encore. C'était d'un côté magnifique et de l'autre inquiétant.

— Même quand Riven fait quelque chose d'incroyable, dis-je, il ne peut s'empêcher d'être un peu flippant.

— Je suis curieuse, dit Selena en traçant du doigt l'écorce bosselée. Si Mali a créé tout ça, alors Mali a aussi créé la ville, la forêt et la Montagne, mais ceux-ci ne sont pas identiques. Les bâtiments de la ville ne sont pas tous pareils, répétés encore et encore. Ici, c'est tout le contraire du naturel.

— Je pense qu'il faudra lui poser quelques questions, dis-je.

Bien sûr, il faudrait d'abord la trouver. Le canyon s'élargissait autour de nous jusqu'à ce que je ne puisse plus voir les parois. Bloqués par la jungle, les épaisses lianes. Nous avancions, nous frayant un chemin à travers les broussailles et espérant trouver une indication que nous allions dans la bonne direction.

Pourtant, je mentirais si je disais que la lumière jaune qui filtrait sur nous depuis un ciel bleu ne me procurait pas de la joie. Et le mal du pays. Pendant quelques instants miraculeux, je pouvais prétendre être de retour sur Terre.

— Comment te sens-tu ? dis-je. Tu te souviens de choses comme ça ? Un ciel aussi bleu ?

— On t'a déjà raconté des histoires quand tu étais enfant ?

— Ça dépendait de qui j'étais. Parfois, le guide me racontait des histoires. Ou lisait dans un livre. Plus souvent, j'étais livré à moi-même.

— Voir le ciel, la lumière du soleil, c'est comme se souvenir d'un conte de fées. C'est ainsi que je me rappelle la vie que j'avais avant, dit Selena. Une histoire qu'on m'a racontée il y a des années et dont je n'ai plus que de vagues souvenirs. Des sensations et des impressions.

— Je suppose que tout doit finir par disparaître.

— Tu les remplaceras, dit Selena en me lançant un sourire. Tu te créeras de nouveaux souvenirs. Tu trouveras de nouvelles choses à aimer ici. Riven n'est peut-être pas tout ce que tu voudrais, mais ce n'est pas vide. Il y a des choses ici qui valent la peine d'être connues. D'être aimées.

— J'en connais quelques-unes.

J'étais en train de rendre son sourire à Selena quand j'ai remarqué un éclat venant de l'arbre à notre droite. Il y a un certain brillant propre au métal, un indice clair qu'il n'est pas naturel. Un reflet dur. Vivant à Chicago, j'avais vu ce reflet tous les jours. Parmi les feuilles et les rochers du canyon, il était impossible de le cacher.

D'un seul mouvement, ma main droite passa par-dessus mon épaule et saisit l'arbalète. J'attrapai l'arme de ma main gauche et la pointai vers la lumière. Selena se figea, suivant mon geste.

— Dites-moi qui vous êtes et je ne tirerai pas, criai-je dans la jungle. Je tournai la manivelle, chargeant un carreau normal. Il ne piégerait pas un esprit, mais pourrait le blesser sérieusement. Nous donner le temps de réagir si ce qui tenait le métal s'avérait moins qu'amical.

— Lui tirer dessus ? dit une voix derrière moi, curieuse et légère. Pourquoi feriez-vous cela ? Aucun de vous ne ressemble à un membre de la Main Droite.

Je fis un léger signe de tête à Selena, sans bouger mon arbalète ni mon viseur. Selena dégaina son couperet et le pointa par-dessus mon épaule vers celui qui avait parlé.

— Même chose pour vous, dit Selena. Qui êtes-vous et que voulez-vous ?

— Moi ? Je suis Cheo, et nous faisons partie de la Main Gauche de Mali, dit l'homme. Voulez-vous bien nous suivre ? Ce sera un tel honneur d'amener deux personnes comme vous pour la collection.

LES DEUX MAINS

L'éclat se déplaçait depuis les arbres. Il descendait à travers les branches et les feuilles. Je gardais mon arbalète pointée sur la forme qui se mouvait plus bas. Derrière nous, Cheo murmurait des mots, des noms que je ne reconnaissais pas, dans la jungle. Autour de nous, d'autres personnes sortaient de derrière les troncs d'arbres et descendaient d'autres branches. Tous étaient vêtus d'habits orange, chacune de leurs chemises portant une main gauche imprimée en rouge sale et maculé.

— Vous pouvez ranger votre arme maintenant ; il n'y a pas de Droitiers ici, dit Cheo.

— Vous allez devoir me pardonner, répondis-je. Je n'ai pas l'intention de lâcher cette gâchette tant que je ne saurai pas ce que vous êtes.

— Carver, ce n'est pas vraiment la meilleure façon de se faire des amis, dit Selena.

— Ce n'est pas grave. Je comprends. Les Droitiers sont sournois. Dangereux, dit Cheo alors que je me tournais vers lui, gardant toujours l'arbalète prête. Gardez vos armes. Nous vous emmènerons dans notre village. Nous vous apprendrons pourquoi vous n'avez pas à nous craindre.

— Nous n'avons pas le temps, dis-je. Nous devons aller voir Mali. Vous savez où elle est ?

— Mali ? dit Cheo. La grande ? Mali est toutes choses. Celle qui donne et qui prend. La créatrice et la destructrice. Nous ne sommes pas dignes d'elle. Vous non plus.

— C'est présomptueux, dis-je.

Cheo secoua la tête.

— Non, c'est simplement un fait. Aucun d'entre nous ne peut être digne tant que les Droitiers survivent. Tout comme ils ne peuvent l'être tant que nous existons.

Je jetai un coup d'œil à Selena.

— Tu crois qu'ils savent qu'ils sont des esprits ?

Cheo pencha la tête.

— Des esprits ?

— Je ne pense pas, dit Selena. Nara a dit que Mali pouvait façonner des choses. Peut-être que c'est quelque chose qu'elle est en train de faire ?

— Cheo, dis-je. Connaissez-vous le Cycle ? Ressentez-vous parfois une envie irrépressible de partir d'ici et de vous en aller ?

Cheo secoua la tête.

— Vous êtes tous les deux très étranges pour des vagabonds. La plupart ne posent pas autant de questions.

— Nous sommes du genre curieux, dis-je. On dirait que Mali avait sa propre petite tranche de Riven et en faisait quelque chose de très étrange. Si Mali pouvait changer tout cela, alors peut-être qu'elle avait vraiment le pouvoir de sauver Riven. De bloquer les brèches ou d'émousser la colère des morts.

Le pouvoir. Ce mot, depuis Piotr et Graham, avait pris de nouvelles significations. Graham m'avait montré que les esprits pouvaient avoir des objectifs et pouvaient travailler pour les atteindre. Piotr avait lié à la fois les guides et les esprits, formant une force mortelle qui poursuivait ses désirs sans se soucier des conséquences.

Riven n'était plus aussi simple qu'avant. Il ne s'agissait plus seulement de maîtriser des esprits en colère et de retourner à Chicago pour boire un verre l'après-midi.

Cette vie me manquait.

Le groupe de personnes qui nous entourait — j'en comptais huit — nous regardait avec des sourires sur leurs visages. Le bonheur vide qui vient d'une vie sans fardeau. Maintenant qu'ils étaient proches, je pouvais voir que chacun portait une variété d'armes. Aucune n'était de la qualité de celles des guides. Des bâtons aiguisés, des arcs et des flèches avec des pointes en métal, quelques couteaux et haches rudimentaires. Quelle que soit la guerre que Cheo et sa Main Gauche prévoyaient de mener, ce ne serait pas une guerre sophistiquée.

— Donc vous dites que les Droitiers doivent partir si nous voulons voir Mali, dis-je, et Cheo acquiesça, cette fois avec une vigueur qui me fit craindre qu'il ne se déboîte la tête.

— Oui, c'est exactement ça, dit Cheo. Venez avec nous. Aidez-nous. Quand nous aurons vaincu les hideux Droitiers, alors vous aurez votre audience avec Mali. Alors le monde sera redressé.

— Qu'en penses-tu ? demandai-je à Selena. De leur côté, le groupe semblait infiniment patient. Prêts à nous sourire avec des airs pleins d'espoir pendant que nous prenions notre temps.

— Soit nous essayons de nous frayer un chemin à travers eux, dit Selena, et nous continuons à errer dans ces canyons, soit nous les aidons et nous obtenons un chemin direct vers l'endroit où nous voulons aller.

— D'accord, dis-je, puis à Cheo : C'est à vous, capitaine. Montrez-nous le chemin.

Cheo frappa dans ses mains dans ce qui était peut-être la

démonstration de joie pure la plus sincère que j'aie jamais vue. Puis il s'enfonça dans la forêt, nous faisant signe de le suivre. Le reste des Gauchers se rangea derrière nous alors que nous marchions, bien que je remarquai que plus de la moitié d'entre eux disparurent au fur et à mesure que nous avancions. Ils s'évanouirent dans les arbres.

— Où vont-ils ? demandai-je à Cheo après que le troisième eut disparu.

— Nous n'avons pas fini la collecte, répondit Cheo. Ils vont trouver plus d'égarés pour nous.

— Des égarés ?

— Comme vous, dit Cheo. Des vagabonds qui peuvent aider. La plupart, cependant, ne sont pas aussi bien armés que vous. Si grands et puissants.

— Grands ? Puissants ? dit Selena. Ne flatte pas son ego, Cheo. Carver n'a pas besoin de ça.

— Mes excuses, répondit Cheo. Nous sommes une bande d'âmes perdues. Nos armes viennent de ce que nous pouvons trouver. Ce que nous pouvons construire. Je regarde votre puissance et je vois de l'espoir. Des choses qui pourraient gagner notre combat pour toujours.

— C'est l'idée, dis-je.

— Les Droitiers sont-ils comme vous ? dit Selena. Des esprits ?

— Ils peuvent avoir notre visage, mais pas nos cœurs, répondit Cheo. Tout ce qu'ils sont, c'est le mal. Une terrible colère.

— Depuis combien de temps vous battez-vous ? demandai-je.

— Depuis toujours, répondit Cheo. Il y a toujours eu une Main Droite et une Main Gauche. Jamais l'une n'a complètement anéanti l'autre.

J'entendis de la chaleur dans sa voix. Les épaules de Cheo se raidirent, et il me jeta un regard avec une véhémence tordue que je n'avais vue que chez un esprit consumé par une rage incontrôlée.

— Cela va changer avec vous deux, continua Cheo.

— Mali exige que vous les anéantissiez complètement ? dit Selena. Elle a l'air cruelle.

Cheo ne répondit pas. Il ne dit rien alors que nous continuions à avancer dans la jungle. Peut-être que Selena avait touché un point sensible. Fait que l'esprit réexamine ce que Mali lui demandait, à lui et aux autres. Puis je me repris.

Qu'importait si les Gauchers et les Droitiers se détruisaient mutuellement ? Ils étaient déjà morts.

GUERRE ÉTERNELLE

La végétation s'épaississait à mesure que Cheo nous guidait à travers d'autres bosquets d'arbres grêles et de lianes. Il se remit de sa morosité, promettant que nous serions émerveillés et impressionnés par ce que la Main Gauche avait accompli. Par le paradis qu'ils avaient construit ici dans les terres inhospitalières des canyons. Et bien sûr, Cheo insista, ils avaient réalisé tout cela malgré les tentatives cruelles de la Main Droite pour les blesser et les tuer jusqu'au dernier.

Cheo n'avait pas tort. Alors que dans le reste de Riven, les bâtiments et les villes n'étaient que des ruines et des vestiges qui perduraient depuis des siècles, restes pourrissants de rêves laissés à l'abandon, la Main Gauche avait un foyer. Un village de maisons dans les arbres et de huttes de chaume. Une grande place avec un pilier central dominant, gravé de runes que je ne pouvais ni lire ni comprendre. Des feux brûlaient dans de grands puits de grillade, bien que je ne vis aucune nourriture en train de cuire. Des esprits erraient, hommes, femmes et même enfants s'affairant à construire plus de maisons, à tisser des vêtements à partir de plantes, ou à courber et façonner le bois pour en faire des armes. Ici, peut-être, se trouvait la seule société de Riven. Un village de morts qui semblait pourtant bien vivant.

— Mais vous êtes tous des esprits ? demanda Selena. Comment faites-vous tout cela ?

Cheo la regarda d'un air perplexe.

— Des esprits encore ? Que veux-tu dire par ce mot ? Nous sommes tous membres de la Main Gauche. Nous avons tous été rassemblés et appelés à notre devoir. C'est notre foyer, notre lieu sacré à protéger.

Notre lieu sacré. Ces mots avaient une résonance étrange. Prononcés avec une révérence que je n'avais pas entendue depuis longtemps. La même sorte de révérence que, enfant, j'avais entendue dans les églises. Ou sur les places des villes lorsque les crieurs délivraient les sermons du jour. Quels que soient ces esprits, je ne pensais pas qu'ils se croyaient morts.

— Cheo, combien êtes-vous ? dis-je. Quelle est la taille de la Main Gauche ?

— Près d'une centaine, rayonna Cheo. Cent âmes prêtes à prendre les armes pour Mali et à vaincre la Main Droite.

— Et la Main Droite ? Quelle est leur taille ?

— Malheureusement, ils sont encore plus nombreux. Je crains que si nous n'augmentons pas rapidement notre nombre, ils ne viennent nous écraser.

Cheo prononça ces mots et fronça les sourcils. Puis il se tourna vers l'une des plus grandes huttes, une qui faisait plus de trois fois la taille de celle de Nara. Il la désigna.

— S'il vous plaît, suivez-moi là-bas. Nous pourrons parler davantage du plan.

— Le plan ? demanda Selena.

— Bien sûr ! Notre grande attaque pour abattre la Main Droite. Elle doit commencer bientôt. Avant qu'ils ne sachent que nous arrivons.

Alors que nous traversions le village, les esprits de la Main

Gauche nous observaient. Certains nous faisaient même signe. Tous semblaient conscients et lucides. Aucun n'avait le regard vide des esprits pris par le Cycle. Aucun n'avait les yeux de feu pâle de ceux perdus à la faim insatiable de Riven. Non, quels que soient ces esprits, ils avaient trouvé un moyen d'échapper à ce qui faisait de Riven un univers brutal. Selena et moi échangeâmes un regard et hochâmes la tête. Mali avait créé son propre petit coin dans ce monde mort.

À l'intérieur, la hutte manquait même du strict nécessaire. Seulement une petite fosse pour un feu, celui-ci éteint. Quelques maigres gerbes de plantes et d'herbe formant de petits cercles à l'intérieur. Comme si quelqu'un avait construit la maison et oublié comment la meubler. Cheo s'assit sur le sol dur et nous fit signe d'en faire autant. Je cherchai des lits, un quelconque signe du confort de vie habituel. Le genre de choses que tout village permanent devrait avoir. Mais je n'en vis aucun.

— Dis-moi, demandai-je à Cheo avant qu'il ne puisse se lancer dans son plan. Ce village existe-t-il depuis aussi longtemps que la Main Gauche ?

Cheo pencha la tête vers moi.

— Bien sûr. Comment pourrait-il y avoir une Main Gauche sans foyer pour l'abriter ?

— Ça n'a pas de sens, dit Selena.

— Ça n'a pas besoin d'en avoir, répliqua Cheo. Mais c'est ainsi, néanmoins.

Selena et moi attendîmes un moment. Pour voir si Cheo allait offrir une explication supplémentaire. Mais il semblait qu'avec cette déclaration, l'affirmation que le sens et la logique n'avaient pas besoin de s'appliquer, la question était réglée.

— Quand nous irons attaquer la Main Droite, dit Cheo, vous devez savoir que ce sera un combat difficile. Ça l'est toujours. Ils ne retiendront pas leurs coups, et nous non plus.

— Nous en avons l'habitude, dis-je.

— Je m'y attendais.

Cheo exposa un plan d'assaut complexe sur un village qui semblait être très similaire à celui dans lequel nous nous trouvions maintenant. Une série de huttes dans une grande clairière. Du moins, c'est ce qu'il semblait d'après les pierres que Cheo disposait sur le sol et les marques qu'il traçait dans la terre avec un bâton pour illustrer exactement comment nous allions approcher. S'il y avait une chose que je retenais du plan, c'était que Cheo nourrissait une haine implacable envers la Main Droite. Il imprégnait chaque phrase d'insultes et de colère. Jusqu'à ce que je ne puisse plus le supporter.

— Que font-ils ? La Main Droite ? demandai-je. Qu'est-ce qui les rend si terribles ?

— Ils ont essayé de tuer notre déesse, dit Cheo, sa voix tombant dans une sorte de rêverie presque stupéfaite. Ils ont essayé de nous l'enlever. Il n'y a pas d'acte plus impardonnable que d'essayer de détruire son créateur.

— Comment ont-ils fait ça ?

— Ils ont attaqué son temple, dit Cheo, et nous l'avons défendue. La Main Gauche, nous sommes venus à son aide et les avons arrêtés. Nous les avons abattus. Mais la Main Droite, ils sont comme une maladie. Ils ne nous laisseront pas tranquilles longtemps. Ils essaieront à nouveau. Nous devons nous assurer qu'ils ne le puissent pas.

Avant qu'une autre question ne puisse franchir mes lèvres, trois autres esprits entrèrent dans la hutte, certains des chasseurs de plus tôt. Ils arboraient les mêmes sourires radieux sur leurs visages et agitaient les bras. Ils criaient qu'ils en avaient trouvé d'autres. D'autres qui étaient prêts à rejoindre la Main Gauche.

La collecte avait été un succès.

La Collection

Nous sommes sortis de la hutte pour découvrir une scène changée. Là où auparavant les esprits erraient dans le village dans ce qui semblait être une imitation raisonnable de la vie, comme s'ils en avaient une, maintenant tous ces mêmes esprits étaient rassemblés autour du poteau au centre. Hommes, femmes et enfants se tenaient là, les yeux rivés sur ce poteau, et les cinq silhouettes assemblées autour. Un quintette d'esprits confus et perdus ; deux étaient habillés en soldats, un autre était un enfant d'à peine dix ans, avec l'air émacié de quelqu'un qui avait succombé à la maladie. Les deux dernières étaient des femmes plus âgées portant des robes fluides d'une région que je ne connaissais pas.

Cheo nous guida tous les deux vers l'avant du cercle, écartant calmement les esprits sur notre passage. Ils nous cédaient le passage avec déférence, s'inclinant devant nous et derrière nous. Je n'arrivais pas vraiment à comprendre ce qui se passait ici. C'était tellement différent de tout autre endroit de Riven. Les esprits agissaient de manière si différente. Ils ne semblaient pas être liés, et pourtant ils bougeaient avec détermination. Ils ne semblaient avoir aucun souvenir de qui ils étaient autrefois, mais ils étaient capables de trouver un objectif commun.

Riven rendait difficile la communication avec de nombreux esprits. Le langage et les idées ne transcendaient pas la mort. Alors que je pouvais connaître l'anglais, un esprit pouvait ne pas le connaître. Ce que je prenais pour un geste de salutation, un autre esprit pouvait l'interpréter comme une attaque. Tout cela faisait de Riven un endroit dangereux pour faire des suppositions. Ici, cependant, c'était comme si les esprits avaient été nettoyés. Remplacés par une personnalité commune, un but commun, un esprit commun.

— Chaque seconde que nous passons ici me rend plus inquiète, dit Selena. Ces esprits ne sont pas normaux.

Si Cheo l'entendit, il ne réagit pas. Au lieu de cela, il nous conduisit à notre place dans le cercle puis se dirigea vers les cinq au milieu. Cheo se retourna et leva les mains vers la foule. Ils commencèrent à murmurer. Pas des paroles individuelles, non, mais les mêmes trois mots encore et encore dans un bourdonnement bas et constant.

Nous sommes Mali.

— Nara pense que cette personne va l'aider ? chuchotai-je à Selena.

— Je suppose que Mali a une armée d'esprits ? Elle pourrait les utiliser pour aider à purifier Riven, dit Selena.

— Ou pour le gouverner, répondis-je.

Le murmure augmenta en volume et en vitesse, jusqu'à devenir un cri. Tous les esprits hurlaient en parfaite unisson. Les cinq au milieu jetaient des regards autour d'eux, curieux mais indifférents. Sans peur. Il était difficile d'avoir peur quand on était déjà mort. Quand on ne savait pas ce qu'on était ou ce qui, le cas échéant, était en jeu.

— Apportez l'eau, annonça Cheo alors que le chant atteignait son apogée, assez fort pour que je grimace à chaque cadence.

Un chemin s'ouvrit à travers la foule d'esprits, un large espace rempli par une cuve mobile. Un chaudron de pierre noire. Huit esprits le portaient, le récipient suspendu sur des bâtons en bois tenus au-dessus du sol. Je ne pouvais pas voir par-dessus son rebord, mais il semblait, vu la courbure des épaules des esprits, que ce qui se trouvait dans ce pot n'était pas léger.

— Posez-le devant nos nouveaux amis, ordonna Cheo et les esprits porteurs déposèrent le pot devant, d'abord, la jeune fille.

Maintenant au sol, je pouvais voir par-dessus le bord et dans la cuve. Si on m'avait montré ce liquide sur Terre, de l'autre côté, j'aurais dit que c'était de l'eau. Peut-être salie, ou teintée avec une sorte de colorant. Dans Riven, la teinte bleu pâle du liquide me rappelait le Cycle et le feu qui rendaient les esprits à la fois fous et sains d'esprit.

— Maintenant, elle sera la prochaine à nous rejoindre, annonça Cheo. Comment accueillons-nous une nouvelle âme dans la Main Gauche ?

— Avec la poigne la plus ferme, cria la foule en retour.

— Et comment les remercions-nous ? continua Cheo.

— Avec le vin le plus doux, répondit la foule.

— J'ai bu ma part de vin, chuchotai-je à Selena. Ça n'a jamais ressemblé à ça.

— Carver, dit Selena. S'ils nous offrent ça, je ne pense pas qu'on devrait le boire.

— De toute façon, je n'ai pas soif. Je déplaçai ma main vers la poignée du fouet. Nous avions toujours nos armes. Cheo n'avait pas pris la peine de nous les enlever. Peut-être faisait-il confiance au fait que nous étions vraiment ses nouveaux amis. Ses plus grands alliés dans cette étrange guerre.

La jeune fille s'approcha du pot, posa ses mains sur le bord et se souleva. Elle fixa les eaux miroitantes. Elle hésita. Cheo s'avança derrière elle, mit sa main contre sa tête et plongea l'esprit dans l'eau.

— Bois, dit Cheo.

Encore une première fois dans Riven. Je n'avais jamais vu un esprit boire quoi que ce soit ici, pas qu'il y ait beaucoup de liquide. Je n'étais même pas sûr qu'ils le pouvaient jusqu'à ce moment. Je n'avais certainement pas essayé depuis que Piotr avait coupé mon lien avec les vivants. La fille, cependant, prit une grande gorgée. Nous pouvions voir sa gorge travailler alors qu'elle avalait. Après un moment, elle se redressa, se tourna vers Cheo et l'étreignit.

— Bienvenue, sœur, dit Cheo. Bienvenue dans la Main Gauche.

Le reste des cinq procéda à tour de rôle. Chacun s'approchant du pot, buvant sa part et revenant en tant que membre aimant de la Main Gauche. De nouvelles additions à leur village. Après la dernière étreinte pour accueillir le nouveau frère, le second des deux soldats, Cheo leva une main. Une seule main, sa gauche.

— Avec cette assemblée, nous sommes enfin prêts. Prêts à mettre un terme définitif à nos grands ennemis. Allez maintenant vous préparer. Nous marcherons au troisième cri, annonça Cheo. L'un des esprits qui avait porté le chaudron mit ses mains en porte-voix et poussa un cri aigu et perçant.

— Le premier cri, nous dit Cheo tandis que la foule se dispersait. Les huit mêmes esprits qui avaient apporté le chaudron le soulevèrent à nouveau sur le support en bois et l'emportèrent. Êtes-vous prêts ?

— Qu'est-ce que c'était ? demandai-je, ignorant la question de Cheo. Selena et moi étions aussi prêts que nous pouvions l'être. Aussi prêts qu'on peut l'être dans un endroit qu'on ne comprend soudainement plus.

— L'assemblée ? dit Cheo. Ils prêtaient allégeance. Ils se joignaient à notre croisade.

— Pourquoi n'avez-vous pas essayé de faire ça pour Selena et moi ?

— Parce que vous n'en avez pas besoin, répondit Cheo. Vous n'êtes pas perdus. Vous ne cherchez pas une cause.

— Comment savez-vous que nous vous aiderons ? dit Selena. Peut-être sommes-nous du côté de la Main Droite ?

Je lui lançai un regard d'avertissement, mais Cheo rit. Il hocha la tête derrière nous. Je me retournai et regardai, suivant les yeux de Cheo, et remarquai que sur de nombreuses cabanes dans les arbres, debout sur les toits et sur les terrasses de chaume, se trouvaient des esprits avec des arcs et des flèches. Des armes rudimentaires, mais leurs pointes avaient une teinte bleue indéniable.

— Trempées dans le don de Mali, dit Cheo. Mortelles pour la Main Droite. Peut-être aussi pour vous.

— Une menace. Parce que c'est ce qui manquait à tout ça, dis-je.

— Seulement un avertissement, répliqua Cheo. Un qui sera inutile, je pense. Avec votre aide, la Main Droite tombera. Et alors tout ceci pourra cesser d'exister.

Pour la première fois, je vis le sourire de Cheo vaciller. Je vis quelque chose dans ces yeux qui parlait d'un désir plus profond, quelque chose au-delà de sa volonté de ruiner la Main Droite.

— Que cherchez-vous, Cheo ? dis-je.

— Une fin, répondit Cheo. Être libre de ce fardeau. Être libre de cette haine. Être libre.

Un autre esprit fit retentir un cri. Le deuxième. Cheo nous dit rapidement au revoir pour aller se préparer. Pour s'armer pour ce qui serait le dernier combat de sa vie, telle qu'elle était.

ÂMES SOLITAIRES

Selena et moi sommes entrés dans la hutte pour avoir un moment d'intimité. Dehors, les esprits se criaient dessus, appelant ceci ou cela ou autre chose. Se préparant à une guerre. Quelque chose que même la mort ne semblait pas pouvoir exorciser de l'existence.

— Tu sais, tu as vraiment l'air ridicule, dit Selena. Elle se tenait en face de moi, le maigre foyer entre nous. Ses cheveux s'étalaient autour de son visage et touchaient le col de son manteau. Normalement, elle les gardait attachés, loin de tout danger potentiel. Pourtant, quand nous avons commencé notre trek pour trouver Nara, j'ai remarqué qu'elle les avait laissés libres.

— J'oserais dire que la plupart d'entre nous le sont, dis-je. Elle était là, tripotant un de ses gants, essayant de le faire parfaitement épouser ses doigts. Ses yeux et son sourire me suivaient.

— La plupart d'entre nous n'ont pas une épée, une arbalète, un fouet et un long couteau qui dépassent, dit Selena. Je dois dire cependant que ça commence à me plaire.

— Maintenant que je suis mort, tu commences à me faire

des compliments ? dis-je. À Riven, on ne vieillissait pas. Selena ne changerait jamais jusqu'à ce qu'elle s'aventure dans le Cycle. À l'extérieur, du moins. Sous la peau, elle était complètement différente de la femme que j'avais trouvée errant dans les rues.

— Je ne veux pas rater ma chance, dit Selena. Et il faut bien que quelqu'un le fasse. Tu as eu l'air terriblement triste ces derniers temps.

— Je suppose que c'est ce qui arrive quand on meurt, dis-je. Je ne parlais pas du fait que Selena avait changé aussi. Riven avait généralement un effet sombre sur l'âme, pouvant désoler les personnes les plus positives. Pourtant, au cours de ces derniers mois, Selena était passée de dépendante de Nicholas et moi pour esquisser un sourire, à être la cause des nôtres.

— Tu t'y habitueras, dit Selena. La mort a ses avantages.

— Vraiment ? Comme quoi ?

Au début, je pense que je suis tombé amoureux de Selena parce qu'elle était comme moi. Entièrement seule. J'étais un orphelin, elle était un esprit. Nos secrets étaient partagés l'un avec l'autre, parce qu'il n'y avait personne d'autre à qui les dire. Maintenant, cependant, ce n'était plus ce qui nous séparait des autres, mais ce qui nous rapprochait. Littéralement, Selena me protégeait du chant du Cycle, et je faisais de même pour elle.

— Elle élimine tes besoins, dit Selena, plaçant ses mains au-dessus du petit feu. Je n'ai pas besoin de la chaleur de ces flammes. Pas besoin de trouver de la nourriture à manger, de l'air à respirer. Je ne suis jamais malade, ni fatiguée. Des siècles pourraient passer sans vieillir d'un jour.

— Mais sans toutes ces choses, que nous reste-t-il ?

Selena enjamba le foyer, glissa sa main sous mon menton, se pencha pour un baiser. Nos lèvres froides se touchèrent, et bien que je n'aie peut-être pas eu une goutte de sang dans mon corps, que je n'aie peut-être pas eu de battement de cœur, j'avais une âme. Et à ce moment-là, mon âme a trouvé une partenaire.

— Tu avances un argument convaincant, murmurai-je dans son sourire. Un sourire qui faiblit alors qu'elle s'éloignait de moi. De retour de l'autre côté du foyer.

— D'une certaine façon, je pense que ce que nous avons est plus pur maintenant que ça ne l'a jamais été auparavant. Selena jeta un coup d'œil par la porte, aux esprits qui se préparaient dehors. Notre survie dépend l'un de l'autre, et il n'y a pas d'autres besoins qui s'interposent.

— Je ne le verrai pas comme ça, dis-je. C'était maintenant à mon tour de la poursuivre autour du foyer. De la serrer doucement dans mes bras. Ce n'est pas une question de survie. C'est à propos de toi et moi. Ensemble.

— Attention, Carver, tu deviens trop doux, rit Selena. Ne me dis pas que mon guide bourru devient tendre ?

Je ne savais pas si le baiser m'avait rendu tendre ou non. Je m'en fichais.

— Tu te rends compte qu'on est sur le point de faire la guerre pour une bande d'esprits ? dis-je quand nous nous séparâmes. Qu'on a quitté la ville en cherchant une fin aux combats, et qu'on n'a trouvé que plus ?

— Toi et moi nous battons depuis toujours. Selena commença à vérifier ses armes, à s'arranger. Pourquoi pensais-tu que ça s'arrêterait une fois nos vies terminées ?

La grande épée alla sur mon dos, l'arbalète par-dessus. Pas de carreau chargé, car je n'étais pas sûr de ce que j'aurais besoin de tirer en premier. Le fouet enroulé et rangé dans l'étui de ceinture à ma droite. Mon long couteau, aiguisé et prêt, à gauche.

— Pendant un moment, dis-je, j'ai eu cet étrange espoir que toi et moi trouverions un moyen. Que nous pourrions nous blottir dans ce coin imparfait du monde et construire une vie. Ou que je trouverais un moyen de te ramener.

Selena attacha ses cheveux, et nous nous sommes tenus face à face. Deux guides, lourdement armés et prêts à plonger dans un autre combat. Voir Selena se tenir si forte fit palpiter un frisson en moi. Voir celle qu'on aime confiante et capable, cette excitation ne disparaissait pas avec la mort.

— Tu l'as déjà fait, dit Selena. Tu m'as donné un but. Tu m'as appris ce que j'avais besoin de savoir pour survivre. Maintenant, je te rends la pareille.

Le troisième cri retentit. L'appel à une nouvelle bataille. Je n'allais pas la combattre seul.

Marche Funèbre

Nous nous faufilions à travers la jungle avec la Main Gauche. La bande de Cheo chuchotait entre et au-dessus des arbres, glissant à travers les branches et autour des troncs avec à peine plus que le bruissement des feuilles pour annoncer leur passage. Cheo lui-même, ainsi que nous et quelques autres esprits qui, d'après ce que j'avais compris, n'avaient pas encore tout à fait maîtrisé l'art du déplacement en forêt, marchions sur le sol, piétinant les fougères et les feuilles mortes sous nos pieds.

— Tu as déjà remarqué, Cheo, que tout se ressemble ? demandai-je à notre chef tandis que nous avancions.

— Se ressemble ? répondit Cheo.

— Les plantes, les arbres. Ce sont tous des copies. Les mêmes types, et ils poussent de la même façon.

— Quand je suis arrivé ici pour la première fois, chaque branche était unique. Des fleurs de toutes les couleurs fleurissaient. Des créatures sifflaient même dans la nuit ou s'enfuyaient à notre approche. La voix de Cheo se perdit dans la rêverie. Avec le temps, ces choses ont disparu.

— Avec le temps ? demanda Selena. Depuis combien de temps es-tu ici ?

Cheo nous regarda, les coins de sa bouche ayant du mal à décider s'ils devaient se relever ou s'abaisser. — Mali est une déesse merveilleuse, et je reste ici pour son bon plaisir.

Une déesse ? Son bon plaisir ? Le monde privé de Mali devenait de plus en plus étrange, et Nara voulait que cette personne l'aide ?

— Sers-tu quelqu'un ? me demanda Cheo quand je posai ces questions. As-tu déjà vécu et es-tu mort pour aider quelqu'un d'autre ?

— Uniquement par mon propre choix, répondis-je.

— Alors peut-être ne comprends-tu pas. Mali n'est pas simplement une maîtresse, ou une personne à qui nous obéissons. Elle est avec nous tous. À l'intérieur de nous. Quand nous triomphons, elle célèbre avec nous. Quand nous échouons, elle pleure notre perte.

— Vous contrôle-t-elle ? Ce dont Cheo parlait ressemblait de plus en plus à un groupe d'esprits liés exécutant les caprices de Mali.

— Elle exprime ses souhaits, et nous faisons de notre mieux pour les réaliser. Cheo ne cessait jamais d'avancer, gardant toujours les yeux sur le prochain morceau de jungle à écarter. Tu poses ces questions comme si tu désapprouvais, pourtant tu es venu ici, n'est-ce pas ?

— Nous avons besoin de l'aide de Mali, mais je ne suis pas fan des liens, sauf si c'est nécessaire.

— J'ai vu ce qui arrive à ceux qui perdent le don de Mali. Ce lien dont tu parles. Ils errent, perdus, et disparaissent pour ne jamais revenir.

Cheo n'avait pas l'air trop déçu par cette perspective, cependant. En fait, j'aurais pu dire que le chef de la Main Gauche considérait la perte du don de Mali comme une bénédiction.

Cheo sembla réaliser que son propre ton le trahissait, et il poussa un profond soupir. — Si je suis las de l'arc et de la flèche, de la lance et de l'épée, c'est parce que le service de Mali n'est pas facile.

— Tu pourrais perdre, n'est-ce pas ? dis-je. Te jeter dans l'attaque de la Main Droite ?

— Mali m'oblige à me battre du mieux que je peux. Un tel acte irait à l'encontre de ses souhaits. Par conséquent, j'attends le jour où un membre de la Main Droite me vaincra au combat. Puisse-t-il venir bientôt.

Je ne savais pas quoi dire à cela. Un esprit avec un désir de mort persistant qu'il ne pouvait satisfaire. Riven ne cessait jamais de surprendre.

La randonnée semblait longue, mais sans fatigue ni passage du jour pour indiquer le temps, il était impossible de savoir. Ce n'est que lorsque Cheo leva la main que nous découvrîmes que nous étions proches.

— Au-delà de la prochaine clairière, dit Cheo. Nous trouverons leur village. Ils ne nous attendront pas, donc si nous agissons rapidement, la victoire devrait être nôtre.

— Comment sais-tu qu'ils ne nous attendent pas ? demandai-je.

— Parce qu'ils ont terminé leur collecte. Nous non, dit Cheo. Ils ne fouillent plus la jungle à la recherche de nouveaux membres à ajouter à leurs rangs, ce qui signifie qu'ils se préparent à nous attaquer. Ce qui signifie que nous avons un moment pour les surprendre.

Cheo défit un arc rudimentaire de son dos, tenant une flèche dans sa main gauche. Ses yeux adoptèrent cet éclat concentré que j'avais vu chez mes compagnons guides avant une bataille ; cette concentration de fer, une réserve d'acier contre toute la brutalité qui allait suivre.

— Je suppose que c'est le moment, dis-je à Selena, mais elle avait déjà sorti son couperet et son couteau. Je suivis l'exemple de Cheo et sortis l'arbalète. J'y glissai les carreaux bleus et en armai un. Voulais-je utiliser l'un des six carreaux que j'avais dans un combat aléatoire avec des esprits de la jungle ? Pas particulièrement, mais je ne voulais pas mourir non plus.

Et si la victoire signifiait une audience avec Mali, alors il n'y avait aucune raison de se retenir.

Maintenant, nous avancions furtivement. Nous nous tenions bas en nous déplaçant à travers les broussailles. Cheo et moi de chaque côté et Selena entre nous, juste derrière. Ces positions nous donnaient des lignes de tir dégagées tout en laissant Selena libre d'intervenir et d'engager quiconque nous chargerait. Des tactiques standard pour affronter des esprits. Quant à savoir si elles fonctionneraient contre la Main Droite, qui pouvait le dire ?

La clairière ressemblait en tout point au village de la Main Gauche. Le même nombre de huttes à peu près aux mêmes endroits. Un poteau central se dressait, bien que les runes fussent différentes. Tout comme les esprits qui se pressaient autour. Les nombreux esprits qui encerclaient le poteau. Bien plus nombreux que la Main Gauche.

— Cheo, nous sommes trop en infériorité numérique, dis-je. Ils doivent être deux fois plus nombreux que nous, peut-être plus.

— La surprise, mon ami, dit Cheo, est le grand égalisateur.

Cheo se leva, encocha une flèche. Les membres de la Main Droite continuaient à chanter — je distinguai le nom de Mali parmi des mots inconnus — et je jetai un coup d'œil autour du périmètre pour voir les autres membres de la Main Gauche prendre position. Choisissant leurs cibles. Je supposai que je ferais mieux de trouver la mienne.

Regardant à travers l'arbalète, je plissai l'œil droit et visai. Comme la Main Gauche, la Main Droite avait des esprits de tous horizons, âges et races. Les fidèles de Mali ne faisaient pas de discrimination.

Je repérai un homme effrayant, portant une série de cica-trices dentelées sur le visage, le corps et les bras, et je le visai. Il était probablement mort dans un accident, soudain et violent. Passé à Riven sans s'en rendre compte, sans avoir eu la chance de changer son âme pour l'adapter.

Maintenant, j'effacerais ce qu'il en restait tout aussi rapide-ment. Mon doigt se resserra sur la gâchette, et je plissai les yeux. En plein dans le mille.

Cheo tira.

ATTAQUE

La flèche vola en silence. Mon seul indice fut le léger *twang* de la corde de l'arc qui claqua. La visée de Cheo était juste, et la flèche réapparut, fichée entre les omoplates d'un esprit à l'extérieur du cercle. Un homme qui poussa un cri de surprise blessé, un cri qui s'interrompit brusquement lorsqu'un feu bleu pâle jaillit de la pointe de la flèche.

J'hésitai. Du feu bleu ? Ces esprits avaient des flèches capables de capturer ? Comment ?

Des cris de guerre me ramenèrent au présent. Les Gauchers appelaient depuis les arbres en criblant les Droitiers de flèches. Les Droitiers se dispersaient et appelaient aux armes. Les deux camps invoquaient la vengeance de Mali sur l'autre. Les deux camps maudissaient leurs ennemis au nom de la même déesse.

— Tu vas t'en servir de ce truc ? dit Selena alors que Cheo décochait une autre flèche.

— J'attends le bon moment, dis-je pour me couvrir. Je visai avec l'arbalète. Mon homme balafré avait disparu dans la foule tourbillonnante, alors je choisis une cible au hasard. Un type frénétique dont les bras dégingandés s'agitaient, dirigeant la circulation. Montrant du doigt les Gauchers dans les arbres et la jungle. J'appuyai sur la détente.

Mon trait bleu jaillit, transperça la poitrine de l'esprit et l'enveloppa du même feu bleu que les flèches des Gauchers. Il cessa d'agiter les bras et, un instant plus tard, s'éloigna en direction de la jungle. Une très longue marche jusqu'au Cycle d'ici, mais l'esprit y arriverait.

Les premières ripostes commencèrent du côté des Droitiers. Leurs propres flèches jaillissaient des fenêtres des huttes, ou d'esprits accroupis derrière des piles de bois, des tas de broussailles. Notre embuscade en avait eu un bon cinquième, estimai-je, d'après le nombre d'esprits inactifs et errants qui restaient au milieu de la clairière. Cela nous laissait toujours en infériorité numérique.

— On ne peut pas se permettre de les laisser s'installer, lançai-je à Cheo.

— D'accord ! répondit Cheo, puis il mit ses mains en porte-voix et poussa un cri modulé. — Chargez avec moi, mes amis !

— Et maintenant, ça devient intéressant, dit Selena alors que nous faisions nos premiers pas hors des broussailles.

— Reste près de moi, répliquai-je. Si ces flèches nous touchent, on ne pourra pas se sauver mutuellement. On ne peut pas utiliser de lien pour se remettre.

— Tu veux dire qu'on pourrait mourir à nouveau ? Selena rit tandis que nous courions vers le village. — Carver, tout ce que ça m'apporterait, c'est la paix !

Je levai l'arbalète alors que nous chargions, chargeant le prochain trait bleu. Juste devant nous se dressaient une paire de huttes, les Droitiers commençant à se déverser par les portes principales. Difficile de viser avec chaque pas qui faisait monter et descendre l'arbalète. Heureusement, un tir à bout portant n'était pas difficile à trouver.

Un esprit massif se fraya un chemin hors de la hutte de

droite, et je lui explosai sa poitrine monstrueuse avec mon tir, le faisant retomber dans la hutte, le corps brûlant d'un feu bleu. Une femme tatouée prit sa place, levant une paire de couteaux et se dirigeant vers moi.

Je lançai l'arbalète avec force, la frappant au visage. La gardant dans l'embrasure de la hutte, la seule chose limitant le nombre d'esprits venant vers moi. Alors qu'elle reculait, je saisis l'épée à deux mains, plantai mon pied droit dans la terre et, me penchant en avant, dégainai l'arme dans un long coup d'estoc. L'épée trancha les murs de la hutte, coupa à travers les pitoyables couteaux de l'esprit et la découpa en feu.

L'embrasure s'effondra, le toit s'affaissant alors que ma coupe sapait l'intégrité de la hutte. Au lieu d'un, trois autres esprits se tenaient maintenant devant moi dans la large ouverture. Deux avec des haches grossières et un troisième tenant un arc, flèche encochée et prête à tirer. Je me préparai au tir.

Un couteau vola près de mon épaule droite, s'enfonçant dans l'esprit armé de l'arc, le faisant trébucher en arrière. Selena le suivit, esquivant le coup de hache d'un homme pour poursuivre son couteau, saisir l'arme de sa main gauche et tourner la poignée. Un feu bleu courut le long de la lame, envoyant l'archer vers une paix bienheureuse.

Le premier homme à la hache vint vers moi, criant dans une langue que je ne connaissais pas et abattant son arme au manche court dans un coup vertical vers ma tête. Un coup suicidaire — l'esprit se laissait grand ouvert, prêt à encaisser un coup pour en asséner un écrasant. Au lieu de cela, je poussai sur mon pied droit, allai à gauche de la frappe sauvage et tranchai avec mon épée alors que l'esprit passait. Mon coup l'atteignit dans le dos et envoya l'homme à la hache s'étaler, s'embrasant d'une lumière bleue.

Devant moi, Selena rivalisait coup pour coup avec son homme à la hache, des claquements résonnant alors que le couperet parait encore et encore les frappes de l'homme à la hache. L'homme à la hache feignit une coupe de la main droite, que Selena s'apprêta à parer, et frappa de sa main gauche. Donnant un coup de poing vers le visage de Selena.

Mon amour était trop rapide. Elle vit venir le coup, l'esquiva et jeta son épaule droite dans la poitrine de l'homme à la hache. Alors qu'il trébuchait en arrière, Selena inversa son bras droit, balayant le couperet devant elle et attrapant l'homme à la hache les bras écartés. Une coupure bleue brûlante s'ouvrit dans l'estomac de l'esprit, et il regarda Selena, la bouche béante, alors que toute la rage et la ruine quittaient ses yeux.

— Cheo ! cria Selena tandis que l'homme à la hache tombait. Je suivis son regard et vis notre chef des Gauchers pressé par un quatuor d'esprits des Droitiers. J'ai d'abord cru que la fin de Cheo arriverait rapidement, mais notre guide dans cette terre maudite n'avait aucune intention de partir sans bruit. Il tournoya et donna des coups de pied, bloqua et contra, se contentant de tenir à distance les haches et les couteaux qui le menaçaient plutôt que de s'exposer à un coup fatal.

— Je suppose qu'on ferait mieux de l'aider, dis-je en me précipitant à nouveau dans la clairière. Au-delà de la danse désespérée de Cheo, le reste du village des Droitiers s'était transformé en l'une des batailles surréalistes caractéristiques de Riven. Des esprits vides, figés ou commençant à s'éloigner vers le Cycle, se mêlaient aux combats furieux entre les deux camps. Les Gauchers, soit à court de flèches soit incapables de trouver de bonnes cibles dans la mêlée, avaient quitté leurs postes d'embuscade et s'étaient jetés sur une force de Droitiers qui se rassemblait.

Le rôle de la stratégie dans cette pièce avait pris fin. Le chaos avait pris le dessus.

Quelque chose me heurta violemment alors que je courais vers Cheo, me souleva et me projeta à dix pieds de là. J'atterris sur l'herbe et roulai, gardant la lame de la grande épée à plat contre le sol. Je levai les yeux pour voir un pied glisser vers moi. Je le sentis frapper ma tête et la faire basculer en arrière.

Les esprits de Riven ne pouvaient pas souffrir de blessures graves longtemps. Sans organes, os ou sang, il n'y avait tout simplement pas grand-chose à endommager réellement. La douleur, en revanche, persistait. Non pas à cause d'un processus naturel, comme me l'avait expliqué Nicholas, mais parce que nos esprits croyaient toujours que nous avions des corps fragiles. Ils croyaient toujours que nous pouvions être blessés et détruits.

Alors quand le coup de pied m'atteignit, une explosion de douleur lancinante envahit mon esprit et la jungle au-dessus de moi se mit à tourner comme une horloge trop remontée. Seul l'instinct me sauva. Je roulai avec le coup, levai la grande épée pour parer l'attaque et bloquai la massue de mon assaillant.

L'arme de mon ennemi était un instrument de cauchemar : un manche en bois tordu avec des éclats de métal en sortant à des angles étranges. Comme les griffes tordues d'un monstre hideux. Chacun de ces morceaux brillants scintillait d'un feu pâle prêt à être libéré. Je ne pouvais pas le laisser me toucher.

Je poussai contre la massue, et contre les bras musclés qui la tenaient. Des bras couverts de cicatrices. Ma première cible, revenue pour trouver son assassin potentiel. La poussée me donna un peu de répit tandis qu'il reculait pour garder l'équilibre. Je me recroquevillai, plantai l'épée contre le sol pour me relever. Je pus enfin bien regarder mon adversaire.

La première chose que je remarquai fut sa massue, revenant droit vers moi dans un coup fracassant que je n'avais pas le temps d'esquiver.

Le Prix

Alors je n'ai pas essayé. J'ai laissé tomber la grande épée et j'ai plongé sous son coup, espérant m'approcher suffisamment pour éviter ces morceaux de métal. J'ai senti la massue frapper mon épaule et la partie gauche de mon cou. Le choc m'a presque mis à genoux, mais je n'ai ressenti aucune piqûre. Aucune coupure. Aucun feu bleu. Mon épaule, si j'avais encore été humain, aurait été déboîtée. Mon épaule, parce que j'étais mort, ne faisait qu'alterner entre une douleur lancinante et un engourdissement.

De ma main droite, j'ai sorti mon couteau et j'ai essayé de poignarder l'esprit dans l'estomac, mais sa main gauche a saisi mon poignet, maintenant mon couteau écarté. Il a levé sa massue pour frapper à nouveau et j'ai glissé derrière lui, tirant son bras gauche en travers de sa poitrine tandis que je passais sous son bras droit. Ou du moins, c'est ce que j'ai essayé de faire. Alors que je me déplaçais derrière lui, l'esprit a planté son pied gauche et m'a tiré en arrière, me projetant au sol. Il a levé la massue au-dessus de sa tête et l'a abattue vers mon visage. J'ai poignardé vers le haut avec le couteau, arrêtant la massue sur la pointe de ma lame. Le couteau s'est enfoncé dans le bois, fendant la massue et la brisant en morceaux, les éclats pleuvant autour de moi. L'esprit a fixé le moignon dans sa main, quelques centimètres de bois éclaté. Jusqu'à ce que je me lève.

— La qualité compte, mon ami, ai-je dit en brandissant mon couteau poli et forgé.

L'esprit a grogné contre moi, son visage un mélange menaçant d'os et de peau froissés. Sa sortie de la vie avait été vraiment misérable. Il m'a jeté le moignon de la massue et a suivi avec une charge téméraire, tête baissée et bras tendus. J'ai esquivé ses mains, attrapé sa taille et, en calant mes pieds, je l'ai soulevé par-dessus mon épaule et l'ai envoyé voler derrière moi.

Alors qu'il heurtait le sol, je me suis retourné et j'ai sorti mon fouet. L'esprit a planté ses mains et s'est repoussé, juste à temps pour que mon fouet s'enroule autour de son cou. L'extrémité métallique a percé la peau de l'homme défiguré et j'ai tourné le manche, envoyant le feu bleu le long de la corde et enveloppant l'esprit dans sa pâle lueur, mettant fin à sa douleur.

J'ai retiré mon fouet et me suis retourné, espérant que Cheo était encore en vie. J'ai vu que Selena était venue à son secours. Tous deux achevaient les esprits de la Main Droite. Coupant, tranchant et déchirant avec un abandon sauvage. Derrière eux, la mêlée acharnée s'estompait. Le plan surprise de Cheo avait fonctionné. Sans possibilité de se former, les Droitiers avaient été piégés à l'intérieur des huttes, ou dispersés dans la clairière où des équipes de Gauchers les divisaient et les embrochaient. Malgré leur nombre, les Droitiers n'avaient ni leadership, ni organisation, et ils ont été décimés.

Selena et moi avons rejoint les efforts de nettoyage, nous occupant de la résistance éparse et nous assurant qu'il ne restait aucune autre menace. Finalement, quand la jungle est revenue à son calme habituel, les deux douzaines de Gauchers qui avaient survécu à la bataille nous ont rejoints au milieu de la clairière. Des groupes d'esprits au regard vide nous fixaient, tandis que d'autres erraient sous l'appel de sirène du Cycle.

— Alors c'est fini, a dit Cheo au groupe. La Main Gauche est victorieuse. Nos ennemis sont vaincus. Maintenant, notre paix peut enfin régner.

J'ai jeté un coup d'œil à Selena.

— De quelle paix penses-tu qu'il parle ?

Selena a haussé les épaules.

— Tu ne penses pas qu'ils peuvent vivre dans leur village ?

— Tu l'as vu quand on y était ? Tu as vu celui-ci ? La seule chose qu'ils faisaient était de se préparer à la guerre. Recruter plus d'esprits. Ils n'ont pas de fonction en temps de paix.

— Peut-être qu'ils vont maintenant pouvoir en trouver une, a dit Selena.

Cheo continuait à vanter leur victoire. Il revendiquait la bataille au nom de Mali. Affirmait que sa grâce avait causé le triomphe de la Main Gauche. Le reste des Gauchers faisait écho à chacune de ses déclarations par des cris sauvages. Le genre de délire victorieux que j'avais vu parfois chez les guides quand nous fermions une brèche. Quand nous abattions une goule. Pourtant, l'extase sur ces visages d'esprits alors que Cheo les proclamait les élus me faisait frissonner. J'avais déjà vu une telle loyauté. J'avais vu les esprits dans la tour de Barth, les guides qui suivaient Piotr. Ce genre d'obéissance fervente ne finissait que dans la terreur.

Après la fin du discours de Cheo, la foule s'est dispersée. Les Gauchers ont erré dans la clairière et ont trouvé les armes qu'ils voulaient emporter. Ils ont ramassé des flèches, des lances et des haches. Puis ils ont disparu dans la jungle pour retourner à pied dans leur village natal. Cheo nous a retenus, jusqu'à ce que nous ne soyons plus que tous les trois dans la clairière. Il a tendu la main et a serré la nôtre à chacun.

— Cela faisait longtemps que je n'avais pas combattu aux côtés d'une paire de votre calibre, a dit Cheo. Merci.

— Heureux d'avoir pu aider, ai-je dit. C'est ce que tu voulais ?

— La Main Gauche a gagné. La Main Droite a perdu. J'ai atteint l'objectif de Mali, a dit Cheo, mais ces déclarations sonnaient étrangement creux. Maintenant, j'imagine que vous aimeriez voir la déesse elle-même ?

— C'est pour ça que nous sommes ici, ai-je dit.

— Alors je vais vous conduire à elle, comme promis.

RUNES

Nous sommes partis du village quelques minutes plus tard, non pas en direction de l'est vers la ville des Gauchers, mais en nous dirigeant vers le nord. Plus profondément dans les canyons dont les parois semblaient s'élever toujours plus haut et où la jungle devenait de plus en plus dense. Bien que les arbres et les fougères fussent les mêmes, il y en avait davantage. Ils se pressaient autour de nous jusqu'à ce que l'idée de quitter le sentier et de sauter sur les branches comme l'avaient fait les Gauchers paraisse impossible. Au lieu de cela, nous avancions en file indienne, les troncs épais se resserrant de chaque côté. Tous les signes du ciel bleu au-dessus disparurent lorsque les canopées feuillues bloquèrent la lumière. Des rayons filtraient à travers de minuscules interstices, illuminant nos pas comme des projecteurs. Comme si nous oscillions entre la nuit et le jour.

— Quelle atmosphère, dis-je.

— Mali créait de belles choses, autrefois, répondit Cheo.

— Autrefois ? Selena écarta une liane pendante de son visage.

— Elle n'a pas quitté son temple depuis longtemps,

répondit Cheo. Je suppose qu'elle a perdu tout intérêt pour nous, pour son peuple.

— Depuis combien de temps êtes-vous ici ? demandai-je.

— Tu sais que c'est une question impossible. Cheo nous fit traverser un pont, fait de branches d'arbres reliées par des lianes, au-dessus d'une crevasse peu profonde dont le fond lisse suggérait qu'elle avait jadis été parcourue par l'eau. Mais j'ai l'impression que cela fait de nombreuses, très nombreuses années.

— Je pose la question parce que tu comprends l'anglais. Tu comprends nos mots. Pourtant, je ne pense pas que tu viennes d'Amérique. Ou d'Angleterre.

— Je parle de nombreuses langues, dit Cheo. Je dois rassembler de nombreux esprits, les instruire et les former. Lorsque j'en trouve de nouveaux, je m'efforce d'apprendre. Quand le temps n'est pas un obstacle, maîtriser une nouvelle compétence n'est pas si intimidant.

— Et Mali ? Nous comprendra-t-elle ?

— Mali entendra ce qu'elle voudra entendre. C'est pourquoi vous devez choisir vos mots avec soin.

Ce n'était pas vraiment une réponse, mais comme pour la plupart des choses concernant Mali, il semblait que la seule façon de savoir serait de la rencontrer face à face. Autour de nous, la jungle se transforma, abandonnant sa forme imitative. Là où des arbres similaires s'étaient regroupés, on voyait maintenant de grands troncs arqués à l'écorce spiralée. Des champignons s'épanouissaient jusqu'à notre taille. Des fleurs, immobiles en l'absence de brise, se dressaient bien droites à la recherche du moindre rayon de soleil perçant à travers.

— Le jardin de Mali, observa Cheo. L'énergie qu'elle dépense est concentrée ici, au plus près d'elle.

— Magnifique. Selena s'approcha d'une des fleurs, une ménagerie violette et noire aux longs pétales effilés. Elle passa sa main le long des extrémités, puis fronça les sourcils. C'est dur. Pas doux, comme devrait l'être une fleur.

Je m'y essayai à mon tour, passant un doigt le long du bord. Le pétale avait la texture de la pierre. Rugueux et râpeux. Quand j'appuyai dessus, la fleur ne bougea pas. Cheo, debout derrière nous, ne dit rien.

— Puis-je dire que je suis mal à l'aise ? dit Selena alors que nous reprenions notre marche.

— Tu peux. Je serais même d'accord avec toi, répondis-je. Quoi que Nara ait imaginé que Mali puisse être, je ne pense pas que c'était ça.

— Garde ton épée à portée de main.

— Toujours.

Je ne mentais pas non plus. Mes mains avaient pris l'habitude de se poser sur la poignée du fouet, du long couteau. C'était réconfortant de penser que peu importe ce qui surgissait devant moi, j'aurais de bonnes chances de le frapper en premier.

Tel était notre monde.

Notre marche en file indienne se termina devant un mur de pierre. Seulement, contrairement aux lianes noires et moussues qui recouvraient le reste des canyons, cette section, d'environ soixante mètres de large, était sculptée dans de l'or. Ou du moins, dans une roche qui y ressemblait. Chaque centimètre carré était moulé en un symbole ou un autre. Des caractères que je ne reconnaissais pas, des courbes en lignes et en diagonales s'enroulant les unes autour des autres. Certains s'étendaient sur des mètres, grimpant jusqu'au sommet où la canopée feuillue s'y frottait. Le tout scintillait lorsque divers points de lumière se frayaient un chemin et rebondissaient dessus. Une ouverture de six mètres de large s'ouvrait devant nous. Bordée sur les côtés par de la pierre taillée. Aucune lumière ne provenait de cette grotte, seulement une nuit profonde. De chaque côté de l'entrée se dressaient une paire de piliers, sur lesquels les mêmes quatre caractères se répétaient de haut en bas.

— Je suppose que c'est son nom ? demandai-je.

— Ma déesse n'est pas humble. Cheo désigna la façade du temple, les motifs incrustés dans la roche. Avant, nous amenions les esprits ici pour la collection. C'était leur première introduction à la grandeur qu'ils allaient voir. Jusqu'à ce que Mali se lasse de la cérémonie.

— Il y a tellement de symboles sur ces murs. Selena fixait les colonnes, et je vis ses yeux parcourir les gravures. Ils sont difficiles à comprendre.

— Tu peux lire ces symboles ? demandai-je.

— C'est dans une langue ancienne, dit Cheo. Je n'entends plus aucun esprit parler cette langue. La Terre doit l'avoir oubliée.

— Je ne peux pas la lire, Carver. Selena s'approcha du pilier de gauche, traçant du doigt les runes gravées. Mais j'ai déjà vu ces symboles. Dans des musées.

— Tu sais ce que ça dit ? demandai-je à Cheo.

Notre guide parcourut du regard l'extérieur du temple. J'avais choisi de l'appeler le temple parce que c'est ce qu'il semblait être. Le lieu de pouvoir de Mali. Le palais de la force d'une déesse.

— Ma traduction est imparfaite, dit Cheo. Mais je crois que cela signifie que ce domaine appartient au créateur. Ce monde appartient à celui qui l'a construit. Tous ceux qui ne reconnaissent pas sa splendeur ne sont pas les bienvenus. Ceux qui souhaitent présenter leurs hommages, entrez et soyez reconnus.

— J'ai l'impression que l'arrogance est une caractéristique de Mali, dis-je.

— C'est peut-être tout ce qui lui reste, répondit Cheo. Si vous êtes venus offrir quelque chose que Mali désire, vous vous en sortirez mieux.

— Je n'ai aucune idée si Mali veut ce que nous offrons.

— Qui ne voudrait pas d'une invitation à traverser un champ de céréales mortes pour rencontrer un vieil esprit inquiétant ? dit Selena.

— Nous ne lui laissons pas le choix, répondis-je. Elle vient avec nous.

Cheo nous regarda tous les deux, confus. Je secouai la tête et fis un signe vers l'entrée.

— On y va ?

— Avant d'entrer, dit Cheo, je vous conseille d'être prudents et courtois, ou préparez-vous à affronter la fureur d'une déesse.

— Cheo, t'a-t-on déjà dit à quel point tu excelles dans l'art de donner des avertissements sinistres ? dis-je. Selena et moi avons vu le pire que Riven ait à offrir. Je pense que nous pouvons gérer ça.

— Pour votre bien, j'espère que c'est le cas.

Nous suivîmes Cheo à travers l'entrée, dans le temple de Mali.

Dans l'obscurité.

Dix Mille Fois

Enfant, j'avais peur du noir pendant des années. Je pense que cela avait un rapport avec nos déménagements constants. N'avoir jamais eu de parent ou quelqu'un dans le lit duquel je pouvais me glisser, quelqu'un pour chasser ces monstres imaginaires. À la place, j'avais eu une succession de guides bourrus, des gens dont les nuits se passaient dans un autre monde. Qui, lorsque je criais à cause d'un cauchemar, ne se réveillaient pas. Ne venaient pas me réconforter ou chasser mes peurs.

Il m'a fallu plus d'années que je ne voulais l'admettre pour apprivoiser mes terreurs. Pour combattre les ombres. La nuit est devenue un champ de bataille, un endroit où je menais des guerres sans fin contre les coins sombres de ma chambre. Quand j'ai commencé à traverser vers Riven, les esprits ont donné forme aux monstres contre lesquels je luttais depuis des années.

Alors que nous entrions dans le temple de Mali, que les détails s'estompaient jusqu'à ce que seule la silhouette de la porte derrière nous soit visible, j'ai refusé d'avoir peur. Refusé de craindre ce que je ne pouvais pas voir. J'ai posé ma main sur l'épaule de Selena, et j'ai senti Selena poser sa main sur la mienne. Nous avons marché côte à côte.

— Je dois dire, ai-je lancé, ma voix sonnant étrangement dans l'obscurité, désincarnée, venant de partout et de nulle part, que j'adore l'ambiance.

— Il y avait des lumières avant, a dit Cheo. Des torches ardentes qui ne s'éteignaient jamais. Mali s'est lassée des peintures.

— Les peintures ? a demandé Selena.

— Attendez. J'ai tendu la main vers ma ceinture, sorti le long couteau et tordu sa poignée. Un feu bleu a enveloppé l'arme, illuminant le couloir de sa lueur pâle. Autour de nous, les murs se sont animés d'images colorées. Des coups de pinceau finement détaillés esquissaient des paysages et racontaient des histoires. Trois figures se répétaient dans toutes ces peintures. Deux femmes et un homme. Une femme aux cheveux argentés, l'autre aux cheveux noirs. L'homme n'en avait pas.

Une peinture sur le mur de gauche montrait le trio debout sur un disque entouré de lave. Ou d'un autre liquide lumineux et hideux. La suivante les montrait émerveillés par le paysage qui les entourait, la femme aux cheveux noirs levant les bras vers le ciel. Sur la terre ferme, une montagne s'élevait au loin.

— Qui a fait ces peintures ? ai-je demandé. Mali ?

— Je ne sais pas, a répondu Cheo. Elles ont toujours été là. Depuis avant même moi. Si Mali les a faites, alors ce sont les seules qu'elle ait jamais peintes.

Le feu sur mon couteau s'est éteint. Ce n'était pas une torche, il ne brûlait que quelques secondes à la fois. J'ai réarmé la poignée et j'étais sur le point de la tordre à nouveau quand Cheo, dans l'obscurité, a posé sa main sur mon poignet.

— S'il vous plaît, a-t-il dit. Vous venez en tant qu'invité. Il vaut mieux obéir aux souhaits de l'hôte. Si Mali veut que ces peintures restent cachées, il est préférable qu'elles le demeurent.

— Et si je veux les voir ? ai-je demandé.

— Faites-le après mon départ, a dit Cheo, et j'ai pu entendre son sourire. Comme ça, Mali saura qui blâmer.

J'y ai réfléchi. Certes, je ne voulais pas non plus contrarier Mali, mais je voulais revoir ces peintures. Ce qu'elles semblaient montrer. Trois esprits, dont l'un avec les cheveux argentés de Nara. Mali, peut-être, l'autre femme, celle qui semblait créer le monde. Qui était l'homme, je n'en avais aucune idée. Nara avait mentionné un nom, Dolan ?

— Tu penses à ce que je pense ? ai-je demandé à Selena.

— Carver, j'ai appris il y a longtemps à ne jamais supposer que toi et moi pensions la même chose, a répondu Selena.

— Bien vu. Quand on sortira d'ici, il faudra qu'on en parle.

— On a une longue marche jusqu'à la ville. On aura tout le temps.

Cheo nous a fait avancer. Plus loin sur le chemin sombre. Je pouvais sentir les murs se refermer autour de moi. Le sol de pierre résonnait du bruit de nos bottes. Aucun autre son ne se faisait entendre. Ni eau qui coule, ni bruissement de brise. Ni crépitement de flamme lointaine. Riven n'était jamais un endroit bruyant, sauf quand on était en plein combat contre des esprits hurlants ou à côté d'un bâtiment qui cédait enfin à un lent effondrement. Mais le passage atteignait un nouveau niveau de silence. Comme si j'étais vraiment mort, comme si tous mes sens avaient disparu.

J'ai heurté le dos de Cheo. Notre guide s'était arrêté.

— Nous y sommes presque, a dit Cheo. Quand j'entrerai dans sa chambre, je cesserai d'être moi-même.

— Que veux-tu dire ?

— Je suis le sujet de Mali, a répondu Cheo. Sous son règne

et sa volonté. N'interrompez pas. Après que ce sera fait, vous aurez votre chance. Je vous souhaite toute la chance possible.

— Tu ne resteras pas ?

— Je ferai ce que Mali voudra, a dit Cheo. Je ne pense pas qu'il soit probable qu'après toutes ces années, elle ait changé. Ça a été un plaisir de vous connaître tous les deux. Que la Déesse vous accorde bonne fortune.

— Pas sûr qu'on veuille sa bénédiction, a murmuré Selena. Cheo n'a pas répondu. Il s'est remis à marcher et nous l'avons suivi.

J'ai failli ne pas remarquer la lumière. Je ne me suis pas rendu compte que les murs s'effaçaient alors que nous entrions dans une chambre plus vaste. Une pièce avec deux bassins de chaque côté. L'un brillait d'un bleu pâle et l'autre d'un vert citron. Un chemin de pierre passait entre eux. Il menait à une estrade sur laquelle, assise sur un trône, se trouvait la déesse que nous cherchions. À côté d'elle, résolu et nous fixant de ses yeux inexistants sur son visage métallique, se tenait une goule. Sa peau dorée scintillait dans la lumière des bassins. La goule portait une tunique couverte de joyaux, un arc-en-ciel de pierres précieuses. Deux bras, deux jambes, chacun un pilier de métal précieux. Comme si Mali avait façonné la goule à partir d'esprits et de la terre.

Mali elle-même arborait une robe argentée qui coulait autour d'elle et du trône sur lequel elle était assise comme du mercure liquide. Elle ne portait ni couronne, ni bijoux. Comme si elle ne voulait pas rivaliser en opulence avec sa propre goule.

Cheo continua d'avancer alors que nous restions là, bouche bée devant la chambre de Mali. Il fit cinq pas en avant et mit un genou à terre, posa ses mains sur le sol et baissa les yeux.

— Comme il en a toujours été, je suis revenu, annonça Cheo. Sa voix avait perdu toute affectation amicale. Chaque syllabe était prononcée comme s'il s'agissait d'une déclaration officielle. Comme s'il prononçait la sentence de mort de quelqu'un.

— Comme il en a toujours été, répondit Mali depuis son trône. Elle parlait d'une voix légère, sincère. Une personne essayant de paraître plus excitée qu'elle ne l'était réellement. Dissimulant le poids de ses siècles.

— Dois-je accomplir le rite ? demanda Cheo.

— Dix mille fois, parla doucement Mali. Dix mille fois, Cheo, tu as mené la Main Gauche à la victoire. Et dix mille fois, tu as conquis mon royaume pour la Main Droite. Il semblerait que tu sois ma plus grande création.

Dix mille fois ? À la fois la Main Gauche et la Droite ? Je voulais poser des questions, mais l'idée d'interrompre semblait si éloignée de toute forme de politesse que je me sentais cloué sur place. Incapable de détacher mon regard de ces deux-là. D'une déesse et de son serviteur.

— J'ai livré de nombreuses batailles pour vous, dit Cheo. Je livrerai autant de batailles que vous le souhaiterez.

— Je me demande, mon Cheo, pourquoi continues-tu de gagner ? dit Mali. Chaque fois que je passe le flambeau à un nouvel esprit, tu finis par être le vainqueur. Es-tu vraiment le meilleur que le temps ait jamais vu ?

— C'est parce que vous me donnez la force dont j'ai besoin.

— Oui, répondit Mali, se penchant en avant sur son siège et adressant à Cheo un sourire étincelant. Tant que je vivrai, tu vivras aussi. Peu importe à quel point ton devoir devient dangereux, tant que je serai là, tu reviendras victorieux.

— Comme il en a toujours été, dit Cheo.

Mali hocha la tête et Cheo se leva, se dirigea vers le bassin vert citron et y trempa sa main. Il prit une gorgée d'eau. Frissonna.

— Je me tiens pour la Main Droite, annonça Cheo à la

chambre. Avec votre bénédiction, je détruirai la Main Gauche. Je mettrai fin à leurs tentatives vicieuses de vous blesser. De nuire à votre royaume.

— Va donc, et cherche leur perte plus que méritée, répondit Mali.

Cheo se tourna vers elle, s'inclina, puis marcha devant nous. Je pensais l'arrêter, mais il ne semblait plus y avoir notre ami dans ces yeux. Le Cheo qui nous avait amenés ici avait disparu.

LA CRÉATION

Avez-vous déjà subi le regard fixe d'un ancien ? Un regard de quelqu'un qui semble connaître qui vous êtes et qui vous deviendrez ?

Quand Mali a tourné son regard vers nous après le départ de Cheo, j'ai senti ces yeux. Ses pupilles gris Riven sur moi. Elles ont parcouru chaque centimètre de mon âme. Et quand Mali s'est tournée vers Selena, je mentirais si je disais que je ne m'étais pas détendu.

Mais échanger des regards ne nous mènerait nulle part.

— Mali, ai-je dit. Nara nous a envoyés. Nous avons besoin que vous veniez travailler avec elle pour sauver Riven.

Mali s'est adossée sur son trône. Ses doigts rebondissaient constamment de haut en bas, comme si elle jouait du piano que personne ne pouvait voir. J'ai vu ses yeux se tourner vers moi. Au lieu de croiser les miens, le regard de Mali s'est posé quelque part au-dessus de mon épaule. Dans un espace et un temps bien loin du temple où nous nous trouvions.

— Nara vous a envoyés, a dit Mali. Vous en êtes certains ?

— La femme dans le champ de céréales, a répondu Selena.

Riven s'effondre, et elle a dit que vous pouviez aider à le sauver.

Mali a ri. Une sorte de rire étrange et désespéré qui survient quand quelqu'un entend parler d'une nouvelle folie commise par un ami notoire. Une autre erreur dans une série interminable de fautes. Où la rédemption est si loin que la seule réaction possible est un triste ricanement.

Puis Mali, déesse de sa propre création, a tendu les bras, paumes vers le haut, et a commencé à fredonner. L'eau de chacun des bassins a commencé à s'élever, des gouttelettes se libérant du reste, suspendues dans l'air comme des diamants. Puis les gouttes se sont déplacées vers le centre, au-dessus de l'allée et entre Mali et nous.

Elles ont formé un carré, une feuille d'eau mouvante suspendue dans l'air. Les gouttelettes ont commencé à se déplacer, à se réorganiser. Certaines se combinant pour assombrir leur couleur et d'autres se divisant, devenant plus claires. Jusqu'à ce que devant mes yeux apparaisse une image semblable à celle de la peinture dans le couloir. Un disque vert profond sur lequel se tenaient trois figures bleues. Deux femmes et un homme. Autour d'eux, une mer d'eau bleu clair, presque transparente.

L'eau bougeait, des gouttelettes bleues se rassemblant et se tissant à travers le vert. Des figures plus petites. Des lignes bleues s'éloignant et se dispersant.

— Je pense que c'est le Cycle, a dit Selena, et j'étais d'accord.

Le défilé des esprits continuait tandis que les trois figures observaient. Puis l'une des femmes a semblé tendre la main pour toucher l'une des lignes bleues. Les gouttelettes ont arrêté leur marche à travers le disque vert. Elles ont attendu que la figure bleue pointe vers le haut. Puis les gouttelettes ont marché en formation vers le haut et hors du disque. Une fois de plus, elles se sont dispersées dans la mer transparente.

Maintenant, la deuxième femme bougeait, traçant sa main le long de l'extérieur du disque vert. Plus de gouttes de la piscine verte se sont précipitées pour rejoindre le rideau d'eau, ajoutant leur couleur au disque en expansion. L'élargissant jusqu'à ce que presque toute l'eau transparente ait été poussée sur le bord. À mesure que le disque grandissait, la première femme continuait à tendre la main et à toucher les petits esprits bleus, les gardant dans un grand groupe. Construisant une armée.

L'eau transparente, le Cycle, avait presque été entièrement retirée du rideau lorsque la figure masculine a tendu la main. Il a pointé vers le groupe grandissant d'esprits de la première femme. Vers les lignes bleues errantes qui n'avaient plus d'endroit où aller. La deuxième femme a bougé, ses bras rassemblant le Cycle en un petit cercle et l'envoyant vers le côté gauche du rideau aqueux. L'entourant d'un triangle vert profond.

La Montagne, et le Cycle à l'intérieur.

J'ai remarqué maintenant, errant à travers le rideau d'eau, que d'autres figures bleu foncé apparaissaient. Pas aussi grandes que les trois principales, mais plus définies que les esprits. L'homme tendait la main vers ces figures, et chacune qu'il touchait semblait allumer ses mains et ses bras de gouttes bleu clair. Le pâle feu manipulateur. La première femme, celle avec l'armée grandissante de fines figures bleues, est devenue agitée. Certaines des fines figures bleues ont entouré l'un des alliés brûlants de l'homme. Et l'ont éteint. Cela a poussé l'homme à envoyer ses autres serviteurs contre l'armée de la femme. Ils se sont affrontés autour du disque, beaucoup des fines figures bleues de la femme se précipitant vers la montagne pendant qu'ils se battaient.

Pendant ce temps, le disque vert changeait. Au lieu d'une surface plate et uniforme, partout où la deuxième femme passait sa main, de nouvelles caractéristiques apparaissaient. Le vert s'éclaircissait et s'assombrissait, se regroupait et se déplaçait pour former un contour familier. Une carte que je ne connaissais que trop bien.

— C'est l'histoire de Riven, ai-je dit. Comment il est venu à être.

— Mais qui sont-ils ? a dit Selena, pointant du doigt les trois figures derrière moi. Je comprends que celle qui fait toutes les choses vertes, ça doit être Mali.

— Les deux autres ? Je ne sais pas.

— Tu penses que l'autre femme est Nara ?

— Celle qui lie tous les esprits ? ai-je dit. Peut-être.

Cela expliquerait comment Nara en savait tant sur les liens. Si elle avait été la première à apprendre, avec des siècles pour perfectionner et exécuter le processus. Seulement dans cette représentation, on aurait presque dit que Nara était la méchante. Son armée d'esprits se battant constamment contre la force plus petite de l'homme, maniant le feu pâle.

Dans le jeu d'eau, il semblait que l'homme et la première femme s'étaient battus jusqu'à l'impasse, une ligne égale de figures se remplaçant et se détruisant continuellement. La deuxième femme, Mali, s'est éloignée d'eux et a observé. La vue a changé. Elle s'est rapprochée de la ville, les gouttelettes se déplaçant et s'étendant pour montrer des ruelles et des quartiers. De fines figures bleues se déplaçant et semblant travailler ensemble. Des esprits dirigeant une ville. Déplaçant des charrettes de marchandises, illustrées en gouttelettes vertes. Gérant des magasins. Se rassemblant.

Puis, venant du côté gauche et du nord, apparurent les silhouettes bleu foncé et leurs armes de feu pâle. Elles déferlèrent dans les rues, consumant les esprits sur leur passage. Parfois, elles semblaient traverser les bâtiments, dispersant des gouttelettes vertes. Les tourbillons de batailles se poursuivirent un moment, jusqu'à ce que la vue s'élargisse à nouveau. Les petites silhouettes disparurent complètement, se reformant en l'homme et la première femme, debout sur une plaine verte. Ils luttèrent, leurs doigts s'entremêlant. Derrière eux, le vert ondulait et se brisait, les gouttelettes se dispersant pour se reformer aussitôt.

Mali entra par la droite, sa forme bleu foncé semblant supplier le couple. Ignorée. Et, finalement, levant les bras vers le ciel. De profondes lignes vertes descendirent le long du rideau d'eau, séparant l'homme et la femme. Séparant Mali d'eux. La silhouette de Mali baissa la tête, puis le rideau d'eau se dissipa. Se dispersa à nouveau dans les bassins.

— Maintenant, vous comprenez, dit Mali. Je ne peux pas les libérer. Je ne peux pas libérer Nara, car elle recommencera.

— Recommencer quoi ? demandai-je. Lier les esprits ? Ça n'avait pas l'air si terrible, là-bas, dans la ville.

— Elle les gardait, dit Mali. Tous les esprits. Ils obéissaient à ses ordres. L'adoraient. Vous pensez que Riven est en danger maintenant, mais la libérer ne ferait qu'amener les hordes sous son contrôle. Ce que vous avez vu là-bas était une ville pliée aux désirs de son chef.

— Alors pourquoi l'avez-vous créée en premier lieu ? demanda Selena.

— Parce que Nara me l'a demandé. Nous étions les premières. Les premières à nous empêcher de franchir la dernière étape vers le Cycle. Vous avez sans doute trouvé son appel plus facile à résister quand vous travaillez ensemble ? Il en était de même pour nous. Quand Nara voulait une ville, je la construisais. Quand Nara voulait que le Cycle disparaisse, j'ai essayé de le détruire.

— Vous l'avez mis dans la Montagne, dis-je.

— Je l'aurais complètement scellé, si ce n'était pour Dolan, dit Mali. S'il ne m'avait pas retenue. Argumenté qu'il pourrait encore y avoir une utilité.

— Donc si vous pensez que Nara va ruiner Riven, dis-je.

Pouvez-vous nous aider ? Pouvez-vous pousser les esprits dans le Cycle ?

Mali secoua la tête. Une moue apparut sur son visage. — M'immiscer ne m'a apporté que de la douleur, petits esprits. J'aurais dû disparaître dans le Cycle quand je suis arrivée ici. Au lieu de cela, me voici. Piégée dans une prison de ma propre création.

— Je ne comprends pas, dis-je.

— J'ai appris à créer ce monde. Je ne sais pas comment le détruire. Il n'y a aucun moyen de libérer le Cycle. Et je ne laisserai pas partir Nara. Quoi qu'il advienne de Riven, elle n'y jouera aucun rôle.

Je jetai un coup d'œil à Selena. Si Mali n'allait pas nous aider, alors il n'y avait pas grand intérêt à rester ici. Nous perdions notre temps.

— Retournons-y, dis-je. Nara aura peut-être une autre idée.

— Tu ne l'as pas entendue ? dit Selena. Elle dit que Nara est maléfique.

— Mali a aussi dit qu'elle ne voulait pas aider Riven, dis-je. Ça les met sur un pied d'égalité pour moi. Au moins Nara nous donne une chance. Peut-être qu'elle a changé après toutes ces années.

À mon signe de tête, Selena et moi nous tournâmes vers le passage. Le chemin sombre vers la surface.

— Vous n'êtes pas les premiers, annonça Mali dans notre dos. Nara en a envoyé d'autres. Tous suppliant pour sa libération. Tous se sont retournés comme vous l'avez fait. Déterminés à aider Nara à trouver un moyen de se libérer.

— Que leur est-il arrivé ? demanda Selena.

— Je ne les ai pas laissés partir, dit Mali, sa voix descendant à un murmure. Une fois de plus, la main de Mali se projeta en avant. Les pierres bordant le passage de sortie frémirent, puis s'effondrèrent sur elles-mêmes. Bloquant notre fuite.

— Nous ne voulons pas nous battre, dis-je en me retournant.

— Vous êtes libres de mourir, répliqua Mali, puis elle fit un signe de tête à la goule dorée à ses côtés. Sa tête tourna, et bien que ses yeux fussent des ovales dorés, je croisai son regard.

Et quand la goule marcha vers nous, Selena et moi allâmes à sa rencontre.

Automate

Selena se précipita vers la goule, le couperet levé dans sa main droite, son long couteau tenu à la taille, la pointe en avant, prête à poignarder la création de Mali. La goule faisait plus du triple de notre taille ; Selena ne lui arrivait même pas à la taille. Alors qu'elles s'approchaient l'une de l'autre, la goule balança son bras droit et frappa Selena de côté, la projetant au sol et dans l'une des mares. La goule ne prit même pas la peine de regarder ce qui lui était arrivé. Elle continua droit vers moi.

La plupart des autres goules que j'avais vues étaient des créatures horribles. Des masses difformes de bras, de jambes et de membres sans autre description possible. Les esprits qu'elles avaient consommés se déplaçaient sous leur peau, des visages apparaissant à la surface pour vous rappeler qui avait été consommé pour créer l'abomination. La goule de Mali avait l'air différente. Dorée, immaculée, un modèle de personne, bien que sans traits de genre distincts. Une peau lisse et portant une longue tunique dorée qui s'étendait du col aux genoux. J'avais déjà vu des choses similaires auparavant, dans des musées d'artefacts anciens. Des expositions en tournée à

Chicago. Mais c'était une chose de regarder un artefact sous une vitrine et une autre d'avoir un objet de l'antiquité qui tendait la main vers ma gorge.

Je fis claquer le fouet, l'enroulant autour de la main tendue de la goule. J'attendis le signe révélateur que la pointe métallique avait percé la peau de la goule. Ensuite, j'allumerais le feu et l'enverrais dans sa prochaine vie. Seulement, la pointe du fouet rebondit sur la peau de la goule et pendait, inerte, tandis que la goule continuait d'avancer.

— Sa peau n'est pas... de la peau, criai-je à Selena alors qu'elle se tirait hors de la mare. Le liquide bleuâtre s'accrochait à elle, des gouttes tombant sur le sol. Plus épais que de l'eau.

— Peut-être que si tu la frappais vraiment plus fort, répliqua Selena.

Je n'avais pas le temps de frapper quoi que ce soit. La goule balança à nouveau son bras droit vers moi, tout comme elle avait attaqué Selena. Je me jetai au sol, m'aplatissant et sentant le poing de la goule passer au-dessus de ma tête. À travers les jambes de la goule, je vis Selena arriver par derrière, le couperet prêt. Si je pouvais attirer son attention un moment de plus, Selena pourrait frapper fort.

Je levai les yeux et vis le poing gauche de la goule s'élever haut. Prêt à asséner un coup dans mon dos qui me réduirait à néant. Puis le couperet de Selena mordit dans le mollet de la goule. Elle balança sa grande lame à deux mains, hachant la peau du monstre. Cette fois, contrairement à mon fouet, je vis des éclats voler. La lame de Selena perçait. Je m'attendais à un rugissement, mais la goule resta silencieuse. Un regard à son visage confirma qu'elle n'avait pas de bouche, seulement une ligne métallique. Néanmoins, son attaque fit s'arrêter la goule, se retourner et considérer la puce qui mordait sa jambe. Ce qui me permit de me remettre sur pied.

Le couperet de Selena avait un autre tour dans son sac. Elle tordit le manche, la lame plantée dans la goule, et enveloppa le couperet de flammes bleues. J'attendis que les flammes purificatrices submergent la créature, la réduisent en cendres et ne laissent rien debout. Sauf que les flammes échouèrent. Elles ne brûlaient pas. Elles ne prirent pas et ne se propagèrent pas de haut en bas de la créature. Elles restèrent sur le couperet, comme si la goule était faite d'eau. Comme si une brise constante repoussait les flammes. Selena regarda son arme comme si elle l'avait trahie.

— Attention ! dis-je.

La goule, plutôt que de m'écraser de son poing, balança son bras gauche en arrière, attrapant Selena avec sa main de la taille d'un tonneau. Une fois de plus, elle vola dans les airs, atterrissant cette fois au pied du trône de Mali. Elle s'effondra au sol.

— Hé, dis-je à la goule. À mon tour.

Je ne voulais pas que la créature réduise Selena en bouillie d'esprit. La goule ne semblait pas se soucier de laquelle d'entre nous elle écrasait, tant qu'elle écrasait. Son poing droit vint vers moi dans un crochet lourd. J'esquivai l'attaque, reculant hors de portée de la goule. Je lâchai mon fouet et dégainai ma grande épée. Je levai l'arme alors que la goule ramenait son bras pour un autre coup et abattis la grande lame de Piotr sur la main de la goule. Elle trancha, coupant trois doigts de la créature. Ils heurtèrent le sol ; des blocs d'or massif et lourds.

— Il faut être plus prudent, dis-je. Tu n'en as que dix. Enfin, sept maintenant.

La goule ne semblait pas se soucier de mes attaques, physiques ou verbales. Sa main gauche tenta d'attraper ma tête. Je pivotai, balançai la grande épée vers elle, et au dernier moment la goule retira sa main. Mon coup manqua de quelques centimètres. Ce n'était pas grave. Il s'agissait juste de gagner du temps.

— Mali, rappelle-la, criai-je. Nous ne voulons pas te combattre. Je ne veux pas casser ton jouet.

Mali, pour sa part, m'ignora. Elle ignora le combat. Ses yeux étaient fermés, ses mains jouant toujours ce rythme dans l'air. Soit elle vivait dans un souvenir, soit elle faisait quelque chose que je ne comprenais pas.

Si elle n'allait pas arrêter la goule, alors je devrais la détruire.

La goule balaya sa main droite brisée vers mes jambes, l'amenant bas. Je m'accroupis, puis sautai par-dessus le coup, abattant la grande épée sur le poignet de la goule. Ma lame mordit, et, alors que je retombais au sol, je tordis le manche pour envoyer du feu bleu dans la créature. Une fois de plus, cela échoua. Je fixai la coupure béante, incrédule. Le feu aurait dû consumer la rage, dissiper le lien qui maintenait une goule unie dans Riven. S'il ne fonctionnait pas, alors nous n'avions aucun espoir.

La main gauche de la goule me prit par surprise, me projetant contre le mur de la pièce. Je rebondis et atterris sur mes genoux. Ma tête résonnait de l'impact, et je réalisai que la grande épée pendait toujours du poignet droit de la créature, coincée dans la goule. Le monstre se tourna vers moi, et je tirai le long couteau de ma ceinture. Un choix pathétique pour affronter la créature géante.

Alors je courus.

Je contournai le goule et me dirigeai vers la piscine bleue à l'autre bout. Le goule se retourna, mais sa masse le rendait lent. Une bonne chose, car je devais élaborer une stratégie. Mon couteau ne serait pas d'une grande utilité. J'avais mon arbalète. Les carreaux normaux seraient inutiles. Un carreau bleu ne ferait qu'envoyer le même feu qui avait jusqu'ici échoué à blesser la créature. L'orange. C'était une option, si je voulais faire s'écrouler tout ce temple sur nous. L'espace était trop restreint ; l'invention de Nicholas brûlerait la roche et nous avec dans sa quête de dévorer tout ce qui était à sa portée. Alors je reculai. J'essayai de prendre mes distances. De son côté, le goule ne semblait pas pressé. Pourquoi se précipiter quand le rat n'a nulle part où aller ?

Mon repli autour de la piscine fit apparaître Mali et son trône. Une idée me vint — si je ne pouvais pas vaincre le goule, peut-être pouvais-je m'en prendre à sa créatrice.

Je fis quatre pas vers elle avant que Mali ne réalise ce que je faisais. Les yeux toujours fermés, Mali tendit la main. Le sol autour d'elle commença à trembler, les blocs de pierre se détachant de leurs cadres. Révélant la saleté et la crasse en dessous. Ils se rassemblèrent, formant un mur devant moi, entre Mali et la pointe de mon couteau.

— Je t'en prie, dit Mali. Arrête ça. Abandonne-toi et laisse venir la fin. Embrasse ton destin comme Cheo a embrassé le sien.

Cheo. C'était une idée. Si je pouvais amener le goule au bon endroit...

Dans Le Bain

Mais j'étais à court de temps. La goule s'était rapprochée, ses mains s'entrechoquant dans un lourd coup de masse. J'ai essayé d'esquiver, de me faufiler sur la gauche le long du mur du fond de la chambre. La goule, gardant ses mains levées, a lancé un coup de pied avec son pied droit au lieu de frapper vers le bas. Le coup n'était pas direct, pas très fort, alors j'ai seulement volé et rebondi contre le mur, atterrissant près du coin avec la tête et le dos douloureux. Le couteau hors de mes mains, qui essayaient de me relever. Je savais que la goule allait enchaîner, et alors que je me traînais en avant, le poing gauche de la goule a écrasé l'endroit où j'étais tombé.

Je n'ai pas réussi à dépasser la main droite. Malgré n'avoir qu'un pouce et un auriculaire, la goule a enroulé sa paume autour de moi alors que je courais. Elle m'a soulevé du sol. Seulement, sans les doigts, je pouvais encore bouger mon bras droit. Le pouce de la goule appuyait contre ma tête, comme si elle pressait un fruit. J'ai essayé de penser à ce que je pourrais attraper, mais toutes mes armes avaient disparu. Mon arbalète coincée dans mon dos. Dans une seconde, j'allais éclater.

— Lâche-le, a grogné Selena, sa voix tremblante de douleur, mais forte.

La goule s'est tournée vers elle, me permettant de la voir sauter sur la tunique de la créature. Selena a grimpé, utilisant son couteau et son couperet pour trancher de nouvelles prises. Avec sa main gauche, la goule a essayé d'arracher Selena, mais ses mouvements étaient trop lents. Trop maladroits. Selena était un esprit agile, glissante et rapide quand elle le voulait. Elle a esquivé la main qui tâtonnait et s'est hissée sur les épaules de la goule. Elle a pris son couperet à deux mains tout en enroulant ses jambes autour de son cou, et a enfoncé sa lame dans la tête de la goule, arrachant des éclats de métal.

La goule a sauté. Elle a pressé ses jambes et s'est élevée, baissant la tête. Elle a projeté Selena contre le plafond et l'a écrasée contre les blocs de pierre.

L'impact a fait s'ouvrir la main de la goule, me libérant de ses doigts. J'ai plongé dans la piscine bleue, son eau glacée trempant mes vêtements. Le froid semblait chasser la douleur, ramenant la réalité au premier plan.

— Selena ! ai-je appelé, crachant l'eau. Elle n'a pas répondu, son corps brisé immobile sur la passerelle. La goule, après avoir fixé la forme de Selena pendant une seconde, s'est tournée vers moi. Je me tenais dans la piscine. Exactement là où je voulais être.

Les mains de la goule sont revenues vers moi, s'abattant. J'ai esquivé en arrière, vers le fond de la piscine et l'entrée que Mali avait scellée. Les mains de la goule ont éclaboussé le liquide devant moi, faisant enfin tomber la grande épée de son poignet. L'eau bleue et visqueuse a coulé dans les coupures et les trous, les égratignures que nous avions faites sur ses mains. Les remplissant.

La goule a frémi. Elle s'est arrêtée.

Quand Cheo a bu la substance verte de l'autre côté, cela

semblait effacer son esprit. Un piège, ou une sorte de lien. Peut-être, peut-être que le bleu ferait la même chose à la goule.

Le monstre semblait s'endormir pendant un moment. Il s'est redressé, s'est tenu droit. Je suis resté dans la piscine et j'ai observé. Je n'ai rien fait pour interrompre sa rêverie. Si ça ne marchait pas, si la goule décidait à nouveau de nous réduire en poussière, alors je ne pensais pas qu'il y avait quoi que ce soit que nous puissions faire pour l'arrêter.

Au lieu de cela, la goule a tressailli. Elle s'est tournée vers la sortie de la chambre et, d'un fort coup de sa main gauche, a percé le mur brisé de Mali. La goule dorée s'est éloignée, disparaissant dans l'obscurité.

— Inattendu, a dit Mali. Je n'ai jamais vu ça arriver auparavant. Pas en toutes ces années.

— Ravi qu'on ait pu rendre ça intéressant, ai-je dit, en courant vers la forme de Selena.

Si elle avait été humaine, je n'avais aucun doute que la goule l'aurait tuée. Chaque os de son corps aurait été réduit en poussière. Cependant, en tant qu'esprit, Selena n'avait pas d'os. Elle n'avait rien d'autre que son âme. Alors quand je l'ai tenue, j'ai vu ses yeux vaciller. Sa bouche bouger. Selena allait revenir.

— En effet, a dit Mali, ses yeux se tournant vers la piscine. Le don de Nara, il semble, s'est avéré être un piège tout ce temps. Ruinant toujours les belles choses que Dolan et moi avons construites pour ce monde.

— Je commence à penser que c'est toi la méchante, pas elle, ai-je dit. Tu gardes des esprits pendant des siècles, rejouant le même conflit encore et encore. Tu as dit que tu avais tué tous ceux que Nara avait envoyés avant.

Mali a réfléchi. — Laisse-moi te demander, esprit, ce que tu penses que j'aurais dû faire ? Aurais-je dû accueillir les pions de Nara à bras ouverts ? Accepter ses avances, la libérer ?

— De mon point de vue, vous aviez tous le pouvoir de

garder Riven en sécurité. Alors pourquoi ne l'avez-vous pas fait ?

Mali s'est penchée en avant, regardant durement dans mes yeux. — Je me demande si elle a planté ses griffes en toi même maintenant. À cette distance, tu devrais être libre, et pourtant...

— Aide-nous.

— Il n'y a aucune aide pour vous. Je ne livrerai pas ce monde maudit à l'emprise de Nara. Mali a pressé ses mains sur les bras de son trône, enfonçant ses ongles dans ses rainures. — Allons, serviteur. Voyons si Nara a bien choisi cette fois.

Alors que je tenais Selena dans mes bras, mes armes éparpillées autour de la pièce, Mali, l'esprit qui avait construit le Riven que je connaissais, qui avait façonné ses bâtiments, ses forêts, son ciel cendré, s'est levée de son trône avec ma fin dans ses yeux.

CONTRE LA CRÉATION

Mali glissa de son trône et s'étira, joignant ses bras au-dessus de sa tête. Je reposai Selena sur le sol et ramassai son couteau dans ma main droite, incertain de la marche à suivre. Quelles stratégies fonctionnaient contre un esprit vieux de plusieurs millénaires ? Que n'avaient-ils pas déjà vu ? Je décidai de faire passer le couteau dans ma main gauche, de bondir en avant et de frapper.

Mali me fit hésiter.

Deux blocs de pierre devant ses pieds s'agitèrent et se détachèrent du sol. Chacun vola dans une de ses mains et se transforma en anneau, la pierre semblant se liquéfier et se reformer dans sa prise. Les anneaux étaient aussi grands qu'un melon, mais avec des bords dentelés. Mali les tenait légèrement, bien que je ne comprenne pas comment elle ne se coupait pas avec ces anneaux brillants. Peut-être qu'elle se coupait. Peut-être qu'elle s'en moquait.

— Cela fait si longtemps, dit Mali. Je suis peut-être un peu rouillée.

— Ce serait vraiment dommage, répondis-je. J'avais vraiment envie d'un autre combat difficile après le dernier.

— Oh, je ne m'inquiéterais pas pour ça.

Mali leva son bras droit derrière elle, se préparant à lancer l'anneau. Ce qui signifiait que je devais frapper le premier. J'enjambai Selena et fis un grand bond en avant. Je m'élançai avec le couteau vers Mali. Une troisième pierre jaillit du sol devant elle, frappant le milieu du couteau et l'envoyant voler. La lame s'écrasa dans la mare verte, me laissant les mains nues face au sourire diabolique de Mali.

— Allons donc, dit Mali. Une attaque si évidente ? Tu devras faire mieux que ça.

— La plupart des gens ne peuvent pas arracher des blocs du sol, rétorquai-je. Ce n'est pas juste.

— Tu t'attendais à ce que ce soit juste ? Comment as-tu réussi à arriver jusqu'ici ?

Mali fouetta son bras droit, puis son bras gauche, les disques tranchants volant vers moi. Je n'avais pas le temps d'esquiver — seuls quelques mètres nous séparaient. Le premier s'enfonça dans mon épaule gauche, et le second dans ma jambe droite. Ils tourbillonnaient comme des lames de scie ; broyant, tournant et déchirant. Mon bras gauche s'engourdit, et je tombai sur un genou alors que ma jambe ne pouvait plus supporter mon poids. En matière de combats, j'avais connu de meilleurs débuts.

— C'est tout ce que tu as ? dis-je, essayant de gagner du temps. Les esprits guérissaient vite dans Riven, et si je pouvais la faire parler, je pourrais peut-être récupérer quelques fonctions. Tous ces siècles et tu fabriques juste quelques anneaux ? Pourquoi pas une autre goule ?

— C'est Dolan qui m'a donné la goule, dit Mali, envoyant un rapide froncement de sourcils vers le passage. Je l'ai recouverte d'or au bout d'un moment. On ne peut supporter de voir des esprits tourbillonnants et de la chair grotesque que pendant un certain temps.

— Ça ne répond pas à ma question.

— Je n'ai pas de comptes à te rendre, répliqua Mali.

Elle aspira une autre paire de blocs du sol, les transformant à nouveau en anneaux circulaires. Je portais toujours l'arbalète sur mon dos, mais sans mes deux bras, il m'était impossible de la dégainer et de la charger. Sans parler du fait que ce serait évident, et je ne pensais pas que Mali resterait là à me regarder mettre un carreau en position.

— Encore les mêmes anneaux. Très créatif, dis-je. C'est comme si tu étais bloquée dessus.

Mali m'adressa un sourire. — Quand tu as déjà tout créé, tu finis par revenir à tes favoris.

Derrière moi, Selena gémit. Elle avait à peine bougé depuis que la goule l'avait écrasée contre le plafond. Si elle pouvait se réveiller, alors nous aurions une meilleure chance. Déesse ou pas, Selena et moi formions une équipe difficile à gérer.

Mali n'allait pas laisser cela se produire. Elle marcha autour de moi, et je la regardai faire. Je ne pouvais rien faire, pouvant à peine me concentrer à cause de la douleur brûlante des disques de pierre, qui étaient toujours enfoncés dans ma peau suite à l'attaque de Mali. La déesse se tenait au-dessus de Selena et la regardait, secouant la tête. — J'oublie à quel point il est difficile de détruire réellement un esprit. Sans les armes de Dolan, vous continuerez à revenir.

Elle n'avait pas tort. Je profitai du moment de distraction de Mali pour utiliser mon bras droit et arracher l'anneau de pierre de mon épaule gauche, puis celui de ma jambe droite. Je les jetai au sol. Immédiatement, je sentis mon esprit se reconstituer. Comme boire de l'eau après une longue soif — une fraîcheur nourrissante et réconfortante. Il faudrait des heures pour retrouver tous mes mouvements, mais chaque petit progrès aidait.

— Tu sais quoi ? dit Mali. Nara et Dolan m'appelaient la créatrice. Tu m'appelles une déesse. C'est un nom incomplet. Je ne peux pas créer tout ce que je veux. Des choses inanimées, oui. Des facsimilés. Ces arbres dans la grande forêt de Riven. Les champs de céréales de Nara. Tout cela est si proche de la vie, mais rien n'est vivant. Les fleurs dans les canyons, les copies sans fin de fougères et de lianes. Rien de tout cela n'est vivant. Tout reste comme je le souhaite, et le restera aussi long-temps que je le voudrai. Mais si je veux des âmes avec lesquelles jouer, je dois les trouver. Tout comme toi.

— Je ne joue pas avec les âmes. Je les envoie dans le Cycle.

— Oui, et comme c'est noble de ta part, dit Mali. Selena tressaillit et Mali lui donna un coup de pied vicieux, la faisant taire. Puis Mali s'approcha de la mare verte et y trempa ses anneaux. — Tu nourris des âmes, des créatures d'esprit et de mémoire, d'amour et de perte, à la seule chose qui peut les détruire complètement. T'es-tu déjà demandé pourquoi ?

— Si je ne le faisais pas, Riven serait envahi, dis-je. Ce monde, et la Terre, ne seraient habités que par les morts.

— Serait-ce vraiment si terrible ?

Mali sortit les anneaux, dégoulinants de vert. Je savais ce qu'elle allait faire. Je l'avais vu avec Cheo. Avec la goule. Nous couper, faire pénétrer ce liquide dans nos âmes, et nous lier à elle. Ou à sa Main Gauche. Ou sa Main Droite. Je ne me souvenais plus quelle couleur signifiait quoi. Je ne voulais ni l'un ni l'autre.

— À toi de me le dire, répondis-je. Tu vis avec les morts depuis tout ce temps. Tu n'as pas l'air si heureuse que ça.

Je me retournai pour faire face à Selena. Le mouvement fit cogner l'arbalète contre mon dos. Une idée, peut-être, mais j'avais besoin d'une distraction.

— Tout ça à cause d'un manque de variété, dit Mali. Un peu plus d'espace. La liberté de quitter cet endroit. Alors, je pense que je serais aussi heureuse qu'un esprit puisse l'être.

— Tu seras aussi seule alors que tu l'es maintenant.

— Peut-être, mais ça vaut le coup d'essayer, tu ne crois pas ? Mali s'approcha de moi, levant l'anneau dans sa main gauche. Maintenant, je vais te donner un dernier choix. Toi, ou elle ? Lequel d'entre vous sera le premier à entrer à mon service ?

— Elle, dis-je.

Et Mali éclata de rire.

INTEMPOREL

— Si galant, dit Mali. Même les hommes de mon époque étaient meilleurs que ça.

Mali me tourna le dos, me donnant ma chance. De ma main droite, je l'ai passée derrière mon dos. J'ai attrapé les carreaux bleus chargés sur le côté de l'arbalète et en ai glissé un. Je l'ai fait tourner entre mes doigts en ramenant mon bras devant moi. Je l'ai lancé. Comme un dard, dur et rapide. Le carreau s'est planté entre les épaules de Mali, s'embrasant d'une flamme bleue. J'ai pu voir Mali frissonner, et je suis sûr que ses yeux auraient été écarquillés si j'avais vu son visage. Mais la créatrice de Riven n'a pas crié. N'a pas hurlé, ni gémi, ni maudit mon nom. Alors que le feu la recouvrait, elle a laissé tomber les anneaux au sol et s'est agenouillée.

— Voilà la liberté que tu cherchais, ai-je dit en sortant un deuxième carreau bleu. Juste au cas où.

Un instant plus tard, l'esprit de Mali s'est élevé, vide et ignorant du monde qu'elle avait créé. Le fantôme de la déesse est sorti de la pièce, disparaissant dans le passage sombre.

Après le départ de Mali, je suis resté dans la chambre, assis sur le sol de pierre pendant ce qui m'a semblé des heures. Laissant mon âme se reconstituer et rejouant dans mon esprit ce qui s'était passé. Nara nous avait envoyé une requête pour trouver Mali, pour la convaincre de revenir. Au lieu de cela, nous l'avons trouvée, enragée, et détruite. Un esprit que Nara disait être essentiel pour sauver Riven, et nous l'avions envoyé dans le Cycle.

Ajoutez à cela tout ce que Mali nous avait dit. Son spectacle avec l'eau. Ses déclarations sur Nara, que le vieil esprit nous manipulait. Que Nara voulait saper Riven et tout ce qu'il représentait. Que tout ce en quoi Nara croyait était de lier des esprits par dizaines ; créant un monde à son image.

— Carver ? La voix de Selena semblait faible. Fatiguée. Sommes-nous toujours là ?

— Contre toute attente, oui, ai-je dit. Comment te sens-tu ?

— Oh, bien. Selena a gémi. Tu sais, brisée partout. Chaque partie possible de mon âme me fait mal. La douleur s'annule d'elle-même, je pense. Comme si mon esprit ne pouvait pas tout concilier.

— Ça ira mieux, ai-je dit. Nous sommes en sécurité maintenant. Mali est partie.

Je lui ai raconté le combat. Quand j'en suis arrivé à la partie où j'ai suggéré à Mali de prendre Selena en premier, Selena a ri. Toujours allongée là sur les pierres, sa tête à plat contre le roc, mais j'ai vu le sourire, et ça m'a fait du bien. On avait besoin de ces moments. Un peu d'amour et de légèreté dans la faible lumière des deux bassins.

— Bien sûr que tu m'enverrais en premier, a dit Selena. Toujours à penser à toi.

— Je n'avais pas le choix, ai-je protesté. Si elle ne s'était pas retournée, alors je n'aurais pas pu...

— Oui, oui, a dit Selena. Bien sûr que c'est la raison. Tu n'aurais pas pu le faire à un autre moment, comme quand elle trempait ses anneaux dans le bassin ? Il fallait attendre qu'elle soit sur le point de m'éliminer ?

— Le bassin aurait été un tir difficile. Je devais être sûr.

Je pouvais dire que Selena n'était pas sérieuse. Je voyais le jeu dans ses yeux. Nous sommes restés là un moment, assis, puis debout, et enfin boitant hors de la chambre, ramassant nos armes en chemin. À chaque pas, nos esprits se reconstituaient. Au moment où nous sommes sortis du temple, nous pouvions avancer à un rythme assez bon, nous appuyant l'un sur l'autre pour nous soutenir.

— J'ai l'impression d'être un vieillard, ai-je dit. Comme si mon corps ne fonctionnait plus.

— Tu n'as pas de corps, tu te souviens ? a répondu Selena.

— Si c'est ce qu'ils ressentent, peut-être que je suis content de n'avoir jamais vu le mien se briser.

Dehors, nous nous sommes retournés pour regarder l'entrée du temple. Toutes ces runes, ces histoires sur la déesse qui vivait à l'intérieur. Plus maintenant. Le temple resterait vide, peut-être pour toujours. Riven n'avait pas de forces naturelles, et à moins que quelque chose ne vienne activement détruire cet endroit, la demeure de Mali resterait debout pendant plus de siècles qu'elle n'avait existé.

— Alors, qu'allons-nous dire à Nara ? a dit Selena alors que nous nous tournions vers la jungle.

— Que nous avons essayé, ai-je dit. Peut-être qu'elle aura d'autres idées.

— Tu penses qu'on devrait lui faire confiance ? Parce que si on ne le fait pas, et qu'on a tort, Riven va s'effondrer. Mais si on le fait, et qu'on a tort, alors la version de Nara pourrait être pire.

— On joue sur les deux tableaux, ai-je dit. Si ce qu'elle dit semble juste, on le fait. Si c'est faux, maintenant on sait qu'on peut la maîtriser comme n'importe quel autre esprit. Mali nous a au moins montré ça.

Selena a hoché la tête. Nous sommes passés devant la même fleur dure comme de la pierre que tout à l'heure. Une fois de plus, Selena a tendu la main pour la toucher. Aucun changement. Aucun signe que la fleur savait que sa créatrice avait disparu. Comme les bâtiments de la ville de Riven, la seule chose qui pourrait déchirer la plante serait nos armes, notre lutte.

— C'est étrange que cette fleur durera probablement plus longtemps que nous tous, a médité Selena, en regardant la plante.

— Il en sera de même pour les pierres, les rivières et les nuages, ai-je dit. La différence, c'est qu'ils ne font rien de leur temps. Ils ne se mettent pas en danger pour sauver cet endroit.

— Ça n'a pas l'air si mal.

— Tu t'ennuierais.

Selena a ri, puis a grimacé et s'est stabilisée sur mon épaule. Nous étions encore en train de nous reconstituer.

Nous avons continué à marcher, dépassant les fougères et les arbres qui prenaient un aspect plus étrange maintenant que nous savions qu'aucun d'entre eux ne vivait vraiment. Qu'ils étaient tous des figurants d'un esprit ennuyé essayant de trouver quelque chose à faire avec son imagination. Nous avons avancé dans le canyon, jusqu'à ce que le murmure du vent cède la place à des bruits plus rudes. Des cris et des hurlements. Le son du métal contre le métal.

— Cheo est-il déjà en train de mener une autre guerre ? ai-je demandé.

— Je ne pense pas que nous puissions en mener une autre.

— Nous n'aurons peut-être pas le choix.

Parce que les sons venaient droit sur nous maintenant. Un mélange tourbillonnant de branches qui craquent, de buissons qui s'écrasent et de fer qui s'entrechoque. Et nous n'avions pas la force de courir.

Nouvelle Goule, Nouveaux Objectifs

Devant nous, un arbre disparut simplement, vaporisé et pulvérisé alors que la forme dorée de la goule de Mali le traversait. Cheo et un groupe d'autres esprits suivaient de près le monstre, lançant tous des couteaux, des lances ou tirant des flèches dans le dos de la goule.

— Ne relâchez pas la pression, cria Cheo par-dessus le vacarme. Le monstre de la Main Gauche ne doit pas être autorisé à vivre ! C'est une perversion, une offense envers notre déesse !

La goule courut droit sur nous, mais en remarquant nos formes boitillantes, elle ralentit jusqu'à s'arrêter. Elle nous fixa de ses yeux solides et aveugles. Derrière elle, les flèches et les lances lancées rebondissaient sur son dos. Cheo et les autres, quatre esprits, nous rattrapèrent et nous dévisagèrent également, cessant leur attaque en réalisant que la goule avait fait de même.

— Je ne savais pas qu'on était si éblouissants, dis-je. On a vraiment l'air si mal en point ?

— Qui êtes-vous ? Cheo pointa l'un de ses couteaux grossiers vers nous. Faites-vous partie de la Main Gauche ?

— Il ne se souvient pas, me dit Selena. Les autres esprits de Cheo s'étalèrent autour de nous, nous piégeant. Dans notre état, même avec nos armes de nouveau en main, ni Selena ni moi ne serions capables de les repousser. Si Cheo ne savait vraiment pas qui nous étions, s'il croyait que nous étions l'ennemi, nous n'avions aucune chance de gagner.

— Me souvenir de vous ? dit Cheo. Je ne comprends pas.

— Tu sais qui est Mali ? dis-je.

— Bien sûr, répondit Cheo. C'est ma déesse.

— Ne le prends pas mal, mais elle est morte.

Au lieu d'entrer dans une rage folle ou de s'asseoir de désespoir, Cheo réagit par un hochement de tête. Un mouvement lent et triste. Les autres esprits imitèrent le geste. — Sa voix a changé. Un murmure, maintenant, nous disant d'aller loin d'ici. J'ai supposé que c'était un tour de la Main Gauche.

— Le Cycle, dis-je. Tu t'y habitueras.

— Je ne comprends pas ?

Cheo demanda, et Selena et moi racontâmes aux esprits le Cycle, comment Mali était tombée. Quand nous eûmes terminé, les esprits avaient rangé leurs armes. Je ne pouvais pas dire si la goule avait aussi écouté, mais elle se tenait grande et brillante au-dessus de nous tout du long.

— Il semble que nous n'ayons nulle part où aller, dit Cheo. Sauf vers ce Cycle.

— Tu es un esprit depuis longtemps, dit Selena. Tu n'es plus obligé de l'être.

— Et celui-ci ? Cheo pointa la goule du doigt. A-t-il aussi sa place dans votre Cycle ?

La goule, debout au-dessus de nous en silence, tendit le bras et me pointa du doigt. Celui auquel il ne restait que deux doigts.

— Tu crois qu'elle t'en veut d'avoir coupé ses doigts ? me demanda Selena.

— J'espère que non, répondis-je. La goule retira sa main.

Me fixa de son visage d'or sans expression. Par impulsion, je pointai un arbre à côté de moi et parlai à la goule. — Attrape ça.

La goule marcha lourdement autour de moi, tendit sa main intacte et arracha l'arbre du sol. Elle le brandit comme une massue.

— Elle t'obéit ? dit Selena.

— On dirait que je me suis trouvé une goule. Je fis signe au monstre de jeter l'arbre et la goule dorée le lança à travers les broussailles. — Tu ferais mieux d'être très gentille avec moi maintenant.

— Ne le suis-je pas toujours ?

La goule, ainsi que les autres esprits, appartenaient au Cycle. Mais alors que je commençais à leur dire d'y marcher, je fis une pause. Les esprits avaient des armes de combat, et la goule pouvait certainement réduire quelques brèches en bouillie.

Bryce et les guides pourraient utiliser une force comme celle-ci.

— Selena, dis-je. Je crois qu'on a un nouveau plan.

— Je deviens nerveuse quand tu dis ça.

— Celui-ci est bon, promis, dis-je. Combien d'esprits as-tu, Cheo ?

— Entre les deux mains ? Le nombre serait d'environ une centaine. Il n'y a pas eu beaucoup de nouvelles collections dernièrement. Les esprits se font rares.

— Les brèches les attirent vers le sud, dis-je. Cheo, j'ai besoin que tu rassembles les deux mains. Même les esprits que tu détestes. Nous allons à la ville.

— La Main Gauche ne marchera pas pour moi, répondit Cheo.

— Non. Je jetai un coup d'œil à la goule. Mais ils le feront pour elle.

PERDRE DU TERRAIN

Convaincre Cheo de rassembler les autres esprits dans la jungle et de retourner à la ville avec nous n'a pas été difficile. Je suppose que vivre sans but signifie qu'il n'y a rien à quoi s'accrocher. Ils n'abandonnaient rien en venant avec nous, et ils se sont donc lancés dans cette nouvelle aventure sans se plaindre. La goule nous suivait partout. Marchant lourdement derrière moi. Je n'étais pas sûr de ce qui motivait ses actions non plus, sauf, peut-être, une loyauté envers celui qui avait détruit son maître.

Mali avait dit que la goule était un cadeau de Dolan, le troisième de leur trio. Je n'avais jamais entendu parler de quelqu'un créant une goule auparavant, peut-être que celle-ci était différente. Dans tous les cas, je n'allais pas refuser un monstre géant comme garde du corps.

Après une longue marche, nous sommes arrivés en vue des murs de la ville. Puis à la porte nord. Selena et moi marchions maintenant par nos propres moyens, presque en pleine forme. Vraiment, être mort faisait des merveilles pour la santé.

Le côté nord de Riven abritait une série éparse de grandes maisons. Des parcs et des lacs asséchés. Vide, ruiné par les combats. Nous n'avons même pas rencontré de guide avant d'entrer dans le centre-ville. Puis une meute s'est déversée dans la rue devant nous. Leurs armes prêtes. Plusieurs guides pendaient aux fenêtres des bâtiments bordant la rue, nous visant avec des fusils et des arcs de leur fabrication. Notre groupe, fort de près d'une centaine de membres, arborant notre propre ménagerie militaire, et une goule dorée géante, les rendait probablement nerveux.

Compréhensible.

— Je ne m'attendais pas à te revoir, dit le guide qui menait la meute. Il releva son masque et je le reconnus. Mon meurtrier le plus probable. Polk était un homme mince et nerveux. Un visage de fouine. Je ne savais pas que les guides le comptaient encore parmi eux. Je ne savais pas ce qu'il faisait ici.

Ma main dériva vers mon fouet. Selena l'attrapa. M'arrêta.

— Ce n'est pas le moment, dit Selena. Il y a trop en jeu.

— Tu sais pourquoi on l'a fait, me dit Polk. Les ordres de Piotr. Il nous a dit qu'il avait une solution qui sauverait tout le monde. Nous ne voulions pas mourir plus que lui.

— Ce n'est pas une excuse, dis-je.

— C'est pour ça que je suis là, répondit Polk. J'essaie de me racheter. Je ferme les brèches. Je vous achète du temps.

— Tu veux nous acheter du temps ? dis-je. Alors laisse-nous passer. Ce groupe est un renfort. Pour vous aider. Ils savent ce qu'ils font, et ils peuvent maîtriser les esprits.

— Et cette chose ? dit Polk, faisant un signe de tête vers la goule.

— Elle est à moi. Je l'enverrai après quiconque m'ennuie. Comme toi.

Polk rit, mais c'était un rire faible. Teinté de nervosité. Bien.

Les guides ne nous ont pas combattus. Ils nous ont laissés entrer sur leur territoire. De là, ce n'était pas une longue marche jusqu'à la place avec la fontaine, près des ruines calcinées de la tour de l'horloge, où Bryce avait installé son quartier général. Nous avons eu de la chance. Nous étions arrivés à un moment où Bryce et Alec avaient tous deux traversé. Ils étaient là, examinant un grand tableau sur lequel une carte grossière de Riven avait été dessinée. Des marqueurs placés, déplacés pour indiquer les brèches. D'autres pièces encore, des débris découpés en carrés et en cercles, indiquaient les groupes de guides et où ils avaient été envoyés.

Il n'a pas fallu longtemps à Bryce, après que je lui ai raconté notre histoire, pour envoyer la goule, Cheo et son armée vers une nouvelle cible. La porte ouest de la ville.

— C'est le meilleur goulot d'étranglement que nous ayons, dit Bryce à Cheo. Vous aurez une action constante. Il y a trop de brèches dans la forêt et nous ne pouvons pas y aller. Mais si vous les retenez avec les murs, si vous les canalisez vers la porte, cela nous donnera le temps de nettoyer la ville. En ce moment, nous nous accrochons à peine.

Cheo accepta sa nouvelle tâche avec la même expression solennelle qu'il avait donnée à Mali. Il jura sa dévotion à la nouvelle cause, puis fit marcher ses troupes.

Bryce vint vers Selena et moi. Il fit signe à Alec de nous rejoindre.

— Ça ne s'annonce pas bien, dis-je à mon ancien mentor. Nous avons tué la personne que Nara disait devoir nous aider.

— Il n'y a pas de plan de secours ? demanda Bryce.

— Nous ne savons pas, dit Selena. Nous ne sommes pas retournés la voir.

— C'est là que nous allons maintenant, ajoutai-je.

— Pouvez-vous nous accorder une heure ou deux ? demanda Bryce. Anna a disparu. Elle et ce fouineur de Laurence nous aidaient. Je n'ai plus de guides que je peux envoyer à leur recherche. Surtout pas ceux qui veulent risquer leur vie pour un fouineur.

— J'irais seul, mais les brèches rendent trop dangereux de voyager en solo, dit Alec.

— Où est-elle allée ? demandai-je.

— Elle a dit qu'elle retournait là où ils traversent. Ils voulaient un bâtiment élevé pour pouvoir observer la ville. Si nous pouvons sécuriser un point de vue, nous pourrons envoyer rapidement des guides aux brèches. Nous garder en vie un peu plus longtemps, dit Bryce. Tu sais où pourrait se trouver un tel bâtiment ?

— Les Warrens. On peut aller vérifier. Comment va tout le reste ?

Bryce soupira. — S'il y avait le moindre espoir que nous puissions survivre à cela par la force des armes, je vous demanderais de rester. Je vous demanderais de vous battre avec nous et de fermer autant de brèches que possible. Nous avons perdu la forêt. Nous affrontons de plus en plus de goules chaque jour. De l'autre côté, avec Piotr parti, les pourparlers de paix vacillent. Personne ne veut abandonner sa part. Pendant qu'ils se disputent, leurs armées continuent de se battre.

Bryce jeta un coup d'œil au ciel rempli d'étincelles.

— Carver, si tu ne réussis pas, nous ne tiendrons pas beaucoup plus longtemps. Riven non plus.

Après Anna

Courir à travers Riven me semblait familier, et dans le bon sens du terme. Les mêmes ruelles, les bâtiments en ruine et les rues jonchées de cendres avaient un air de chez-soi. Plus de canyons, plus de flore jungle identique. Juste de la pierre dure et du bois. Selena, Alec et moi nous dirigions vers le sud depuis la tour de l'horloge en direction des Warrens.

— Comment ça se passe de l'autre côté ? ai-je demandé à Alec pendant que nous marchions.

— Chaotique comme toujours, a dit Alec. Chicago est un vrai désordre. Tout le monde s'agite pour préparer cette guerre sans fin. En plus de ça, tout le monde est malade. Cette maladie continue de faire des ravages. Maintenant, tout le monde porte son masque. Même à l'intérieur.

— Ça a l'air amusant, ai-je dit.

— J'ai vécu comme ça autrefois. Les yeux de Selena fixaient un passé lointain. Wiley, mon mari, travaillait comme boucher. On n'avait jamais d'air pur dans cette partie de la ville. Tout le monde portait son masque. Parfois, les purificateurs tombaient en panne et on les portait aussi à l'intérieur.

Comme tout pouvait nous rendre malades, on portait des gants en permanence.

— Beurk, ai-je dit.

— En effet, parmi les mondes que nous connaissons, le vôtre semble être le plus misérable, a dit Alec.

— On pourrait le penser, a dit Selena. Sauf qu'on était tellement prudents que peu d'entre nous tombaient vraiment malades. On était heureux, en bonne santé à notre façon.

— Je prendrais le risque de la maladie pour pouvoir respirer sans masque de temps en temps, a dit Alec. Quand il fait chaud ? Personne n'a envie d'avoir un masque collé au visage.

— Le prix à payer, j'imagine, a dit Selena.

— Ezra est toujours là ? ai-je demandé.

— Carver, tu es parti depuis une semaine. Le monde n'a pas changé, a dit Alec.

C'était juste. Je n'étais pas mort depuis si longtemps. Seulement, c'était difficile à dire. Déjà, il me semblait que mes souvenirs d'avant, de la Terre et de marcher dans de vraies rues, s'estompaient. Comme l'enfance ou une journée ennuyeuse le lendemain matin. Des bribes qui s'effaçaient et étaient remplacées par ce gris perpétuel. Je ne savais pas comment les retenir. Comment garder qui j'étais.

Nous avons atteint la Porte des Goules, l'arche qui menait aux Warrens. Les esprits étaient plus nombreux ici, les bâtiments hauts et serrés offrant beaucoup d'espace pour qu'ils traversent après leur mort. D'habitude, on trouvait quelques esprits en colère qui traînaient, prêts à être maîtrisés. Maintenant, il y avait des guides qui patrouillaient en groupes et presque tous les esprits avaient déjà été pacifiés. Leurs yeux étaient vides. Aucune curiosité effrayée qu'on voyait chez un esprit avant que le feu ne le réclame. Non, tous ceux-là avaient été maîtrisés. Si Riven avait une politique de la terre brûlée, les guides l'appliquaient.

— Tu crois que ça redeviendra comme avant un jour ? ai-je demandé à Alec. Où tu n'auras pas besoin de marcher chaque pâté de maisons avec la main sur ton arme ?

— Je ne peux pas répondre à cette question, a dit Alec. On peut choisir. Si on réussit, alors Riven connaîtra peut-être un peu de paix. Si on échoue, alors c'est nous qui connaîtrons la nôtre.

Après quatre pâtés de maisons supplémentaires, nous sommes tombés sur un grand bâtiment, qui occupait presque un bloc à lui seul. Sept étages de haut et servant de point de passage pour Anna. Sa chambre, l'endroit où elle et Laurence traversaient depuis leur cachette à Chicago, se trouvait au sous-sol. Nous nous sommes tenus devant, regardant l'entrée, et n'avons rien vu.

— On devrait entrer ? ai-je demandé.

— Où peuvent-ils bien être ? Alec scrutait la large façade du bâtiment.

— Deux choix, ai-je dit. En haut ou en bas. Ils traversent dans le sous-sol, alors je dis qu'on commence par vérifier là-bas.

Nous sommes entrés dans le hall, un espace spacieux qui aurait mérité d'être décoré avec des plantes en pot et des colonnes de marbre. Un bureau en bronze avec une réceptionniste, un portier pour soulever son chapeau et vous accueillir. À la place, des taches maculaient l'intérieur, des rouges et des bruns délavés, la marque noire occasionnelle d'un incendie. Des trous dans le sol et des déchirures dans les murs témoignaient de combats lointains. De grandes pièces de part et d'autre du hall rendaient hommage à la vie que l'immeuble était censé avoir. Des restaurants, peut-être. Ou des salles de réunion. Des clubs sociaux, comme si Riven en avait jamais eu. Au fond du hall, un large escalier s'ouvrait, descendant et montant vers le sommet.

Nous sommes tombés dans le silence typique que les guides adoptaient en explorant un nouvel endroit. Un espace où le danger pouvait se cacher à chaque coin. Le moindre bruit, le rire le plus discret pouvait rendre un esprit furieux. Un risque que nous n'étions pas prêts à prendre. Je menais la marche, la grande épée dans mes mains. L'escalier me donnait assez de place pour la manier, bien que je fusse moins sûr des couloirs en dessous et au-dessus. Cela dit, ces murs ne se soucieraient pas de quelques coupures supplémentaires.

Le sous-sol ressemblait à une catacombe. J'avais traversé ici avec Anna plus d'une fois, mais jamais seul. Toujours avec elle pour me guider à la sortie. Alors j'ai dû faire appel à ma mémoire pour le plan. Que ce soit parce que nous étions juste là, ou parce que la pensée concernait Riven, la disposition me revint clairement.

Qui avait besoin de souvenirs d'enfance quand on pouvait se rappeler l'agencement des sous-sols à volonté ?

— C'est une grille, ai-je chuchoté à Selena et Alec. On est au milieu du fond. À droite, il y a trois pièces principales. Toutes carrées, je pense qu'elles devaient servir à stocker des fournitures. À gauche, c'est un grand espace ouvert. Des conduits. Beaucoup de trucs en ruine. Probablement là où l'électricité aurait été, si c'était Chicago. Je dis qu'on commence par là.

Je n'ai pas dit que la grande pièce nous permettrait de mieux nous voir. De couvrir les angles et de s'assurer qu'on ne se faisait pas prendre en embuscade. Alec, Selena et moi avions besoin de nous échauffer. De retrouver nos marques pour nettoyer des pièces où des esprits en colère pouvaient se cacher derrière n'importe quoi. Pouvaient surgir de n'importe quelle ombre pour vous saisir à la gorge et vous la déchirer.

La porte de la grande salle, une double porte, avait été arrachée. De l'autre côté, il était facile de voir ce qui l'avait fait. Un trio d'esprits baveux se tenait à l'autre bout de la longue pièce, grattant la porte du fond. Martelant et déchirant. Ce qu'ils essayaient d'atteindre, pourquoi ils ne repassaient pas simplement par notre porte, je l'ignorais. Aucune raison, si ce n'est que les esprits avaient tendance à penser en ligne droite.

Nous nous sommes faufilés dans la pièce, enjambant tuyaux, gravats et morceaux de bois brisés. Les esprits ne nous ont pas remarqués. Tellement concentrés sur ce bout de pièce. Sur ce qui se trouvait de l'autre côté de cette porte. Nous sommes arrivés à moins de deux mètres d'eux avant que l'un ne se retourne, un homme d'âge mûr dont les yeux brûlaient d'un feu bleu de colère. Il ouvrit la bouche pour hurler et ses compagnons se retournèrent, puis je les ai tous achevés d'un seul coup. Un large coup de la grande épée, sa lame enveloppée de flammes bleues.

Chacune des trois entailles de mon coup s'est enflammée, brûlant les esprits et les faisant s'effondrer au sol. Dans une minute, ils se relèveraient, n'étant plus dangereux.

— Sacrée arme que tu as là, dit Alec. Pendant un instant, j'ai cru que tu allais les rater. Donner une ouverture à celui-là.

— Ravi que tu aies confiance en moi, ai-je répondu.

— Tu es récemment mort, rétorqua Alec. Je me suis dit que tu aurais besoin d'un peu de temps pour t'adapter. Que tu serais peut-être un peu lent.

— Je n'ai rien perdu de mes réflexes, crois-moi.

Selena nous dépassa et souleva la poignée de la porte, une action à laquelle les esprits n'avaient pas pensé. De l'autre côté se trouvait l'arrière du sous-sol, un couloir sombre et vide. Nous y sommes sortis et avons tourné à droite. Vers les pièces de l'autre côté du sous-sol. Je reconnaissais cet endroit ; Anna et moi avions traversé vers la dernière pièce de ce côté. La porte qui y menait était fermée, et quand j'ai essayé la poignée, elle n'a pas bougé. Verrouillée. Alors j'ai fait ce qu'aucun esprit ne se donnerait jamais la peine de faire.

J'ai frappé.

L'ESCALIER DE LA SÉPARATION

Qui est là ?

J'ai entendu la voix de l'autre côté. Je l'ai reconnue.

— Laurence, c'est Carver. Et quelques amis. On essaie de vous trouver, toi et Anna, ai-je répondu.

La porte a cliqué un instant plus tard et s'est ouverte pour révéler Laurence, le compagnon furtif d'Anna et résident de Chicago. Il avait l'air, pour être charitable, pas en forme. Ses yeux étaient écarquillés, et j'ai remarqué que sa bouche avait développé un tic nerveux inquiétant, comme s'il n'arrivait pas à décider entre froncer les sourcils ou s'ouvrir en un cri glaçant. Laurence, qui n'avait jamais caché son mépris pour les guides, m'a serré fort dans ses bras. Si fort que j'ai dû lever les bras pour tenir la grande épée hors de portée tandis que l'homme enfouissait sa tête dans mon épaule.

— Je ne pensais pas qu'on reverrait une autre âme, a murmuré Laurence en s'écartant de moi. Je ne pensais pas que je pourrais sortir de ce sous-sol. Que Riven me serait fermé pour toujours.

— Ça a l'air plutôt désespéré, non ? ai-je dit. Ce n'est pas comme s'il n'y avait pas un tas de guides qui traînent dans le coin.

— Combien viendraient ici ? a demandé Laurence. On ne peut pas voir la brèche depuis la rue. On s'en est rendu compte après le premier jour. Elle est au milieu du bâtiment, avec tous les esprits. Ils ne faisaient pas beaucoup de bruit quand on est revenus ici. On est montés sur le toit, et ils ont repéré notre odeur.

— Anna est sur le toit ? a dit Selena. Pourquoi ?

— On pensait pouvoir trouver un endroit, a dit Laurence. Ce bâtiment est l'un des plus hauts de toute la ville. Depuis le toit, on peut voir tous les quartiers. On peut repérer des brèches à des kilomètres. Si on le tenait et qu'on établissait une ligne de communication avec Bryce et le reste des guides, on pourrait les diriger rapidement vers n'importe quelle brèche.

— Alors pourquoi es-tu ici en bas, pendant qu'elle est là-haut ? ai-je demandé.

— On a pris le risque, a dit Laurence. Anna a détourné leur attention, et j'ai foncé. On s'est mis d'accord que comme elle avait une arme, parce qu'elle sait se battre, Anna devait rester en haut pendant que je descendais. J'ai à peine réussi à tromper les trois esprits dans la pièce d'à côté.

— On les a trouvés, ai-je dit. On s'en est occupé.

— Pardonnez-moi, je pense que nous devrions nous diriger vers le toit, a dit Alec. Tout retard me semble inapproprié.

— Oui, oui, a dit Laurence. J'avais prévu d'aller chez Ezra. Pour vous dire ce qui s'était passé. Mais maintenant vous êtes là.

— Toujours à arriver juste à temps, c'est bien nous, ai-je dit.

Nous nous sommes retournés et avons couru depuis le sous-sol. Nos pieds martelaient les escaliers, Laurence fermant la marche. Jusqu'au hall, puis au deuxième étage. Jusqu'au troisième.

On pouvait l'entendre, les grognements et les coups de mains frénétiques battant contre les murs. Les sifflements et la rage à demi chuchotée. La brèche était là.

— Y a-t-il un autre escalier ? ai-je demandé à Laurence.

J'étais déjà monté dans cet immeuble une fois auparavant, quand Anna et moi avions essayé de parler aux esprits que nous avions liés à la Montagne. Nous avions pris l'escalier central jusqu'en haut. Elle n'avait jamais mentionné s'il y avait un autre chemin, mais il semblait étrange que ces marches soient si vides.

— Étroit et dangereux, a dit Laurence. Un escalier de secours. Je n'ai jamais compris pourquoi on en aurait besoin dans Riven.

— Il y a une longue histoire sur l'origine de tout ça, ai-je dit. Je te la raconterai plus tard. Si les esprits ne montent pas par celui-ci, alors ils doivent passer par l'autre.

— C'est une bonne chose, non ? a suggéré Selena. Moins d'obstacles avant d'atteindre Anna ?

— En théorie.

— Attendez, a dit Alec. J'ai une tablette. On peut fermer la brèche.

— Alec et Selena. J'ai sorti mon long couteau et l'ai tendu à Laurence. Toi aussi. Trouvez la brèche, fermez-la. Je vais chercher Anna.

— Tu es sûr ? a dit Alec. On pourrait se diviser équitablement ?

— La brèche est plus importante. J'ai levé l'épée. Et vous avez vu ce truc ? Je m'en sortirai.

Selena a levé les yeux au ciel. Je lui ai fait un grand sourire. Les esprits aimaient aussi jouer les héros.

Le trio s'est séparé, se dirigeant dans le couloir un pas à la fois. J'ai soulevé la grande épée devant moi, les deux mains enroulées autour de la poignée, et j'ai foncé dans les escaliers. Une fois de plus, j'ai pris conscience de la façon dont l'endurance sans fin d'un esprit rendait la montée des étages en tenant une arme lourde aussi facile qu'un petit jogging à Chicago. J'espérais juste qu'Anna serait encore là pour que je puisse la sauver.

SAUVER LA FOUINEUSE

J'atteignis le quatrième étage et les choses devinrent compliquées. Deux esprits se tenaient sur le palier, grognant l'un contre l'autre. Ils se disputaient pour savoir qui passerait en premier. Deux soldats. Portant encore leurs uniformes en lambeaux. J'avais remarqué qu'au fur et à mesure que la guerre avançait, la qualité de l'équipement porté par les esprits devenait plus mince, plus minable. Avant, ils traversaient dans des couleurs nettes, avec des médailles et des grades cousus sur les côtés. Maintenant, ils ne portaient guère plus que des haillons. Tout ce que les pays pouvaient produire assez rapidement pour habiller leurs troupes.

Et pourtant, ces simples uniformes étaient si étroitement liés à l'identité du soldat que lorsqu'ils mouraient, ces haillons les accompagnaient de l'autre côté.

— J'aimerais que plus de gens se battent pour moi comme vous vous battez pour ces escaliers, dis-je en arrivant sur le palier.

Le soldat le plus proche me lança un regard furieux, ses yeux brûlant d'un feu bleu. Il se retourna et bondit vers moi, les mains tendues. La hauteur de l'escalier lui donnait une bonne portée, mais s'avéra être une piètre défense contre ma grande épée. Je la fis passer de droite à gauche, attrapant l'esprit en plein saut et le projetant dans les escaliers tandis qu'un feu bleu l'enveloppait. Où qu'il atterrisse, il ne marcherait que vers un seul endroit. Le Cycle.

Le second esprit me plaqua en arrière dans les escaliers, m'attrapant avant que je ne puisse mettre l'épée en position. Nous rebondîmes contre le mur, roulant l'un sur l'autre dans les marches. À mi-chemin du troisième étage. Je continuai à rouler jusqu'à ce que je me retrouve au-dessus, à plat sur une marche. L'esprit essaya de me mordre et j'enfonçai la garde de la grande épée dans son visage. Le repoussant.

J'aurais adoré avoir mon long couteau. Pour le saisir de ma main gauche, porter un coup rapide pour finir le combat. La grande épée n'était pas très efficace au corps à corps. Alors je fis ce que je pus. Je levai à nouveau la garde et frappai une seconde fois le visage de la créature. Gagnant un moment de confusion hébétée. J'en profitai pour relever mon genou et planter mon pied sur le ventre de l'esprit. Je me redressai et remontai de quelques marches. L'esprit se releva et me suivit, agrippant mes chevilles. Très bien. Je fis pivoter l'épée dans mes mains et la plantai droit vers le bas. En plein milieu de l'esprit. Je l'envoyai au loin dans une explosion de bleu.

Je montai les escaliers, dépassant le quatrième étage pour atteindre le cinquième. J'entendais des bruits à l'autre bout de l'étage. Vers l'endroit où Laurence avait dit qu'il pourrait y avoir un escalier de secours. J'avais le choix. Je pouvais aller par là, affronter les esprits ici et me frayer un chemin vers le haut. Ou prendre ces escaliers, la voie la plus facile pour atteindre le toit.

J'optai pour la voie de la moindre résistance.

Je montai au sixième étage puis au septième. Ou plutôt, jusqu'à la porte donnant sur le toit. J'écoutai avant de tourner la poignée, mais n'entendis rien de l'autre côté. Ni choc de métal, ni grognements, ni combats. Si Anna était encore en vie, elle s'était dégagé pas mal d'espace.

J'utilisai mon épaule, poussai la porte en tenant l'épée prête à frapper tout ce qui se trouverait de l'autre côté. Seulement je ne vis personne. Pas une âme sur tout le toit. Rien que des pierres vides et la vaste étendue de la ville au-delà du bord.

— Anna ? criai-je. Où es-tu ?

— Carver ! J'entendis la voix d'Anna, sur le côté du bâtiment. En dessous du toit.

Je courus, piétinant les pierres plates. Je regardai par-dessus le bord et vis que Laurence avait raison. Un deuxième escalier s'accrochait au bâtiment, du fer noir grimpant sur le côté dans un motif entrecroisé. Au sommet de cette issue de secours, tenant en respect une longue file d'esprits grondants et se débattant, se tenait Anna. Elle maniait à deux mains le fléau que Nicholas avait fabriqué pour elle, l'écrasant sur un esprit qui tentait de grimper jusqu'à elle. Anna frappait lentement, et je remarquai qu'elle saignait de nombreuses coupures. En particulier une longue entaille au-dessus de son œil gauche.

— Ça te dirait qu'on échange nos places ? dit Anna sans lever les yeux vers moi. Sa voix était chargée d'épuisement. Je suis là depuis un bon moment maintenant.

— Laisse-moi un peu de place, dis-je. Anna recula, permettant à deux esprits de gagner quelques marches de plus sans que son fléau ne balaie devant elle. C'était une erreur. Je sautai du toit, abattant la grande épée devant moi dans ma chute. J'atterris sur la plateforme en haut des escaliers et abattis l'épée sur les deux esprits. En les pourfendant, je compris pourquoi Anna avait choisi de se battre ici, plutôt que sur la surface plus large du toit.

Les esprits que j'avais maîtrisés restèrent là un moment sur les marches, bloquant le passage à ceux qui s'énervaient derrière. Confus et perdus. Nous faisant gagner du temps.

— Pas un mauvais plan, dis-je. Mais pourquoi n'as-tu pas utilisé ton étinceleur ? C'est fait pour ça.

— On l'a fait. Anna s'affaissa contre la rambarde. J'ai utilisé toutes les étincelles que j'avais. Seulement le ciel est trop encombré. Il y a tellement de lumières maintenant qu'il est impossible de savoir lesquelles ont vraiment besoin d'aide. Ou peut-être que personne n'a même remarqué.

En revenant à Riven depuis les canyons de Mali, j'avais remarqué la même chose. Le ciel était un arc-en-ciel changeant de couleurs alors que d'innombrables étincelles éclaboussaient le brouillard. Notre principal moyen de communication devenait moins efficace plus nous l'utilisions. S'il y avait des étincelles partout, nous ne pouvions pas savoir lesquelles nécessitaient une réponse prioritaire, ou même une réponse tout court.

— Donc tu étais piégée ici ? demandai-je.

— Non, je suis restée parce que j'en avais envie, rétorqua Anna. Ça n'a pas l'air amusant ?

— Désolé, mauvaise question.

Les deux esprits reculèrent à travers la ligne des esprits en colère et je pris la place d'Anna. J'agitai ma lame devant les mains avides de la vague suivante, les tenant à distance. Et s'ils s'approchaient trop, je les coupais en deux.

— Tu as trouvé Laurence ? demanda Anna.

— Il s'amusait au sous-sol. Je donnai un coup à un esprit et l'envoyai vaciller en bas des escaliers, se consumant. Il faut que tu apprennes à ce type à se battre.

— Je le ferai, avec tout ce temps libre dont nous disposons, dit Anna, puis elle se ragaillardit. Mais si nous pouvons prendre ce bâtiment, je pense que ça aidera. Bryce ne sait pas où envoyer ses forces. Nous réagissons, nous ne sommes pas proactifs. Plus nous attrapons de brèches tôt, moins nous aurons de goules à gérer.

— Nous le prendrons, dis-je. Selena et Alec, ils sont

occupés à gérer la brèche. Une fois qu'elle sera fermée, nous devrions pouvoir nettoyer le reste de ces types sans problème.

— Merci, Carver.

— C'est de ma faute si tu es dans ce pétrin. Je te dois au moins une évasion.

Nous sommes restés là, tenant bon au sommet du toit pendant encore un moment. Jusqu'à ce que des cris commencent en bas. Alec et Selena avaient fermé la brèche et remontaient vers nous. Quand les esprits me tournèrent le dos, j'en fis rapidement mon affaire. Nous nous sommes retrouvés au milieu, au cinquième étage. Alec et Selena avaient l'air sombre.

— Où est Laurence ? demandai-je.

— Il est passé de l'autre côté, après vous avoir vus tous les deux en haut. Apparemment, vous avez passé un petit moment de ce côté-ci ? dit Alec.

— Mon corps est probablement mort, dit Anna. Je ne plaisante qu'à moitié.

— Alors va-t'en. Je parlerai du bâtiment à Bryce. Ne t'inquiète pas.

— Nous devons aussi nous mettre en route, dis-je. Nara attend.

— Elle n'est pas la seule. Tout le monde attend, Carver, vas-y. Trouve un moyen de nous sauver. Selena, ne le laisse pas tout gâcher.

— Tu demandes l'impossible, dit Selena alors que nous nous frayions un chemin à travers les esprits stupéfaits.

— Carver, dit Alec, et je le vis tenir mon long couteau par la lame. Tu oublies quelque chose ?

Il me lança l'arme et je l'attrapai, sentant le tranchant entailler ma paume. Je sentis la coupure commencer à se refermer immédiatement tandis que je glissais le couteau dans son étui. Mon esprit compensant mes erreurs.

Nous quittâmes les Warrens et nous dirigeâmes vers l'est.

La première fois que nous avions quitté la ville, Alec et Anna nous avaient personnellement escortés. Maintenant, nous n'avions personne. Maintenant, les guides qui couraient partout nous remarquaient à peine. Nous n'avions pas de feu bleu dans les yeux, nous n'avions pas de brèche derrière nous, il n'y avait pas de temps pour enquêter sur une paire d'esprits. Pas de raison s'ils n'essayaient pas de nous tuer.

Riven se mourait de mille blessures. Les guides devaient se concentrer sur les plus importantes.

Demandes Et Évasions

Les champs de céréales n'étaient pas aussi attrayants que les rues sombres de Riven. Ces tiges sans fin, sachant qu'elles avaient été créées par une déesse malade n'ayant plus d'amour pour la personne que Mali avait piégée, rendaient les plantes ondulantes encore pires qu'avant. J'ai vu Selena frissonner, j'ai eu envie de faire de même alors que nous nous frayions un chemin. Chacune de ces tiges miroitantes était le produit du délire d'une seule personne.

Nous sommes arrivés rapidement à la clairière de Nara. Aucun de nous ne voulait passer une minute de plus dans ces champs. Son feu brûlait toujours, la pile de céréales était à la même hauteur que lorsque nous l'avions quittée. Les ruines calcinées envoyaient une fine fumée vers le ciel, laissant dans l'air une odeur de bois sec. Nara elle-même n'était pas dehors quand nous sommes arrivés. Elle n'est apparue qu'après que nous soyons restés là pendant une bonne minute ou plus. Comme si elle attendait le bon moment pour faire son entrée grandiose.

Pas que sa frêle silhouette, drapée et fatiguée, puisse réussir cela.

— Je ne compte que deux d'entre vous, dit Nara.

— Mali n'a pas aimé votre offre, soupirai-je. Elle ne nous aimait pas beaucoup non plus.

Je me suis lancé dans le récit. Le combat avec la goule, le spectacle aquatique de Mali, et j'ai gardé un œil sur le visage de Nara tout du long. Son expression n'a jamais changé. Pas même lorsque j'ai partagé les commentaires de Mali, ces déclarations dures sur la question de savoir si Nara était digne de confiance. Si ses motifs étaient sincères. Que Nara ne ferait que plonger Riven dans un chaos plus profond. En fait, la seule réaction que j'ai vue est venue quand je lui ai dit comment j'avais poignardé Mali avec le carreau d'arbalète. Le feu bleu consumant le pouvoir de Mali, sa conscience. À ces mots, Nara a fermé les yeux pendant une seconde et j'ai juré, j'ai juré avoir vu une larme couler le long des rides de ses joues.

Quand Nara a rouvert les yeux, ils étaient aussi féroces qu'avant.

— J'aurais dû m'attendre à ce que Mali ait perdu sa vision, dit Nara. Mali a toujours été la plus en phase avec le présent. Avec ce qu'elle ressentait sur le moment. C'est ce qui faisait d'elle une créatrice si grande et si terrible. Ses caprices ont construit la ville, construit la forêt, construit cet immense champ. Elle ne réfléchissait pas à où cela menait, elle ne réfléchissait pas à ce qu'elle faisait.

— Je voulais vous demander, dit Selena. Si vous saviez pourquoi la ville de Riven est si proche du moderne ? Si Mali était ici depuis des siècles, pourquoi aurait-elle construit un endroit qui doit être complètement différent de son époque ?

Nara sourit, jeta un coup d'œil au feu. — Ce n'a pas toujours été comme ça. La ville a vécu et est morte mille fois. Je ne l'ai pas vue depuis si longtemps que je me souviens à peine de son apparence. Au fur et à mesure que de nouveaux esprits venaient à nous, Mali leur faisait raconter le monde, et elle refaçonnait Riven pour correspondre à leurs récits. Tu dis qu'elle gardait ses propres nouveaux esprits. Je suppose que, quand elle en avait envie, Mali reconstruisait la ville.

— Ne le remarquerions-nous pas ? dis-je. Si, disons, il y a cent ans, la ville s'était transformée ?

— Peut-être l'avez-vous fait. Y a-t-il des archives ? Des journaux écrits ?

— Quelques-uns, dis-je. Mais la plupart concernent des guides. Des noms et des titres. Des positions et des lois. Riven elle-même a toujours semblé être la même. Une tâche sans fin.

— Alors peut-être est-ce là votre réponse, répondit Nara. Si l'attention est toujours portée sur les esprits, alors un monde qui change légèrement une fois dans une vie peut ne pas être si remarquable.

Nara avait raison. Si j'avais erré dans les Warrens demain et trouvé qu'ils avaient été rénovés avec des bâtiments plus récents, j'aurais pu être confus pendant un moment, mais à la première vue d'un esprit torturé, je serais revenu à la normale. Riven avait tendance à tuer les curieux.

— Mali a mentionné des prisons, dis-je, revenant au sujet. Avec l'eau, elle semblait montrer que vous trois étiez divisés. Est-ce pour cela que vous n'êtes pas venue avec nous ?

— Quand nous nous sommes séparés, dit Nara, nous avions nos différends. Nous avons réalisé que nous représentions un grand danger pour Riven avec nos luttes. Alors nous nous sommes mutuellement scellés. J'espérais que Mali pourrait briser les barrières.

— Je ne vois aucune barrière.

— Le champ, dit Nara. C'est ma prison. Dolan a son désert, et Mali ses canyons.

— Je ne comprends pas, dit Selena. Comment ? Comment pouvez-vous sceller quelqu'un à un seul endroit ?

— Sûrement qu'à présent vous acceptez que Riven ait des secrets dont vous n'êtes pas au courant ? Peut-être, avec le temps, comprendrez-vous.

J'avais écouté des guides me donner des déclarations vagues toute ma vie. Grandir avec une phrase après l'autre me disant d'accepter ce qu'on m'avait dit et de ne pas poser de questions. De faire avec le fait que certaines choses n'étaient pas destinées à être connues de moi jusqu'à un "moment" indéfini. J'avais vaincu le chef des guides au combat, sauvé et damné mes propres parents, et j'avais été assassiné. Que pourrais-je faire de plus pour être prêt à comprendre quelque chose ?

— Nara. J'ai dégainé la grande épée. Je l'ai pointée vers la femme. J'ai senti les yeux de Selena me brûler, mais je l'ai ignorée. — Expliquez. Ou je supposerai que ce que Mali a dit est vrai. Je vous achèverai ici et je tenterai ma chance avec les esprits.

— Une déclaration audacieuse, répondit calmement Nara. Et sans doute, Carver Reed, es-tu prêt à tenter ta chance. Mais qu'en est-il d'elle ? Qu'en est-il de tes amis dans la ville ? Es-tu prêt à tous les risquer sur ton jugement impulsif ?

J'ai plissé les yeux et elle a levé une main noueuse. — Pourtant, peut-être as-tu raison. Tu veux savoir pourquoi nous sommes scellés ? Va, trouve Dolan. Il te le dira. Si Mali ne peut pas aider, alors il est notre dernière option. Bien que nous trois aurions été mieux, Dolan et moi pouvons encore faire ce qui doit être fait.

— Et pourquoi ne pouvez-vous pas nous le dire ? Pourquoi ne pouvez-vous pas nous donner les réponses ?

— Me croirais-tu si je le faisais ? répondit Nara, et je devais admettre qu'elle avait raison sur ce point. J'avais déjà commencé à prendre chacune de ses phrases avec une bonne dose de doute.

— Vous avez dit qu'il vivait dans un désert ? Selena nous a poussés au-delà de la tension. J'ai éloigné l'épée, l'ai remise dans son fourreau.

— Au sud de la ville, dit Nara. Dans une mer de sable

semblable à ce champ. Si vous continuez à marcher, vous le trouverez. Amenez-le ici, et ensemble nous pourrons vous aider.

Nara se retourna pour entrer dans sa hutte, et Selena regarda en arrière, vers le chemin que nous avions emprunté.

— Attendez, dis-je au dos de l'esprit. J'ai encore une question.

Nara me regarda par-dessus son épaule, son visage impassible. Ni surprise, ni irritation, rien du tout. — Pose-la.

— Mali. Ce qu'elle nous a montré, on aurait dit que vous liez des esprits. Beaucoup, beaucoup d'entre eux. Comment avez-vous fait, si vous n'étiez pas vivante ?

Nara sourit, mais je n'aimais pas l'avidité qui apparut dans ses yeux plissés. Une personne à qui l'on rappelle son génie et qui est impatiente de le montrer. — Une âme vivante lie une autre en donnant une partie de sa vie. Comme allumer un feu avec du petit bois. Un esprit mort lie d'une autre manière. En volant ce qui reste de celui qu'il cherche à contrôler.

Ses paroles firent tilt. La tour de Barth, à l'extrémité de la ville. L'ancien guide devenu fou avait plus d'une douzaine d'esprits à son service, mais la plupart avaient perdu leur personnalité. Ils étaient immobiles et silencieux, à l'exception de celui que Barth avait chargé de nous accueillir.

— Combien ? demandai-je. Combien d'esprits pouviez-vous lier de cette façon ?

— Pourquoi as-tu besoin de savoir ? Tu as des idées ?

— J'essaie de comprendre les vôtres.

— Je t'ai dit, maintes et maintes fois, que mon véritable souhait est de sauver ma patrie, déclara Nara, une pointe d'agacement perçant dans sa voix.

— Vous n'avez pas dit comment.

— Tu n'es pas en position de poser des questions. Maintenant, va-t'en. Tes amis sont en train de mourir pendant que tu perds ton temps.

Je n'avais rien à répondre à cela. Tandis que Nara retournait dans sa hutte, Selena et moi nous remîmes en route à travers le champ de céréales. Nous marchions de nouveau vers la ville, puis vers le sud, vers une autre partie de Riven que je n'avais jamais vue.

Avec un peu de chance, le désert et Dolan se montreraient moins hostiles que la jungle et sa reine.

L'amour Dans L'au-Delà

Pour atteindre le désert, nous devions à nouveau faire un choix : retraverser la ville ou la contourner. Nous sommes arrivés à la porte est sans avoir à prendre cette décision et, en regardant le Palais en ruine et le défilé d'étincelles au-delà, j'ai jeté un coup d'œil à Selena et haussé les épaules.

— Si on entre là-dedans, on risque de s'enliser, ai-je dit. Tu as entendu Alec, on n'a pas de temps à perdre.

— Tu m'entends argumenter ?

— Je, euh, non. Je suppose que je voulais juste donner mon avis.

Selena a hoché la tête, croisant mon regard à travers l'arche. — Allez, Carver. Contournons par l'extérieur. Bryce et les autres peuvent tenir le coup suffisamment longtemps.

Nous avons donc suivi le mur vers le sud. Nous avons passé la majeure partie du voyage à débattre pour savoir si Nara allait s'avérer être la pire décision que nous ayons jamais prise. Après avoir vu le spectacle de Mali, je me sentais de moins en moins convaincu que le vieil esprit dans la hutte se révélerait être un bon choix. Qu'en essayant de nous sauver, nous finirions par plonger Riven dans une ruine encore plus sombre.

— Difficile de faire pire que la fin du monde, a répondu Selena quand j'ai exprimé cette pensée.

— Tu lui fais confiance ?

À notre droite, le mur de la ville continuait. Nous marchions sur la terre dure, évitant les champs de céréales à notre gauche. Au-dessus, le même ciel gris planait sur une brise qui faisait tourbillonner des flocons de cendre dans l'air. Je n'ai jamais vraiment compris d'où venaient ces flocons, mais ils donnaient à Riven l'impression qu'il neigeait constamment. De légères averses. Sans aucun du charme saisonnier du froid naturel.

— Je vois quelqu'un qui veut quelque chose et qui pense que nous sommes le meilleur moyen de l'obtenir, a dit Selena. Mon premier mari, l'alcoolique ?

— Celui qui est tombé de la fenêtre de l'appartement ?

— Matthias, oui. Nous avions une entente similaire, a dit Selena. Je ne voulais pas rester à la campagne. Il voulait une femme et vivait en ville, là où je pensais que tout ce qui comptait vraiment se passait.

— C'est naïf, ai-je dit.

— Qu'attends-tu d'une fille de quinze ans ? a répondu Selena. Pendant un bref moment, c'était aussi tout ce que j'avais imaginé. Matthias m'utilisait, moi, sa nouvelle et jolie épouse, pour entrer dans le genre de clubs et de fêtes auxquels il n'avait pas été invité auparavant. C'était un marché, et nous en tirions tous les deux profit.

— Tu es tellement romantique.

— Je t'en prie, a dit Selena. Tu n'es pas mieux. C'est pourquoi nous sommes parfaits l'un pour l'autre. Nous sommes si mauvais pour partager nos sentiments qu'il a fallu qu'on meure tous les deux pour vraiment tomber amoureux.

J'ai ri. Je ne pouvais pas contester ça. Avant, quand j'avais lié Selena, il y avait toujours eu notre statut inégal qui planait au-dessus de nous. Je pouvais retourner de l'autre côté tandis que Selena devait rester à Riven. Si j'étais mort, le lien aurait été rompu, l'envoyant potentiellement dans le Cycle. Maintenant, nous avions besoin l'un de l'autre. Nous avions besoin des histoires de l'autre, de leur main pour tenir à distance les murmures du Cycle.

Riven n'avait pas de dîners en amoureux. Pas de théâtres ni de cirque. Mais il avait du temps. Nous ne dormions plus, nous ne fatiguions plus. Nos moments venaient quand nous travaillions à maîtriser un esprit, quand nous naviguions dans la jungle bondée des canyons de Mali, quand nous remplissions l'interminable grisaille avec les histoires que nous nous racontions. Ce que nous avions n'était pas un conte de fées, mais je l'aimais tout autant.

— Alors en quoi Matthias te fait-il faire confiance à Nara ? ai-je demandé.

— Parce qu'elle ne changera pas tant qu'elle n'aura pas obtenu ce qu'elle veut, a dit Selena. Et quand les gens obtiennent ce qu'ils veulent, ils baissent leur garde. Si Nara commence à faire quelque chose qui ne nous plaît pas, on s'occupe d'elle.

— Je ne sais pas s'il y a beaucoup de fenêtres d'appartement pour la pousser dans ce champ.

— On n'en a pas besoin. Pas ici, a dit Selena. Je pouvais dire sans regarder que sa main reposait sur le manche du couperet. En cela, Selena avait raison. Si Nara décidait de jouer à un autre jeu, essayait de changer les règles, nous pourrions en finir avec elle tout comme nous l'avions fait avec Mali.

À Travers Le Désert

Lorsque nous atteignîmes la porte sud, de l'autre côté des Bas-fonds et de l'endroit le plus animé de Riven, je m'arrêtai pour contempler le flot d'esprits. Des milliers d'entre eux se pressaient à travers la porte, quittant la ville pour se diriger vers le Cycle. Ils suivaient un chemin descendant qui traversait la sombre forêt et remontait vers la Montagne au-delà. Techniquement, la porte ouest aurait été plus proche, mais le chemin passait par ici et les esprits le suivaient.

C'était peut-être ainsi que Mali l'avait conçu.

Au sud, l'herbe morte et clairsemée de Riven s'étendait jusqu'à l'horizon. Je me demandai si ce serait comme dans les canyons, où nous marcherions vers le néant à un moment donné, et où l'instant d'après, un nouveau monde s'ouvrirait devant nous.

— Pourquoi est-ce si bondé ? demanda Selena, émerveillée par la porte. Ce n'était pas aussi terrible quand nous avons sauvé Bryce.

— Les brèches, répondis-je. Normalement, les esprits sont

dispersés dans tout Riven, mais maintenant ils se concentrent. Quand une bataille sur Terre forme une brèche, elle attire d'autres esprits qui traversent. Ensuite, tu te retrouves avec un grand groupe. Les guides les éliminent, et ils marchent ensemble jusqu'ici. Rejoignent les autres.

— C'est lugubre.

Tous ces visages ; hommes, femmes, enfants du monde entier traînant les pieds les uns derrière les autres. Regardant droit devant eux. Silencieux et engourdis.

— C'est paisible, dis-je, et Selena pencha la tête vers moi.

— J'imagine qu'on peut le voir comme ça, répondit-elle.

— Je choisis de le voir ainsi. C'est plus facile à gérer si on le voit de cette façon. Une marche paisible vers un sommeil sans fin.

Nous nous aventurâmes vers le sud, foulant le sol jusqu'à ce que je remarque qu'il commençait à céder. Mes pas tombaient sur un sol moins ferme. La terre se déplaçait, et mes empreintes laissaient des marques plus profondes. Le peu d'herbe qu'il y avait mourut.

— C'est blanc, dit Selena en regardant devant elle. Face à nous, la terre de Riven se transformait en un sable soyeux, étalé en petites dunes comme si quelqu'un avait répandu une fine couverture de neige. Des flocons de cendre tombaient et disparaissaient dans le paysage, enfouis par la légère brise de Riven.

— Au moins, ce n'est pas gris, répondis-je.

Marcher dans le sable aurait été une corvée si nous avions été vivants. Capables de nous épuiser. Je supposai que c'était la raison pour laquelle personne n'avait exploré ces régions auparavant. Les canyons et le désert étaient si loin au-delà des murs de la cité de Riven que n'importe quel guide vivant aurait dû faire demi-tour. Peut-être qu'avec une succession de différents points de passage, on aurait pu progresser de plus en plus loin, mais cela soulevait une autre question.

Pourquoi ?

Pendant près de deux mille ans, les guides avaient opéré à Riven sans chercher les origines de ses structures. Ils s'étaient tenus à leur objectif principal : rassembler les esprits, maintenir les morts en mouvement vers le Cycle. Notre nombre ne nous avait jamais donné le luxe d'envoyer des guides en expédition.

Notre. Je parlais encore comme si j'étais l'un d'entre eux. Non seulement j'étais un esprit, n'étant plus vivant, mais j'avais tué Piotr, le dernier chef des guides. Il avait peut-être couru à la catastrophe, mais je ne pense pas que je puisse encore prétendre à l'appartenance à ce groupe estimé. Je jetai un coup d'œil à Selena qui marchait à côté de moi, ses yeux brillants dans la lumière reflétée par le sable.

J'avais ce dont j'avais besoin.

La colonne apparut dans un lent dévoilement. Un obélisque ombragé à la limite de notre vision qui se révéla avec ses semblables derrière lui à mesure que nous nous approchions. Aussi haute que celles qui bordaient le temple de Mali, et gravée de runes similaires. Derrière la colonne, la séparant de chaque côté, il y en avait d'autres. Une longue rangée menant à ce qui semblait être un vaste ensemble de bâtiments.

Laurence avait une carte, à Chicago, qui laissait entrevoir une ville comme celle-ci. Un endroit en ruine. S'il y avait quelqu'un qui aurait fait les bonds nécessaires pour aller si loin, ce serait lui. Maintenant, je regrettais de ne pas avoir étudié cette carte plus attentivement. Autant j'avais apprécié de tomber dans le piège du temple de Mali, autant je préférerais éviter la même situation ici.

— Tu le vois ? me dit Selena. Sur la statue ?

Je regardai plus attentivement en nous approchant. Et je le reconnus. Le disque, les trois figures plaquées sur la pierre dure. La même image que dans le spectacle aquatique de Mali. Rien d'autre n'ornait la statue, juste un tas de briques sableuses empilées les unes sur les autres.

La colonne suivante continuait l'histoire. Les figures bougeaient maintenant, certains des fins contours bleus que j'avais pris pour des esprits apparaissant sur le disque. Les mêmes illustrations, la même histoire. Elle se déroulait sur les statues, chacune montrant la scène suivante à mesure que nous avancions plus profondément et plus loin dans la rangée.

— Je suppose que cela signifie que Mali a dit la vérité, dit Selena. À moins qu'elle n'ait fait celles-ci aussi, et que tout soit un mensonge.

— Cela semble beaucoup de mal, mais je ne peux pas l'exclure. Je passai un doigt le long d'une des peintures. Pour voir si elle s'écaillerait, mais les colonnes étaient solides. D'après ce que Mali a dit, on dirait qu'elle a créé tous ces endroits.

Nous arrivâmes aux scènes de guerre. Où les figures sombres avec le feu bleu attaquaient les esprits. Les poussaient dans le Cycle. Sans Mali pour faire avancer l'histoire, nous prîmes le temps d'examiner les figures. Les peintures qui leur donnaient vie.

— Tu penses que ce sont les guides ? demandai-je à Selena. Rassemblant les esprits et les renvoyant au Cycle ?

— Je ne vois pas ce que ça pourrait être d'autre, dit Selena. Ce qui ferait de cette troisième figure la raison de notre existence.

— Notre ?

— J'ai l'impression de l'avoir mérité, Carver, dit Selena en croisant les bras. Te garder en vie doit bien valoir quelque chose.

— Le plaisir de ma compagnie ne suffit pas comme paiement ?

— Si seulement. Selena m'adressa un léger sourire. Je sais que je ne devrais pas m'en soucier. Que c'est inutile, étant donné que nous sommes des esprits, mais je n'ai jamais *appartenu* à quoi que ce soit. Pas une seule fois.

— Jusqu'à maintenant, dis-je, gagnant cette fois-ci son

sourire complet. Bien sûr, cela signifie que tu ne peux pas partir. Tu ne peux pas te réfugier dans un coin reculé de Riven quand les choses deviennent dangereuses.

— Parce que c'est tellement mon genre.

— Je dis juste que les guides n'acceptent pas les profiteurs.

— Ils t'ont accepté, toi, alors je pense que ça ira pour moi, répliqua Selena.

— Bien vu.

La colonne suivante montrait une image des trois figures, se tenant séparément et divisées par d'épaisses barres vertes. Mali avait laissé entendre que c'était à ce moment-là qu'ils s'étaient enfermés les uns les autres. Mais elle n'avait jamais expliqué les prisons. Nara avait dit qu'elle ne pouvait pas quitter le champ, mais pourquoi ? Comment ?

— Penses-tu qu'elle ne pouvait pas quitter les canyons ? méditai-je.

— Je pense que Mali était aussi piégée que Nara, dit Selena. Et Dolan, il est piégé ici.

— J'espère qu'il sait comment se libérer. Si nous faisons tout ce chemin pour rien...

Je passai à la colonne suivante, la dernière. Comme la première, elle se dressait au centre du chemin. Les autres colonnes s'étalaient de chaque côté, nous racontant à travers des images peintes l'histoire des trois esprits et comment ils avaient fait de Riven ce qu'elle était aujourd'hui. Celle-ci, sur trois de ses quatre côtés, montrait un esprit. Mali, Dolan et Nara. Chacun peint avec un cercle vert autour de la figure. Le cercle semblait prolonger la ligne de l'un à l'autre. Mali, la main tendue, semblait pousser le cercle autour de Dolan. Qui faisait de même pour Nara, qui complétait l'arc autour de Mali.

La portée de Nara coupait à travers le côté vierge de la colonne, l'entièreté de ce côté n'étant qu'une seule ligne verte transperçant les pierres. Comme si quelque chose aurait pu être là, mais avait été omis au dernier moment. Je sentis une main se poser sur mon épaule, lourde. Au début, je pensais que c'était Selena, puis je regardai.

Les yeux larges et perdus d'un esprit nouveau à Riven me fixaient.

Aider Un Esprit

Jeune, un garçon qui ne devait pas avoir plus de douze ou treize ans. Aucune marque de maladie, aucune blessure mortelle. Le garçon avait eu la présence d'esprit de transformer son esprit en ce qu'il voulait être, plutôt qu'en ce qu'il était.

— Carver, je le tiens, dit Selena derrière le gamin, la voix tendue. Son couperet sans doute prêt à frapper.

— Attends, dis-je. Les esprits ne devraient pas apparaître ici. Il devrait être attiré vers une brèche, ou l'un des autres endroits de la ville.

— La ville ? dit le garçon. Tu sais où je suis ?

Je commençais à répondre, mais les yeux du garçon se détournèrent et, au milieu de ma phrase, il se mit à marcher derrière la colonne. Plus loin dans le désert. Pas inhabituel. Les esprits avaient beaucoup de choses en tête, et leur esprit n'était pas vraiment entier pour commencer.

— On devrait le maîtriser ? demanda Selena en venant à côté de moi.

— Non, dis-je. Je n'ai pas vu de feu. Suivons-le.

Nous avons suivi l'esprit plus profondément dans le désert. Au-delà des colonnes et dans ce qui semblait être un petit village. Des maisons d'un étage, leurs briques pâles de style adobe s'élevant du sable blanc en formes carrées. Elles semblaient anciennes, mais aussi immaculées. Un décor construit par un historien, ou quelqu'un faisant une maquette dans un musée. L'esprit passa devant les maisons, sans prendre la peine de les vérifier ou de regarder à l'intérieur.

— Qui es-tu ? demandai-je à l'esprit, l'appelant devant lui. Parfois, pousser un esprit à se souvenir de qui il était pouvait lui donner une certaine lucidité. Le ramener du bord du gouffre. Le garçon me jeta un coup d'œil.

— Mes parents m'appelaient Turner, dit le garçon. Tu ne penses pas qu'ils sont ici, n'est-ce pas ?

Encore une fois, quand je commençai à répondre, le garçon se détourna et marcha. Plus loin dans la ville.

— Il ne va pas vers le Cycle, dit Selena.

— Ce qui signifie qu'il nous emmène là d'où il vient, répondis-je. On le maîtrisera là-bas.

Après quelques virages supplémentaires à travers les rues du désert, nous sommes arrivés à une grande cour. Des pierres pavaient le centre, et le large carré était entouré de tous côtés par d'autres bâtiments en brique. Plusieurs d'entre eux s'élevaient sur deux étages et un, en face de nous, se dressait sur quatre étages complets. Le grand bâtiment semblait conçu d'une main experte, son entrée bordée de colonnes jumelles culminant en une arche. Le temple de Mali, en version désertique.

— Il y a une brèche, dit Selena en pointant du doigt. Au centre de la cour, le large bassin miroitant d'une brèche nous fixait. D'autres esprits flottaient autour des bords. Regardant autour d'eux, curieux. Elle devait s'être formée il y a quelques instants seulement. Les esprits n'étaient pas encore en colère, pas encore vicieux et déterminés à nous déchirer.

— Turner, dis-je. C'est là que tu voulais nous emmener ?

— Je pensais que vous pourriez aider mes amis, dit Turner. Nous sommes tous perdus, tu vois.

Ma main dériva vers ma grande épée. Il n'y avait qu'une seule direction pour ces esprits.

Victimes De Guerre

J e dégainai la grande épée de mon dos et la pointai vers le garçon. Selena tira son couperet et son long couteau à côté de moi. Nous n'avions jamais affronté une brèche seuls, mais celle-ci ne brûlait pas. Pas encore du moins.

— Carver, dit Selena. Nous n'avons pas de tablette.

— Alors on nettoie du mieux qu'on peut.

Sans tablette de saphir, je ne savais pas comment nous allions fermer la brèche, mais laisser des esprits errer finirait par créer un essaim furieux. La brèche grandirait. Elle engloutirait la ville du désert et commencerait à déverser des esprits vers le nord. Retarder cela autant que possible importait toujours.

Turner ne bougea pas quand je m'approchai de lui, quand je fis pivoter la poignée, quand le feu bleu se mit à brûler sur lui et autour de lui. Les autres esprits se tournèrent pour regarder, bouche bée, tandis que je faisais mon chemin, échangeant des coups avec Selena. Nous effacions ce qu'il restait des esprits de Riven pour que leurs âmes sans esprit puissent entamer leur dernière marche vers le Cycle. En une minute, nous avions nettoyé la majeure partie de la cour. Du moins, c'est ce que je croyais.

J'ai failli sursauter au premier hurlement, tellement en décalage avec le silence du lieu. Le bruissement du vent sur le sable, le murmure occasionnel de la brise tournoyant dans une maison voisine. Sinon, les seuls bruits provenaient du sifflement de nos lames. Jusqu'à ce que les nouveaux venus fassent connaître leur présence.

Ils rampaient hors de la brèche sans que nous nous en apercevions, une main à la fois. Se hissant, ils ressemblaient à des soldats. Ou à des autochtones d'un pays que je ne connaissais pas. Les brèches ne faisaient pas de discrimination.

Deux esprits se levèrent de la flaque, regardant autour d'eux. Leurs yeux scintillaient de ce feu bleu pâle qui signifiait que toute trace de raison avait quitté leurs âmes.

— Et juste quand je commençais à m'ennuyer, leur dis-je en agitant l'épée dans leur direction. Les esprits sifflèrent et chargèrent vers moi, les bras tendus et griffant vers mon visage.

J'avançai la jambe gauche, m'engageant dans un large mouvement qui coupa en deux les deux esprits et les envoya brûler au sol. Derrière eux, cependant, quatre autres paires de bras apparurent à travers la brèche, tirant les esprits à travers.

— Finis le reste, dis-je à Selena. Je m'occupe des nouveaux venus.

Je courus vers les bras des esprits qui apparaissaient et frappai vers le bas. D'abord l'un, puis l'autre, et encore un autre avec des coups consécutifs. Les brûlant alors qu'ils traversaient vers Riven.

Quelque chose saisit ma cheville, et je tombai à plat dos. La brèche s'étendit sous moi, une fenêtre sur une ville de montagne en ruines. Cela expliquait la variété. Un village déchiré par la guerre dans un pays que je ne connaissais pas, des soldats et des villageois traversant alors que les bombardements continuaient.

Pas que j'aie eu le temps d'apprécier. Le même esprit qui avait fait trébucher ma cheville sortit de la brèche sur moi.

Griffant mon manteau alors qu'il grimpait vers mon visage. De ma main gauche, je saisis mon long couteau à ma ceinture et le plantai dans la poitrine de l'esprit, tournai la poignée et le fis brûler. Mais ces quelques secondes m'avaient déjà coûté trop de temps.

Je me remis sur pied, et deux autres esprits me frappèrent par derrière. Je réussis à bouger avec la poussée, utilisant la peau lâche de ma veste pour m'arracher à eux. Les laissant tenir des lambeaux de cuir. Les deux esprits continuèrent à venir vers moi, rejoints par trois autres à ma droite. Derrière moi, je pouvais entendre Selena taillader les autres hors de la cour.

— Je suppose que je mérite ça pour avoir été arrogant, dis-je. Pas que les esprits écoutaient ou s'en souciaient. Leurs yeux bleu brûlant n'étaient intéressés que par une seule chose : moi.

Je fis un pas de côté vers la gauche, et les deux groupes d'esprits se heurtèrent en se tournant pour me suivre. Je glissai le long couteau dans ma ceinture et empoignai la grande épée, allant pour une large entaille. Une qui aurait dû trancher net à travers tous les esprits. Qui l'aurait fait, sauf que le premier esprit plongea vers moi dans un plaquage frénétique. Attrapant mon bras avant que mon coup ne puisse prendre de l'élan. Écartant la grande épée de ses mains tâtonnantes. Les autres suivirent.

Je levai les bras, essayant de repousser les poings et les griffes, les dents. — Selena ! criai-je. Si personne ne venait dans la seconde, je serais mis en pièces. Aucune idée si mon esprit pouvait se remettre de quelque chose comme ça, et je ne voulais pas le découvrir.

Selena ne répondit pas, mais j'entendis beaucoup de grognements de rage de son côté de la cour. Nous étions en infériorité numérique, et nous perdions. Alors qu'un esprit mordait mon visage, je projetai ma tête en avant, le frappant et le repoussant même si cela rendait le monde flou. J'atteignis le long couteau, et quand je le poussai en avant, je le sentis mordre, je vis les flammes prendre. Puis l'esprit suivant frappa le couteau au loin. Le fouet n'était d'aucune utilité ici, trop près.

Une paire de mains saisit mes épaules par derrière et me jeta au sol. Un autre esprit, me regardant de haut avec un sourire plein de dents pourries. Des yeux sauvages et des sourcils effilochés. Une peau ridée et tachetée qui suggérait plus d'une rencontre avec la maladie. L'esprit se pencha vers moi, sa bouche s'ouvrant pour révéler des dents déchiquetées s'enfonçant vers mon visage.

Le Fondateur

Un feu pâle jaillit de sa poitrine, comme si l'esprit avait été poignardé. Puis quelque chose souleva l'esprit dans les airs et le projeta au loin. Le lança de l'autre côté de la brèche. Les autres esprits qui tendaient leurs bras vers moi s'arrêtèrent. Une erreur fatale. Un homme, vêtu d'une chemise et d'un pantalon en tissu beige, enjamba mon corps et balança ses bras, poignardant l'air. Au lieu d'armes, chaque fois que ses mains enveloppées de cuir s'approchaient d'un esprit, un feu ondulant jaillissait de ses phalanges, se propageant et capturant les âmes dans sa brûlure purificatrice.

Tandis que l'homme balayait les esprits loin de moi, j'entendis son rire ; une joie éclatante et libre.

L'homme, car je ne savais pas comment l'appeler autrement, nettoya la brèche avec des mouvements fluides. Principalement des coups de poing et des coups de pied, mais à la manière de quelqu'un qui s'exerce. Testant ses muscles, sa portée. À plusieurs reprises, l'homme jeta un coup d'œil en arrière vers moi, s'assurant apparemment qu'aucun autre esprit ne m'avait pris par surprise. Il ne portait pas de casque, et sa tête sombre était chauve, ses yeux brillants et brûlant sur les bords du même feu que les esprits en colère. Ses dents étaient aussi blanches que le sable du désert, découvertes en un sourire féroce. Avant que je ne puisse dire quoi que ce soit, il se pencha et ramassa ma grande épée sur le sol. Il se dirigea vers le centre de la brèche, y planta la lame, la pointe s'enfonçant dans la pierre. Il tourna la poignée.

Une flamme bleue jaillit de l'épée, se répandant et couvrant la brèche comme un lac d'huile enflammé. Partout où le feu touchait, l'image de la Terre, la ville en ruines disparaissait. Se recroquevillait et révélait les pierres blanches en dessous. Je cherchai Selena du regard et la vis au bord, bannissant une paire d'esprits restants avec des coups synchronisés de son couperet et de son couteau. En une minute, c'était terminé.

— Ça fait longtemps que je n'avais pas vu cette épée, dit l'homme, sa voix teintée de cendres et de feu. C'est comme retrouver un vieil ami. Un ami qu'on ne pensait jamais revoir.

— Dolan ? dis-je, car qui d'autre cela pouvait-il être ?

— Il semble que tu saches qui je suis, répondit l'homme. Maintenant, je te pose la même question. Qui vient jouer ici, dans ces ruines désolées ?

— Des gens qui viennent te chercher, dis-je.

Le sourire de Dolan faiblit alors. Se transforma en une ligne. Il jeta un coup d'œil à l'épée, toujours dans ses mains. — Ça ne sert pas à grand-chose de venir me chercher, dit Dolan. J'ai eu mon temps, et ce n'est pas celui-ci.

— Je ne suis pas sûre que ce soit à toi d'en décider, dit Selena. Riven a besoin de toi, Dolan. Que ça te plaise ou non.

L'esprit rit, un son fort et grondant qui rebondit sur les murs des maisons autour de nous. — Une annonce audacieuse. Et tu n'as peut-être pas tort, car je n'ai pas vu de brèche dans ces ruines depuis mille ans ou plus. Malheureusement, je ne peux pas les quitter.

— Tu en es sûr ? Nara nous a envoyés, dis-je. Elle ne l'aurait pas fait si tu ne pouvais pas venir avec nous.

Quand je prononçai ce nom, les yeux de Dolan s'enflammèrent et ses dents se découvrirent en un grognement. Avant que je ne puisse bouger, avant même que je ne comprenne ce qui se passait, Dolan bondit en avant avec mon épée et me poignarda avec. Un feu bleu m'enveloppa et consuma mon monde.

Quand j'étais mort, quand Piotr m'avait fait tuer sur Terre, j'avais eu l'impression de tomber dans un puits infini. Des morceaux de moi disparaissant tandis que mon âme se détachait de mon corps. Ceci, c'était plus vicieux. Alors qu'avant mon corps physique s'effaçait, maintenant c'était mon esprit qui se dissolvait. Mes souvenirs, mon sens de qui j'étais, où j'étais, ce que j'étais, disparurent. Je dirais que tout devint noir, mais ce n'est pas vrai. Ça n'alla nulle part, ne devint rien.

Ça s'arrêta simplement.

Je revins à moi au bord de la cour. Dolan se tenait devant moi, sa main sur mon front. Ses yeux brûlaient toujours, non pas au centre des pupilles comme les esprits en colère, mais plutôt comme si les bords scintillaient de cette flamme pâle et vacillante.

— Je suis désolé, dit Dolan. Il fixait mes yeux, cherchant apparemment à voir si j'étais vraiment là.

— Ouais, tu peux reculer maintenant, dis-je en le repoussant. Qu'est-ce que tu m'as fait ?

— Je t'ai ramené, dit Dolan. Quelque chose que je n'ai pas fait depuis des siècles.

Je l'avais déjà fait. Avec un lien, on pouvait restaurer un esprit à une certaine ressemblance de son ancien moi. Sauver son esprit. J'avais ramené Selena après que la goule sur le chemin de la Montagne l'avait démolie. Je ne savais pas ce que ça faisait d'être déchiré et remis ensemble. Je ne voulais pas que ça se reproduise.

— C'est charmant, dis-je. Tu peux m'expliquer pourquoi tu as décidé de me carboniser en premier lieu ?

— Tu as dit que Nara vous avait envoyés, dit Dolan. Cela seul est une raison suffisante.

— Ils ne s'aiment pas, ajouta Selena.

— J'avais compris, merci, répliquai-je. Mali nous a dit que Nara n'était pas exactement ta meilleure amie. Tu dois passer outre. Si tu ne le fais pas, alors tout s'effondre.

Dolan jeta un coup d'œil à la cour, là où avait été la brèche. — Je vous crois. Sauf qu'il y a une différence. On ne libère pas une rivière pour éteindre une bougie.

— Pardon ? dis-je.

— Quoi qu'elle vous ait dit, Nara condamnera Riven plus sûrement que tout ce que vous pourriez imaginer. Tu es un esprit, et tu serais dans ses chaînes. Elle régnerait sur vous tous sans y réfléchir à deux fois, et vous n'auriez rien à dire.

— Tu as une meilleure idée ? dis-je. Parce que si nos options sont de mourir horriblement pendant que Riven se déchire, ou d'être gouvernés par un esprit assoiffé de pouvoir, alors autant nous carboniser ici et maintenant.

Dolan me fixa du regard, puis laissa ses yeux parcourir les ruines. — Tu as mentionné Mali. Je suppose que Nara vous a d'abord envoyés vers elle ?

— Elle n'est plus là, dit Selena. Avant que je ne puisse prendre la parole, Selena se lança dans le récit.

Dolan prit le discours avec philosophie et, à la fin, hocha la tête lorsque Selena conclut avec notre retour vers Nara. — Alors vous avez eu un coup de chance, dit Dolan. Vous n'aurez plus besoin de Nara, parce que je peux faire mieux qu'elle.

— Faire quoi mieux ? dis-je.

— Vous avez devant vous le fondateur des guides, dit Dolan. Si quelqu'un peut vous mener à la victoire contre une horde d'esprits en colère, peut purifier Riven de la puanteur immonde des morts, c'est bien moi. Et avec Mali parti, je suis enfin libre.

Oh, parfait.

Une Légende

Dolan a décidé que notre instruction sur l'histoire de Riven par Mali n'avait pas été suffisante. Alors que nous entamions la longue marche de retour vers la cité de Riven en quittant les ruines du désert, l'esprit ancien nous a raconté sa version de l'histoire.

— Si vous voulez savoir comment Riven est né, tout commence avec nous trois, a dit Dolan tandis que nous traversions le sable. Ses yeux erraient au loin, flottant à travers ses souvenirs. Nous sommes arrivés à Riven à quelques instants d'intervalle. Chacun d'entre nous, tous, victimes d'une attaque sur notre village par un village voisin. Nous étions tous jeunes, à peine quinze ans. Ça n'avait pas d'importance. Les assaillants sont arrivés rapidement, ont massacré tout le monde et ont probablement pris tout ce qui nous appartenait. La chose suivante dont je me souviens, c'est que nous nous tenions ici, sur un bout de roche plat d'environ cinquante ou soixante mètres de large.

— Comment sais-tu ce qu'est un mètre ? ai-je demandé, et Dolan m'a lancé un regard agacé, contrarié que j'aie interrompu son récit.

— Si tu veux qu'on avance plus vite, a dit Dolan, je serai ravi de le faire.

J'ai secoué la tête, car il était évident que Dolan n'était pas, et ne serait en fait pas du tout ravi de le faire. Après un moment, l'esprit est revenu à son histoire.

— Si vous avez vu à quoi ressemble Riven maintenant, il n'a rien en commun avec le Riven que j'ai connu quand je suis arrivé ici. Il n'y avait pas d'arbres. Pas de montagnes. Pas de murs. Pas de ville. Les morts étaient nos seuls compagnons. Ils venaient au seul endroit où ils le pouvaient. Une rivière sans fin d'esprits et d'âmes tombant sur notre petit bout de terre et s'en allant dans le grand océan bleu du Cycle. Je les ai regardés. Je ne sais pas pendant combien de temps.

« Si vous pensez que le temps a peu d'importance à Riven aujourd'hui, il en avait encore moins à l'époque. Rien ne mesurait combien de temps nous sommes restés là. Pas de bâtiments pour raconter l'histoire des guerres, pas de bouts de papier pour noter le passage des jours. Finalement, nous nous sommes remarqués tous les trois. Nous avons trouvé dans notre inaction, dans notre hésitation à franchir le bord, un lien commun. Les yeux de Nara et de Mali, comme les miens, suivaient la marche sans fin de nos compatriotes sans se joindre à leur voyage. Mali a parlé en premier.

« Es-tu vivant ? » nous a demandé Mali.

« Nous ne savions pas, à l'époque, ce qui s'était passé. Si nous étions morts ou si un événement mystique nous avait forcés à entrer dans ce nouvel endroit étrange. Nos dieux n'avaient pas d'histoires sur un monde comme celui-ci. Nos anciens n'avaient pas de contes pour nous préparer à un tel vide que Riven. Alors dans notre confusion et notre solitude, nous nous sommes liés au fil des années sans fin.

« Notre amitié a tenu le Cycle à distance. Ses murmures étaient silencieux, flottant aux bords de notre conscience. Comme le feraient des enfants, nous avons commencé à jouer.

À tester les limites du monde dans lequel nous nous trouvions. Les esprits morts ne s'offusquaient pas quand nous les bousculions.

— Vous trois étiez les seuls à rester ? a dit Selena. Aucun autre esprit n'est arrivé en se demandant où il était ?

Dolan a hésité, son pied s'enfonçant dans le sable au sommet d'une dune ondulante. Le regard qu'il a lancé à Selena contenait la même tristesse que j'avais vue sur mille visages d'esprits. Un regret qui ne pouvait être réparé.

— Ce bout de terre est devenu notre château. Notre sanctuaire. Quiconque ne commençait pas la marche vers le Cycle devenait un problème. Quelqu'un qui pourrait nous attaquer. Tenter de nous gouverner. Le visage de Dolan s'est tordu en un masque de défi. Nous ne sommes pas des saints. Nous étions un trio qui s'est retrouvé dans un endroit étrange et inconnu. Sans guidance, sans connaissance. Mais Riven était à nous, et nous l'avons gardé.

— C'est mal, a dit Selena.

— Selena, l'ai-je mise en garde.

— Elle a raison, a dit Dolan. Ma, notre, seule défense est que nous ne connaissions rien de mieux. Seulement que les esprits qui tombaient dans le bleu infini ne revenaient jamais. Que notre bout de terre était petit. Et que, d'après notre expérience, les nouveaux venus ne signifiaient que des pertes.

Je pouvais voir d'autres questions danser sur les lèvres de Selena, mais elle les a gardées fermées. Dolan a attendu un moment, puis a repris sa marche. A continué son histoire.

— Au fil du temps, nous avons commencé à voir les fissures dans la façade de Riven. Les morceaux de ce monde qui ne se connectaient pas tout à fait. Ça a commencé quand un esprit s'est rebellé. Quand j'ai réussi à le maîtriser et à lui briser le cou. Seulement pour voir le même esprit se guérir et se relever une heure plus tard. C'était notre indice que les règles normales ne s'appliquaient pas.

« Nara a été la première. Elle a réalisé qu'elle pouvait trouver un moyen de s'attacher aux esprits. De tenir leur main et de gagner leur confiance et, finalement, de les contrôler. C'étaient des heures mémorables. Mali et moi regardions Nara s'approcher de chaque esprit à tour de rôle, prendre sa main et lui parler doucement. Vous devez comprendre, un acte tel que la liaison nous apparaissait comme sorti d'une de nos légendes. De la magie, auriez-vous pu l'appeler, bien qu'avec le temps nous ayons compris que la liaison était plus proche de l'amour que de la sorcellerie.

« Alors que Nara nous prouvait que notre conception de la réalité n'avait pas cours à Riven, Mali jouait avec un sens différent. Elle projetait ses rêves et ses désirs dans le gris. Je n'ai jamais vraiment compris comment, et Mali ne nous l'a jamais expliqué. Une gardienne jalouse de ses secrets, celle-là.

— Ça semble correspondre à son caractère, ai-je dit. Elle n'a pas voulu beaucoup nous parler.

— Toujours plus intéressée par son propre esprit, a dit Dolan. C'est pour ça que j'ai fini par lui faire plus confiance qu'à Nara. Mali voulait son propre monde, mais elle ne ressentait pas le besoin de détruire celui-ci pour l'obtenir.

Triple Lien

Alors elle ne vous a pas dit comment créer les choses vous-mêmes ? dis-je. Et vous ne lui avez pas demandé ?

— On lui a demandé, répondit Dolan. Nara et moi. Sauf que, comme tu l'as vu, le talent choisit toujours ses cibles à Riven. Mali gardait le sien, et ni Nara ni moi n'avons jamais pu maîtriser plus que les créations les plus simples. Pour moi, ça signifiait ça.

Dolan fit un signe de tête vers les colonnes que nous longions, celles recouvertes de peintures.

— Des taches de couleur, soupira Dolan. C'est tout ce que je pouvais faire. Nara, encore moins. Son attention s'est tournée vers l'intérieur, vers les mécanismes de l'âme. Avec la capacité grandissante de Mali, nous sommes devenus rois et reines, vivant dans de grands châteaux au centre de la ville. Nara liait les esprits et les interrogeait, nous apportait des informations du monde extérieur. J'agissais comme l'exécuteur, travaillant avec les esprits de Nara pour pousser les âmes réticentes dans le Cycle.

Avant longtemps, j'ai commencé à faire fabriquer des

armes par Mali pour armer les âmes de Nara. Pour m'armer moi-même. Quelques-uns des esprits étaient devenus agressifs, résistant à nos escortes jusqu'à la fin. Avec le long manche d'une lance, j'ai trouvé mon propre talent. Une curieuse plongée dans le Cycle, la pointe de la lance disparaissant sous la surface, a envoyé le feu pâle le long de sa longueur et dans mon corps.

J'aurais dû être détruit à ce moment-là, dit Dolan en frottant le coin de ses yeux, où brillait encore une faible teinte bleue. Sauf que les esprits de Nara, mes alliés liés, m'ont tiré du bord du gouffre. Ils ont amené mon corps passif à Nara, où elle m'a rallumé. Elle m'a ramené.

— Alors tu lui dois la vie, dis-je.

— Dans une certaine mesure, admit Dolan. Une dette que j'ai depuis longtemps remboursée, je t'assure. Après que Nara m'a ramené à moi-même, je pouvais sentir le feu faire rage dans mon âme. Si le Cycle te murmure, il me hurle dessus. Et comme un cri, j'ai découvert que je pouvais le laisser sortir. Déverser son énergie dans les choses, comme cette lance. Comme ton épée.

Il n'a pas fallu longtemps pour que la ville se remplisse d'esprits perdus. Nara est devenue plus obsédée par l'idée de les lier, exigeant que je ne m'occupe que de ceux qui semblaient sensibles, pour savoir où ils étaient. Nara s'est tournée vers Mali pour créer des rues et des magasins, des bâtiments grands et petits. Des répliques d'endroits dont les esprits nous parlaient. La ville de Riven s'est agrandie, et j'ai trouvé plus d'esprits errant dans ses ruelles. Perdus et de plus en plus en colère.

— Alors tu as agi, dis-je.

— Non, répondit Dolan. Bien que je me demande ce qui se serait passé si j'avais commencé plus tôt. Avant que Nara ne soit captivée par les vies qu'elle tissait dans notre ville morte. À mesure que votre monde grandissait, plus d'âmes traversaient vers Riven. Nara ne pouvait pas les lier assez vite. Les esprits se retournaient contre elle, contre ceux qu'elle avait déjà charmés. Les rues brillantes sont devenues dangereuses, et Nara s'est tournée vers moi.

Mali et moi avons créé les armes ensemble. Elle façonnait les bords, j'insufflais le feu en elles. Au début, nous les avons données aux esprits de Nara, et ils patrouillaient dans les rues avec une efficacité mortelle. Des guerriers infatigables. Avec un seul maître.

— Ça ne te plaisait pas, dit Selena.

— Nous étions un trio, acquiesça Dolan. Maintenant, nous étions les prisonniers de Nara. Mali l'a réalisé en premier. Quand Nara a demandé un changement dans une partie de la ville et que Mali l'a refusé. Elle a dit qu'elle préférait ce quartier tel qu'il était. Seulement quand Mali a refusé, une paire d'esprits de Nara tenant mes armes est apparue à sa porte. Cette fois, ce n'était pas une question.

À partir de ce moment-là, Mali et moi avons commencé à recruter et à abriter les esprits sains que nous trouvions. Nous les avons formés et entraînés en secret, dans une montagne à la lisière de la forêt. Bien loin du monde fantaisiste de Nara.

— Nous y sommes allés, dis-je. À la Montagne.

Dolan regarda vers le nord-ouest, en direction de l'endroit où se trouverait la Montagne. — Mali l'a faite pour couvrir le Cycle, pour cacher ce que nous faisions. Elle a prétendu à Nara que cela nous permettrait de contrôler les esprits qui arrivaient, et c'était le cas. Nous avons pris et formé ceux que nous pouvions. Avec le temps, nous avions notre propre armée.

Je ne sais pas combien de temps a duré la guerre. Seulement que Nara a manqué d'armes avant que nous manquions d'âmes. À la fin, debout dans la grande salle de Nara, nous avons fait notre pire erreur.

— Vous vous êtes piégés vous-mêmes, dit Selena. C'est pour ça que vous vous êtes séparés.

— Nous avons essayé de la lier, dit Dolan. Plutôt que de simplement l'envoyer dans le Cycle, ce que nous aurions dû faire.

— Ça n'a pas marché ? demandai-je.

— Nara a essayé de faire la même chose. Nous lier comme nous la liions. Les conflits ont dévasté nos esprits. Nous ont presque tous rendus fous. Mali elle-même a rasé la moitié de la ville, l'a reconstruite et l'a détruite. Comme si mille voix hurlaient dans nos esprits en même temps. Nara, tu ne comprends pas, elle peut commander chacune de tes idées. Chacun de tes sentiments, si elle le choisit. Alors Mali et moi nous sommes accrochés à la seule chose que nous pouvions contrôler, qui était notre lien avec elle.

Nous avons envoyé Nara à l'est, dans les champs. Nous l'avons fait marcher chaque pas, puis l'avons forcée à rester dans cette clairière. En même temps, nous pouvions l'entendre nous murmurer. À Mali et à moi. Peu après, j'ai trouvé Mali à ma gorge, venant vers moi avec les malédictions de Nara coulant de ses lèvres. Après ça, nous avons quitté la ville. Je suis venu ici, où le sable du désert et la distance gardaient la voix de Nara silencieuse. Mali et moi nous serions jetés dans le Cycle il y a des années, sauf que cela aurait libéré notre ennemie.

— Si ce que tu dis est vrai, alors vous ramener est un risque, dis-je. Nara ne peut-elle pas vous dominer ?

— Peut-être, dit Dolan. Bien que toutes les choses changent avec le temps. Peut-être que je peux résister à ses exhortations maintenant, ou la contrôler avec mon propre lien. Mieux vaut encore si nous ne testons pas la théorie. Si nous pouvons apaiser Riven sans impliquer Nara.

Après ce que Dolan avait dit, j'étais tout à fait en faveur de cela.

SÉANCE DE STRATÉGIE

Amener Dolan, un esprit ancien, au cœur du quartier général des guides s'est passé à peu près comme je m'y attendais. On apprend aux guides à traiter toute nouveauté avec plus qu'un peu de méfiance. Un esprit ressemblant à Dolan, portant des vêtements qu'aucun guide n'arborerait, leur donnait une excuse pour prendre des précautions supplémentaires. Les guides nous observaient depuis les bâtiments alors que nous marchions, des fouineurs nous suivaient depuis le moment où nous étions entrés dans la ville.

Bryce avait une opération en cours, et elle se déroulait bien.

Malgré tout, je voyais les failles. D'autres guides croisaient notre chemin, filant devant nous et plongeant dans les ruelles. Appelant à l'aide pour fermer une brèche ou maîtriser un groupe d'esprits. Pourtant, le chaos semblait mieux contrôlé que lorsque Selena et moi avions quitté la ville pour rejoindre Nara il y a des jours et des jours. Je me suis même laissé aller à un élan d'espoir. Que peut-être, d'une manière ou d'une autre, nous parviendrions à contrôler la ville. À nous en sortir et à endiguer le flot d'esprits en colère.

Mauvaise idée.

Lorsque nous sommes arrivés à la cour de la tour de l'horloge et au centre de commandement improvisé de Bryce, le chef des guides nous attendait. Alec nous a conduits tous les trois vers un groupe de guides seniors, debout autour d'une grande table assemblée à partir de portes arrachées de leurs gonds. Dessus, marqués par des morceaux de pierre brisée, se trouvaient des points de repère que je connaissais.

La Montagne. Les murs de la ville. Les portes sud et ouest.

— Pour une guerre improvisée, je ne suis pas impressionné, a déclaré Dolan après les présentations. Vous laissez les esprits venir jusqu'à votre porte. Vous devriez les repousser. Prendre les brèches une par une jusqu'à ce qu'il n'en reste plus.

— Je ne sais pas quels étaient les effectifs à votre époque, monsieur, a dit Bryce. Nous n'avons ni les hommes ni les armes pour mener une telle opération.

— Avec moi, vous les avez, a dit Dolan. Je mènerai vos meilleurs éléments à la porte ouest, dans la forêt, et la nettoierai. De là, nous forgerons un chemin direct vers le Cycle et le maintiendrons sous surveillance. Facilitons la tâche aux esprits pour qu'ils trouvent leur chemin vers leur demeure éternelle.

— Vous parlez comme si les brèches ne bougeaient pas constamment, a dit Bryce. Elles apparaissent et disparaissent. Nous en fermons une et une autre apparaît dans une partie complètement différente de la ville. Il n'y a pas de chemins à patrouiller, il n'y a pas de régions uniques à tenir. Elles sont partout, et nous ne le sommes pas.

Dolan a fixé Bryce du regard, réfléchissant intensément. Du moins, c'est ce que je pensais qu'il faisait. Peut-être qu'après tant de siècles, l'idée de tenir une conversation stratégique était nouvelle pour lui. J'ai donc pensé que je ferais mieux d'intervenir.

— Bryce, je pense que Dolan a raison. Si rien d'autre, nettoyer les brèches plus anciennes dans les bois peut nous faire gagner du temps pour nous débarrasser de certaines goules et peut-être nous amener à une autre solution.

— Quitter la protection des murs permettra à une telle force d'être encerclée, a dit Bryce. Ici, si une brèche apparaît, nous avons des renforts. L'aide est tout autour de vous. Là-bas, dans ces arbres, vous serez submergés par des esprits cherchant des âmes à dévorer. Des goules par dizaines. La porte ouest est déjà constamment sous pression.

Bryce m'a accordé un signe de tête. — Cet esprit, Cheo, et sa force infatigable sont la seule raison pour laquelle nous ne sommes pas là-bas en train de nous battre pour la survie de la ville.

— Vos guides sont trop terrifiés pour risquer leur vie pour Riven ? a dit Dolan. Trop effrayés pour se jeter dans le danger ?

— Ils n'ont pas peur du danger. Pas d'amour pour le suicide non plus. Nous avons des familles, Dolan. Des gens de l'autre côté qui dépendent de notre retour. Jeter tout cela dans une tentative incertaine n'est pas un ordre que je peux donner.

— Alors vous êtes un lâche, a répondu Dolan. Le reste de la pièce a regardé l'esprit, et les regards n'étaient pas amicaux. Y compris le mien. — J'ai créé les guides comme une force pour Riven. Pour faire face à ses dangers sans peur. Une épée contre le fléau des morts. Maintenant, vous dites que vous êtes nerveux à propos du prix que vous pourriez payer ? Vous devriez être honorés de le payer !

Nous sommes tous restés silencieux pendant une minute. Je ne savais pas quoi dire. Comment calmer la tension. Puis Bryce a fait ce qu'il avait fait pour moi d'innombrables fois : il a trouvé un moyen.

— Je ne peux pas comprendre d'où vous venez, a dit Bryce à Dolan. Je ne connais pas votre vie. Quelles circonstances vous ont amené ici à nous. Carver dit que vous êtes une force de notre côté et je choisis d'accepter son jugement. Mais ici, dans cet endroit, vous n'êtes pas le chef. Quoi que vous puissiez être, vous n'êtes pas un guide, et ici, les guides prennent les décisions, et nous le faisons sans menaces. Bryce s'est tourné vers moi. — Carver, tu es parti chercher une femme. Où est-elle ?

Selena et moi avons expliqué ce qui s'était passé. Comment nous avions trouvé Dolan, et comment Nara vivait toujours dans sa hutte dans le champ. Dolan n'a rien dit. Pas d'explosion de colère, pas de remarques acerbes jetant le doute sur les motivations de Nara et son caractère. Non, il est resté là à fixer Bryce. Ses yeux calmes.

Si je savais quelque chose, je parierais que Dolan évaluait enfin Bryce. Mesurant la personne de mon mentor à l'aune des siècles d'expérience de Dolan et déterminant où Bryce se situait parmi tous les esprits que Dolan avait jamais connus.

— Donc tu proposes que Dolan soit aussi bon ou meilleur que ton option originale ? m'a demandé Bryce quand nous avons conclu, et j'ai hoché la tête. — Que nous devrions l'écouter ?

— Je ne sais pas si son plan fonctionnera, ai-je dit. Mais je sais que ne rien faire nous tuera. Retourner vers Nara pourrait bien être pire, si ce que dit Dolan est vrai. Avec ces faits en main, à mon avis, nous devrions au moins essayer.

Bryce se retourna vers Dolan. Il fit un signe de tête à l'esprit. — Nous vous autoriserons à prendre une force d'esprits. Mes guides pourront suivre. Apporter un soutien à distance. Si les choses se passent bien, et j'espère que ce sera le cas, alors nous engagerons davantage d'entre nous dans cette tentative.

— Si c'est tout ce que vous pouvez donner, alors c'est ce que je demanderai, répondit Dolan en hochant la tête. Maintenant, si nous pouvons commencer. Cela fait de nombreuses, nombreuses années que je n'ai pas eu le plaisir d'un bon combat.

— Alors qui y va ? demandai-je au groupe autour de la

table. Qui veut braver les fantômes des forêts, les goules et les brèches ? Parce que Dolan et moi ne pouvons pas le faire seuls.

Dolan remarqua l'inclusion. M'ajoutant à sa cause. Le vieil esprit m'adressa un signe de tête reconnaissant. Selena, derrière moi, ajouta son nom.

— J'irai, fit la voix d'Anna, du fond de la salle. Je ne l'avais même pas vue là. Laurence peut prendre mes tours de garde depuis les Garennes.

— Je ne peux pas laisser Carver se faire tuer, alors j'irai, dit Alec. Un certain nombre d'autres guides firent écho à son observation joyeuse et avant longtemps, nous avions un groupe de trente personnes prêtes et disposées à risquer leur vie dans notre mission impossible.

LA RÉINITIALISATION

Nous sommes partis vers l'ouest depuis la cour du beffroi. Nous avons traversé des avenues bondées et sommes passés devant l'appartement que j'avais depuis longtemps laissé à Nicholas. Ce qui m'a rappelé que je n'avais pas vu le scientifique depuis un moment.

Selena et moi nous sommes séparés du groupe et y sommes entrés. Je me suis brièvement demandé si Nicholas ne s'était pas fait exploser, étant donné que, de l'extérieur, son laboratoire semblait calme.

Ce que nous avons trouvé à l'intérieur, ce que nous avons vu, n'était pas ce à quoi je m'attendais. Les machines qui couvraient autrefois son laboratoire — des fours et des forges rudimentaires, des gadgets assemblés à partir de tous les déchets que Nicholas pouvait trouver — avaient disparu. La seule chose qui restait encore dans la pièce se trouvait au centre. Un appareil sphérique sur lequel Nicholas était penché, dos à nous, ressemblant à un homme dévorant follement un repas.

— Tu as changé les choses par ici ? ai-je dit à Nicholas, qui a sursauté en entendant ma voix.

— Carver, a dit Nicholas en tournant ses yeux masqués par des lunettes vers moi. Je ne t'attendais pas. Avec plus de préavis, j'aurais pu préparer une meilleure présentation.

— Une présentation de quoi ?

— Ah, de ceci. Nicholas s'est écarté et a fait un geste vers l'objet. Sans le scientifique dans le chemin, j'avais une meilleure vue. La boule de métal cendré ressemblait à ce que j'avais vu des obus d'artillerie utilisés pendant la guerre. Nicholas avait passé la main à travers une trappe d'accès relevée. J'ai essayé de regarder à l'intérieur, mais sans y mettre la tête, je ne pouvais rien distinguer. Tu te souviens de mes rayons oranges ? Ceux de l'arbalète ?

J'ai hoché la tête. Les rayons sautaient d'un objet à l'autre, dévorant et détruisant tout ce qui se trouvait à proximité. Et par détruire, je veux dire anéantir complètement. Désintégrer en rien. Oblitérer des âmes semblait dangereux, alors j'essayais de ne pas utiliser cette arme trop souvent.

— Cet appareil en enverra beaucoup plus, a dit Nicholas. Avec une portée deux fois plus grande. Il continuera de brûler jusqu'à ce qu'il n'y ait plus rien à saisir.

— Où penses-tu qu'on pourrait l'utiliser ? a dit Selena. Les esprits ne restent pas immobiles à attendre qu'on fasse exploser une bombe.

Nicholas a regardé au-delà de nous, par la fenêtre du rez-de-chaussée et dans la rue. — La ville est assez peuplée. Les rayons devraient pouvoir sauter d'une rue à l'autre. Si nous utilisions l'appareil sur la place de votre beffroi, toute la ville devrait être touchée.

— Ça ne ressemble pas à une victoire, ai-je dit.

— Je ne vise pas la victoire. Je vise la survie. L'appareil anéantira la plupart des esprits. Si les guides traversent avant l'explosion, ils resteront. Riven sera réinitialisé, et nous aurons une autre chance.

J'ai laissé ces mots faire leur chemin. Un bouton de réinitialisation. Si nous déclenchions l'appareil alors que la guerre touchait à sa fin, quand la maladie arrêterait le flux insensé d'esprits, alors une réinitialisation pourrait être tout ce dont Riven avait besoin. Une chance de s'échapper. Il fallait juste que nous maintenions Riven assez longtemps pour le mettre en place.

— J'aime ça, ai-je dit.

— Tu aimes ça ? a dit Selena. Tu aimes qu'il ait créé quelque chose qui peut détruire tout ce que nous avons ?

— S'il te plaît, Selena. Nous n'avons pas vraiment quoi que ce soit. Mali a imaginé tout ça il y a des siècles. Ce n'est pas à nous. Ce n'est pas réel. La seule chose qui l'est, c'est toi et moi. Ce que nous avons. Ça n'a pas besoin de la ville.

— Nicholas, a dit Selena. Qui va déclencher la bombe ?

— Je le ferai, a dit Nicholas. Je suis le seul qui puisse. Qui sache comment. Et je ne vous l'apprendrai pas.

— Quoi ? Pourquoi ? ai-je demandé.

— Parce que, Carver, a dit Nicholas, tu as Selena. Graham et Katherine ne sont plus là. Ça me laisse seul. Avec tout le temps que j'ai passé avec ces machines froides, je commence à être fatigué. À me sentir seul. Cet appareil est ma porte de sortie. Un chant du cygne, je crois qu'on appelle ça.

— On te donnera assez de temps pour l'utiliser.

Nicholas a hoché la tête. C'était étrange ; parler de la fin de quelqu'un. Normalement, la fin d'un esprit venait par le Cycle. Une lente marche vers un néant paisible. Un voyage déclenché, peut-être, par mon fouet dompteur. Pourtant, voici une âme planifiant son auto-sacrifice. Pour s'effacer et emporter nos problèmes avec elle.

— Tu es un homme bien, ai-je dit à Nicholas. Un grand scientifique.

— Ne me dis pas ce que je sais déjà, a dit Nicholas, le sourire de l'homme colorant ses mots. Maintenant, va me gagner du temps. L'appareil n'est pas encore prêt.

À La Porte

La porte ouest menant hors de la ville se dressait, haute et majestueuse, à l'opposé des vestiges industriels de la Fosse de Goudron qui la précédaient. Je pouvais distinguer la goule dorée de Cheo à plusieurs pâtés de maisons, debout au milieu de la porte comme si elle barrait à elle seule le passage vers la ville. Ce n'est qu'en nous approchant que je réalisai que c'était exactement ce que faisait la goule. Elle arc-boutait ses jambes contre le sol, une paire de grosses pierres provenant d'une des usines traînées derrière elle pour l'aider à garder son équilibre. Ses mains étaient tendues, paumes plaquées contre la porte. Une porte fermée pour la première fois de ma mémoire.

De l'autre côté, nous pouvions entendre le vacarme des esprits en colère. Le martèlement de leurs poings frappant la solide barrière de bois. Je ne pouvais pas dire combien d'esprits se trouvaient là-bas, pas depuis le sol. Alors Dolan, Selena et moi sommes montés en haut de la tourelle gauche.

Cheo se tenait là, regardant la horde qui tentait d'entrer. Une vraie masse. Plus d'esprits que je n'en avais jamais vus en un seul endroit. Ils s'étendaient en un large demi-cercle allant de la clairière à la porte jusqu'à la lisière de la forêt. Une centaine de mètres ou plus. Tous hurlaient, gémissaient, agitant leurs mains de colère face à une détresse que je ne pourrais jamais connaître. Les esprits étaient de tous types : hommes, femmes, enfants, grands-mères et grands-pères. Des races du monde entier. Des cultures tout aussi variées. Un homme en uniforme militaire pouvait se tenir aux côtés d'une femme portant une coiffe tribale, leurs yeux brûlant tous deux d'un feu pâle et colérique.

— Ce n'est pas une bataille que nous pouvons gagner, dit Cheo. La Main Droite n'a pas les forces pour cela. La goule ne tiendra pas éternellement.

— Elle semble bien s'en sortir jusqu'à présent, dis-je.

Cheo secoua la tête.

— Ils commencent à grimper les uns sur les autres. Finalement, ils escaladeront ces murs mêmes. Une fois que cela arrivera, la vraie bataille commencera. Elle se terminera peu après.

— Tout le monde est morose aujourd'hui, dis-je. D'abord Nicholas, maintenant toi. Dolan, remonte-moi le moral ?

Le vieil esprit observa la foule. La vague d'yeux bleus brûlants.

— J'ai déjà vu une force comme celle-ci, dit Dolan. Nara faisait des choses similaires. Elle amenait un flot sans fin d'ennemis à notre porte. Les lançait contre nous comme un bélier. Tu sais comment nous les avons battus ?

— On a l'air si vieux que ça ? dit Selena.

— Nous avons utilisé ce qu'ils n'avaient pas, Dolan se tapota la tête. Les esprits ne réfléchissent pas. Ils ne sont pas liés, ils ne peuvent pas ajuster leurs tactiques. Nous tendons un piège, nous ouvrons la porte, et nous mettons fin à ce combat. Alors réfléchissez, mes amis. Quel piège pouvons-nous tendre ?

— J'ai une idée, dis-je, remerciant Nicholas de m'avoir rappelé les armes que j'avais déjà.

D'abord, nous avons pris mon arbalète et déchargé les carreaux orange. Tous les trois. Ensuite, nous les avons disposés sur le sol, espacés les uns des autres devant la porte. En sécurité derrière la porte que la goule tenait. Une fois les carreaux mis en place, nous avons reculé, rassemblé nos guides et les esprits de la Main Droite autour de l'ouverture. Suffisamment loin pour être hors de portée de ces rayons orange brûlants.

— Attention, les rayons pourraient détruire la porte, dis-je.

— Nous n'en aurons plus besoin, dit Dolan. Après ça, nous partirons à l'attaque. Nous porterons le combat aux brèches dans les bois. Nous les ralentirons et les achèverons. Si ton homme de l'autre côté peut remplir sa part du marché, cela devrait suffire à faire pencher la balance.

Bryce avait retraversé quand nous étions partis. Retraversé dans une nouvelle tentative pour avertir le monde contre sa trajectoire cataclysmique. Pour sa part, Bryce avait dit que la guerre s'essoufflait de toute façon. Un manque de soldats. Un manque de volonté nationale. Mais plus vite les conflits pourraient être résolus, plus tôt nous pourrions prendre le contrôle de notre côté. Plus tôt Nicholas serait capable d'actionner un interrupteur.

— Allons-y, ordonna Dolan et la goule obtempéra. La bête se balança sur ses talons, ses mains quittant la porte. Immédiatement, les coups redoublèrent, et sans les mains de la goule soutenant la porte, la pure force de percussion de dizaines d'esprits infatigables commença à la briser.

Un pli apparut au milieu de la porte, puis une fissure. Les gonds gémissant avec l'arche. On aurait pu penser qu'une chose aussi massive céderait lentement, mais non. Quand la porte perdit sa prise, elle s'ouvrit en un instant. Les grandes portes se tordant et se brisant sur leurs côtés. Un flot sans fin d'horreurs se déversant vers nous.

— Armes prêtes, dit Dolan. Il plaça la grande épée, ma grande épée, en position d'attaque dans ses mains. La pointe face aux esprits. Je tirai mon fouet et mon long couteau. Selena tenait son couperet prêt. Puis un esprit marcha sur le premier carreau.

Le rayon orange explosa, s'épanouissant, dansant, coupant et brûlant son chemin dans les rangs chargeant. L'arme de Nicholas fonctionnait mieux si les cibles étaient proches, et ces esprits étaient aussi proches que possible. Étouffés les uns contre les autres alors que la ruée déferlait. Les rayons orange brûlants les traversèrent tous. Sautant et se divisant du soldat au marin. Du barman au baron. Les esprits disparurent alors que la lueur épanouie les consumait.

Au moment où les trois carreaux avaient été déclenchés, au moment où les rugissements grondants avaient cessé, la seule chose devant nous était une ruine carbonisée qui avait été une porte. Les murs de pierre avaient brûlé, l'arche s'était effondrée, mais il n'y avait plus d'esprits.

Je ne savais pas combien de milliers et de milliers avaient été anéantis par ces carreaux, mais je savais que l'idée venait de Dolan. L'esprit ancien avait prouvé pourquoi il méritait de diriger. Pourquoi j'étais heureux de le suivre.

— Ne vous reposez pas, annonça Dolan. Car ce n'est que le début. Préparez-vous, car maintenant nous chargeons.

AVANCÉE

Dolan pouvait courir. L'esprit ancien n'était pas disposé à attendre une seconde de plus, et après l'avoir vu sprinter de cinq grandes enjambées, esquivant les décombres et les vestiges calcinés laissés par les rayons brûlants de Nicholas, nous l'avons rejoint dans sa course effrénée.

Les guides se sont déployés derrière Selena et moi, accompagnés de l'escouade d'esprits de Cheo. Une équipe hétéroclite. Notre nombre, comparé aux âmes en colère que nous venions de décimer, n'était qu'une goutte d'eau dans l'océan.

Dolan voulait atteindre les brèches avant que d'autres esprits ne les franchissent. Je savais que nous n'y arriverions pas. Nous n'avions pas cette chance.

Nous étions à mi-chemin de la clairière quand la vague suivante a commencé à émerger des bois. Les arbres gris de la forêt et leurs feuilles sombres cachaient les esprits jusqu'à ce qu'ils en sortent. Ils apparaissaient comme sortis de nulle part et couraient à toute allure à travers la plaine ouverte vers nous. Leurs yeux bleus brûlaient de haine. Une haine qu'ils ne connaissaient ni ne comprenaient, mais sur laquelle ils agissaient malgré tout.

Dolan a levé sa grande épée. — Ne vous arrêtez jamais de courir ! nous a-t-il crié en prenant la tête. Prenez-les au fur et à mesure qu'ils arrivent et passez au suivant. Trouvez les brèches, scellez les portes et reprenez votre monde.

Et puis les esprits nous sont tombés dessus.

J'ai essayé de rester près de Dolan, de Selena. Mais dans la mêlée, c'était impossible.

Le premier esprit qui venait vers moi ressemblait à un soldat qui avait reçu le mauvais bout d'un mortier. Ses bras déchirés tendus, cherchant à atteindre ma gorge alors qu'il courait, et sans m'arrêter, j'ai fait claquer le fouet devant moi. La pointe s'est enfoncée dans la poitrine du soldat et je l'ai illuminé de bleu. J'ai retiré le fouet alors qu'il s'effondrait.

J'ai fouetté un autre esprit sur ma droite, qui se dirigeait droit vers un guide. Je l'ai attrapé à l'épaule et l'ai fait tournoyer, brûlant, jusqu'au sol.

Me retournant vers les bois, j'en ai vu un autre se précipiter sur moi. Celle-ci était une femme portant une blouse d'hôpital. Une autre victime de maladie. Elle a connu une seconde mort sur le bord enflammé de mon couteau. Je l'ai repoussée et j'ai continué à avancer. Nous étions presque à l'orée des bois.

Dolan s'était déjà frayé un chemin dans la forêt, mais ses cris, de puissants cris d'excitation palpitante et d'encouragement, donnaient amplement d'indices sur la direction qu'il avait prise. À côté de moi, Selena a terminé de découper méticuleusement un homme en costume et a pris un moment pour observer notre ligne.

— On ne va pas avancer vite, a dit Selena.

J'étais d'accord. Trop d'esprits jaillissaient de la forêt. Notre groupe était en train d'être encerclé, malgré le fait que nous progressions avec une efficacité brutale. Des panaches de feu bleu jaillissaient constamment autour de nous alors que les esprits étaient maîtrisés et renvoyés dans le Cycle. Pourtant, entre les grognements de rage et les hurlements de colère, j'ai perçu des cris de douleur. Des coups portés du mauvais côté.

— On ne peut pas s'arrêter ici, ai-je dit. Dolan a raison, notre seule chance de ralentir les esprits, c'est maintenant.

Je n'ai pas attendu le hochement de tête de Selena, mais me suis précipité dans l'obscurité des arbres.

RAGE

La première brèche se trouvait à quelques mètres au-delà de la lisière de la forêt. Une flaque vert citron s'étendait pour remplir une clairière sous la sombre canopée. Dolan, alors que j'approchais, esquiva deux bras qui s'agitaient et porta un coup fatal. Puis, sans interrompre son mouvement, il fit pivoter la poignée dans sa main et planta l'épée droit dans le sol. Comme je l'avais vu dans le désert, une flamme éclatante se déversa dans la terre et consuma la brèche. Différent des tablettes saphir que nous utilisions. Pas nécessairement mieux.

Les esprits au bord de la brèche s'éloignèrent en rampant, échappant aux flammes. Nos tablettes, elles, auraient tout attrapé dans la zone. Chaque esprit aurait été ramené et purifié de sa fureur. Mais alors, une tablette m'aurait attrapé aussi.

— On passe à la suivante, nous dit Dolan, à Selena et moi, alors que nous le rattrapions.

— On prend de l'avance, dis-je. Si on les laisse derrière, ils pourraient être piégés.

— Si on ne bouge pas, dit Dolan, nous le serons.

L'esprit ancien se retourna et avança, tranchant une autre paire d'âmes bleu brûlant.

— Il perd la tête, dit Selena. Dolan va nous faire tuer s'il continue comme ça.

— On est déjà morts, dis-je.

Mais elle avait raison. Les guides qui traînaient derrière nous étaient griffés, blessés ou luttaient contre l'épuisement. Les esprits continuaient de jaillir d'entre les arbres, et mon fouet claquait encore et encore et encore. Mon couteau frappait plus de fois que je ne pouvais compter. Je n'avais pas de muscles qui se fatiguaient, mais mes amis si.

Je devais les faire sortir d'ici.

— Anna ! criai-je. Et j'entendis la réponse, quelque part dans les bois. Sonne la retraite. Ramène les guides à la porte. Tenez cette ligne. On s'en occupe à partir d'ici.

Les guides autour de nous entendirent mes paroles et reculèrent, formèrent un groupe serré puis se dirigèrent vers la porte ouest. Je partis dans l'autre direction. Cheo et sa Main Droite nous rejoignirent, et je remarquai que certains prenaient les arbres comme ils l'avaient fait dans la jungle de Mali. Leurs flèches de domptage fendaient l'air, perçant et purifiant les esprits que nous ne voyions pas.

Meurtris, nous tombâmes sur la deuxième brèche. Nous suivîmes la piste de Dolan faite d'esprits domptés et d'entailles profondes dans les troncs. Sauf que cette fois, Dolan ne s'en sortait pas si facilement.

Devant lui se dressait une goule, une chose à deux jambes qui n'avait pas de bras, comme une arche vivante. Elle s'élança en avant et déplaça ses jambes dans tous les angles qu'elle voulait. Comme si elle était faite de caoutchouc, ou de sable. Alors que nous entrions dans la clairière, Dolan roula en avant, esquivant un large balayage de la jambe avant de la créature. Cependant, au lieu de poursuivre son mouvement, la goule s'affaissa au sol et ramena ses jambes dans l'autre sens, s'enroulant en cercle et coinçant Dolan au milieu.

L'esprit ancien essaya de bouger la grande épée, mais la goule le serrait trop étroitement. Pas d'espace, pas d'amplitude de mouvement.

Je commençais à faire un mouvement, puis Selena cria et je me retournai. Trop lent. Un esprit, une sorte de livreur en haillons, me plaqua et me jeta au sol. Ses griffes, des ongles acérés, lacérèrent ma joue. Je sentis la chaleur, et si j'avais eu du sang, je suis sûr qu'il aurait coulé. Je roulai sur la gauche, utilisant mon épaule pour repousser l'esprit. Je poignardai avec le couteau dans ma main gauche. Renvoyai l'esprit. Et puis deux autres le remplacèrent.

— Aidez Dolan ! criai-je, sans être sûr que Selena puisse m'entendre. Les esprits mordaient et déchiraient ma cape, mes bras et mes jambes. Mais ils ne pouvaient pas me tuer. Du moins pas tout de suite. Si cette goule s'emparait de Dolan, alors toute cette histoire était perdue.

Un des esprits enroula ses bras autour de mon cou et essaya de m'écraser la gorge. Je cognai ma tête contre son visage, que je ne pris pas la peine de reconnaître. Il y en avait trop, simplement trop d'âmes pour noter les détails. Tous brûlaient de la même manière, toutes leurs dents claquaient et grinçaient vers moi. Leurs mains étaient toutes froides et dures. Ils n'étaient plus les personnes qu'ils avaient été.

Ma tête repoussa celle de l'esprit, ce qui me donna assez d'espace pour bouger ma main gauche et frapper vers le haut en direction de la hanche de l'esprit. Ou du moins, j'essayai. Un troisième esprit rejoignit la mêlée, coinçant mon bras et mon couteau sur mon côté gauche. Je sentis mes jambes s'engourdir. Le deuxième esprit me déchirait les genoux.

Je n'étais pas sûr de la quantité de dégâts que je pouvais subir avant de cesser d'exister. Je ne savais pas à quel point je pouvais être submergé. Si je pouvais être déchiré au point que mon âme ne puisse plus se reconstituer.

Je ne voulais pas le découvrir.

De ma main droite, je lâchai le fouet et agrippai l'esprit qui était assis sur moi. Je tordis mon bras vers la droite et jetai le fantôme. Je saisis le couteau de ma main gauche par la lame et le tirai de ma propre emprise. L'esprit que j'avais jeté essaya de replonger sur moi, mais il n'était pas assez rapide. Tenant toujours la base de la lame, je l'enfonçai dans l'esprit alors qu'il essayait de reprendre sa position. Je glissai ma main jusqu'à la poignée et tournai. J'ignorai ma propre douleur brûlante pour sauver ce qui restait de ma vie.

Je retirai le couteau et me jetai sur l'esprit qui déchirait mon bras gauche. Je m'en occupai. Bien que je ne puisse plus sentir mon côté gauche, sauf pour la douleur. Toute la douleur. J'avais été brûlé, battu, taillardé et frappé dans ce monde. Mais cela déchirait une nouvelle couche d'agonie à travers mon esprit. Je pense que la seule façon dont je maintenais une quelconque concentration était en me focalisant sur les cris de Selena et Dolan alors qu'ils s'emmêlaient avec la goule.

C'étaient mes amis, et ils avaient besoin de moi.

Je me penchai en avant, m'assis et poignardai. Mis fin à l'esprit qui s'était fait un festin de mes jambes.

J'essayai de me lever, mais je ne pouvais pas sentir mes pieds. Je ne pouvais rien sentir, en fait, en dehors de mon bras droit et de mon cou. Le sol gronda sous moi. Au-dessus, se balançant dans un arc paresseux, arriva le grand pied gauche de la goule. Plus comme un éléphant, ou une grande colonne grecque que n'importe quel appendice humain. La jambe de la goule planait au-dessus de ma tête, et je pouvais voir les cicatrices suintantes, les entailles faites par le couperet de Selena et l'épée de Dolan. Je pouvais voir cette jambe descendre vers moi. Et je ne pouvais rien faire pour l'arrêter.

Un éclair doré, puis la jambe s'envola. Le goule, d'une bouche que je ne saurais identifier, rugit sa rage tandis que la création de Mali le martelait. Le frappait de ses grands poings dorés. Je tournai la tête et vis le monstre à deux jambes s'effondrer sous le déluge de coups. Je vis Selena et Dolan, boitant, le transpercer de leurs lames et envoyer leur feu bleu parcourir le corps du goule. Un instant plus tard, Dolan fit de même avec la brèche.

Pour le moment, nous étions hors de danger. Pour un instant, nous étions en vie.

Retraite

Tu es blessé, dit Selena en s'approchant de moi alors que j'étais assis par terre, l'air et le sentiment d'être pathétique.

— Tu as vu l'évidence, répondis-je.

— Il faut continuer à avancer, annonça Dolan depuis l'endroit où se trouvait auparavant la brèche. Si on reste ici, ils nous rattraperont. On passe à la suivante.

— Carver est blessé, dit Selena. Tu ne peux pas marcher, n'est-ce pas ?

— Je vais devoir passer mon tour pour celle-ci. Tu crois que Blondie là-bas peut me porter jusqu'à la porte ?

Selena jeta un coup d'œil à la goule de Mali, dont le visage informe nous regardait. — Je ne pense pas que tu sois si lourd que ça, Carver.

— Alors va avec Dolan, dis-je. Fermez les brèches. Et revenez sains et saufs.

Selena se pencha, déposa un rapide baiser sur mon front, puis elle et Dolan partirent en courant. S'enfonçant plus loin dans la sombre forêt. Cheo et les autres suivirent, la goule restant en arrière pour me soulever.

Je n'avais jamais été porté comme ça auparavant, dans les bras d'une créature géante comme celle-ci. Soulevé au-dessus du sol. La paix ne dura pas longtemps. À peine trente secondes après le début de notre marche, les premiers esprits arrivèrent. Attirés par le bruit de notre progression et de notre frottement dans les broussailles. La goule cassant des branches alors que nous avancions lourdement.

Les esprits plongèrent sur les jambes de la goule, mordant et griffant sa peau métallique. Pour autant que je puisse en juger, ils ne causaient aucun dégât. Du moins, pas physiquement. Mais ils l'épuisaient. La goule ralentit, chaque pas entravé par les bras agrippeurs. Les esprits s'accrochaient à ses jambes, tirant et traînant. Essayant de forcer la goule à tomber. Avec ses deux bras occupés à me porter, la goule n'avait pas vraiment de moyen de se défendre.

Mais moi, si.

Je plongeai la main dans mon manteau, vers l'étui que Nicholas m'avait fabriqué après que j'eus trouvé le pistolet d'Inman. Je gardais l'arme chargée, avec plus de balles dans les poches de mon manteau. Les guides avaient beaucoup de munitions, bien que les balles fussent faites de débris de Riven. Rien de comparable à la qualité qu'on trouverait sur Terre.

Je sortis le pistolet, son canon doré semblant très déplacé dans la forêt sombre et grise. Je visai et tirai alors que la goule avançait.

La balle toucha un esprit à la cheville gauche de la goule. J'armai de nouveau le chien, visai et tirai encore. Un autre esprit fut projeté au sol. Les tirs ne brûlaient pas d'un feu bleu, juste du métal dur. Mais chaque esprit que j'abattais permettait à la goule d'accélérer. Nous rapprochant de cette porte.

Je tirai encore quatre fois jusqu'à ce que, dans un déclic, le pistolet m'indique qu'il était vide. Je devrais le recharger avec une seule main valide. Pas vraiment quelque chose que je savais faire.

Peut-être que je n'aurais pas à le faire.

La goule débaula dans la grande clairière devant le mur. Des cris et des hurlements de guides et de combat explosèrent dans mes oreilles. Je pouvais le voir ; le chaos total autour des ruines où se dressait autrefois la porte ouest. Les guides qui étaient venus avec nous, ainsi que des renforts, tenaient la ligne de décombres. Repoussant une vague d'esprits qui essayaient de se frayer un chemin. L'idée de Dolan ; ces rayons orange brûlants, nous avaient donné une ouverture, avaient condamné nos défenses.

— Anna, criai-je alors que nous nous rapprochions. Je pouvais la voir, maniant son fléau à pointes et le faisant tournoyer, frappant et brûlant les esprits qui chargeaient vers les guides. Laisse passer la goule. Elle peut tenir la ligne pour nous !

Les guides, qu'ils m'aient entendu ou qu'ils aient vu la bête dorée, dégagèrent un passage pour nous permettre de passer. Je fis déposer la goule sur des fragments brisés de la porte. Pas vraiment confortable, mais plus vite je serais hors de ses mains, plus vite la goule pourrait retourner à ce qu'elle faisait le mieux : réduire les esprits en bouillie.

Comme le pistolet d'Inman, la goule ne pouvait pas maîtriser les esprits. Ne pouvait pas les brûler d'une flamme bleue et les faire fuir. Mais elle pouvait les écraser. Les abattre et les rendre inopérants pour qu'un guide qui suivait puisse achever l'esprit.

Et la goule était infatigable.

Je regardai, estropié et inutile, depuis mon poste d'observation, le monstre de Mali déchirer les esprits. S'il y avait eu les milliers d'avant, je n'avais aucun doute que la goule aurait été submergée. Recouverte et simplement écrasée dans la terre par le poids des esprits. Maintenant, avec seulement des dizaines, la goule était libre de semer sa destruction.

— Que t'est-il arrivé ? demanda Anna en s'approchant. Je

pouvais voir la sueur briller sur son visage, la fatigue évidente dans sa façon de tenir son arme basse. Respirant fort même si Riven n'avait pas d'air.

— En infériorité numérique, dis-je. Il s'avère que laisser les esprits te plaquer au sol n'est pas une bonne idée.

— Je pensais que tu l'aurais appris depuis le temps, dit Anna. Selena ? Dolan ?

Je lui dis où ils étaient. Je lui dis que le succès de toute cette mission reposait entièrement sur eux.

— S'ils ne peuvent pas fermer plus de brèches, alors nous aurons sacrifié la porte pour rien, conclus-je.

— Pas pour rien, dit Anna. Nous en avons fermé quelques-unes, et nous avons donné de l'espoir. Une chance que les guides puissent faire quelque chose plutôt que de mourir dans des ruelles et des pièces sombres.

— Cet espoir ne durera pas longtemps.

— Ça dépend de toi. Combien de temps avant que tu puisses bouger à nouveau ?

Je pouvais le sentir ; mes os, tels qu'ils étaient, se ressoudaient. La sensation revenait dans mes bras et mes jambes. Lentement, mais ça reviendrait. Avant longtemps, je serais de retour, aussi dangereux que jamais. Telle était la magie d'être un esprit. Tel était l'avantage d'être mort.

— Quand Selena reviendra, dis-je. Je serai prêt.

Ce que je ne savais pas, c'était à quoi je serais prêt. Soit à un autre raid profond dans les bois, soit à une retraite vers Nicholas et sa bombe désespérée.

Règlement de Comptes

À première vue, ils n'avaient pas l'air en bon état. Tous les deux, Dolan s'appuyant sur Selena alors qu'ils émergeaient des bois. La grande épée pendait dans le dos de Dolan, retenue par son fourreau. Ils traversèrent la clairière en titubant, des esprits jaillissant derrière eux. J'entendis Anna appeler les guides à l'aide. Je vis mes amis et compagnons se détacher de la ligne et guider Dolan et Selena vers nous. Et je lus dans les yeux de mon amour que nous avions perdu.

— Tu es encore là ? dis-je à Selena alors qu'elle s'approchait de moi. Alors qu'elle asseyait Dolan à côté de mon corps déchiqueté. Alors qu'elle s'effondrait au sol.

— Je ne devrais pas l'être, répondit Selena. Ils auraient dû nous mettre en pièces mille fois. J'aurais dû mourir mille morts, Carver.

— Mais ce n'est pas arrivé, répliquai-je. Je jetai un coup d'œil à Dolan. Les yeux de l'esprit étaient fermés. Il portait plusieurs entailles et blessures. Peut-être que, comme moi, il attendait qu'elles guérissent. Dolan est-il vivant ?

— Il s'en remettra, dit Selena. Pas pire que toi, je pense.

— Cheo ? Ses esprits ?

Selena prit une inspiration. Comme c'était curieux que l'instinct survive au-delà de nos vies. Au-delà du point où nos cerveaux cessent de fonctionner. Et pourtant, nous étions là, prenant encore un moment pour inhaler un air inexistant avant d'annoncer de mauvaises nouvelles.

— Cinq, dit Selena. Nous avions avancé rapidement. Entrant, Dolan scellant chaque brèche avec l'épée, puis courant. Mais à la cinquième, nous en avions perdu. Trop.

— Perdu ?

— Les goules, dit Selena. Elles ne peuvent pas tuer un esprit, l'envoyer dans le Cycle, mais elles peuvent les consumer.

Je vis la peur dans ses yeux. Puis je me souvins que cela lui était arrivé. Dévorée dans la forêt par une vieille goule, Selena avait cessé d'exister. Du moins jusqu'à ce qu'Anna et moi la sauvions. Les goules n'étaient que des produits des esprits, une masse de colère froide et de haine. De confusion et de perte. Rassemblées pour répandre la ruine.

— Elles vous ont rattrapés, dis-je. Ce n'était pas une question. Je savais à son regard que Cheo et ses esprits étaient toujours là-bas. Qu'ils faisaient maintenant partie d'une créature qui allait probablement se manifester bientôt.

— Il y en avait deux autres qui attendaient, dit Selena. Deux autres goules autour de la brèche, s'attaquant l'une à l'autre. Absorbant un esprit après l'autre alors qu'ils rampaient à travers la brèche. Elles se nourrissaient, Carver.

— Je suppose qu'il y a assez à manger pour elles, dis-je.

— Elles se sont arrêtées quand nous sommes arrivés. Je ne sais pas comment te les décrire, mais c'étaient des choses informes. Des gloutons qui avaient perdu tous les membres qu'ils avaient pu avoir un jour. Elles sont venues vers nous, la voix de Selena tremblait ici. Elle montait et descendait en pitch. Traumatisée.

Parfois j'oubliais, avec tout ce que nous avions vu, qu'il

était toujours possible que les choses empirent. On pouvait tomber sur une nouvelle terreur qui vous laissait sans voix.

— Il n'y avait rien que je puisse faire, dit Selena. Dolan a essayé. Il a chargé au centre de la brèche et a planté l'épée. C'est alors que la première goule l'a projeté. Elle l'a envoyé à la lisière de la clairière. Les deux goules l'ont poursuivi. Alors j'ai fermé la brèche. Je suis allée à la lame, j'ai tourné la poignée et j'ai envoyé le feu.

— Au moins, tu l'as fermée, dis-je, les mots sonnaient creux en sortant de ma bouche. Pas assez pour combler le vide d'émotion.

— Je ne m'en suis pas rendu compte, continua Selena. Derrière moi, Cheo et les autres, ils ont attaqué les goules. Ils essayaient de sauver Dolan. D'une certaine façon, ils ont réussi. Ils ont distrait les goules assez longtemps pour que je puisse retirer l'épée, attraper Dolan et courir. Je les ai laissés là, Carver.

— Tu as fait ce que tu devais faire, dis-je. Cheo voulait la paix. Maintenant, il l'a.

Selena rit, un rire sans espoir. — La paix ? À l'intérieur d'une goule ? Je ne sais pas, Carver. Ce n'est pas une paix que je voudrais.

— Je ne peux pas contredire ça. Sauf pour dire que peut-être ça en vaudra la peine.

Selena regarda à nouveau les esprits. Les guides. Se battant les uns contre les autres dans une danse sans fin. Plus de guides arrivaient de la tour de l'horloge, de la ville, tandis que d'autres reculaient des premières lignes. Blessés ou épuisés. Une rotation qui serait effectuée indéfiniment.

— Nous devrions l'utiliser, dit Selena. Nicholas. Son appareil. Utilisons-le et mettons fin à cette folie.

— Tu sais aussi bien que moi que ce n'est pas une solution permanente, dis-je. Si nous rasions la ville, les brèches reviendraient comme avant. Nous avons besoin de quelque chose de mieux. Nous avons besoin que Bryce réussisse de l'autre côté.

— Même s'il réussit, dit Dolan, sa voix grinçante s'élevant à côté de moi. Même si ton homme arrête cette guerre. Même si cette maladie prend fin. Il y en aura d'autres. Il y aura toujours plus de gens, plus d'âmes inondant Riven. Il sera impossible de tenir.

— Ça, de l'esprit le plus optimiste que j'ai vu depuis longtemps ? répliquai-je.

— Ça, d'un esprit qui a vu la fin. Nous n'avons pas d'autre choix, Carver, dit Dolan. Nous devons aller voir Nara.

— N'as-tu pas dit, il n'y a pas si longtemps, que Nara était le pire choix que nous puissions faire ?

— Elle est la seule qui puisse créer une armée assez grande pour garder Riven en sécurité, dit Dolan. La seule qui puisse nous sauver d'une annihilation totale.

— Alors nous avons échoué ?

— Oui, répondit Dolan. Il n'y a pas d'autre moyen. Nous ne pouvons pas fermer toutes les brèches, et si nous ne pouvons pas couper l'arrivée des esprits, alors nous ne pouvons pas survivre.

SAUVEUR

Au fil du temps, alors que nous gisions dans les décombres à recoller les morceaux de nos âmes, les guides formèrent un périmètre plus organisé. Des coureurs établirent des itinéraires, transportant des munitions, des armes pour ceux qui avaient brisé les leurs, et appelant des renforts au besoin. Les blessés étaient évacués sur des brancards improvisés. Des points de passage proches de la porte ouest furent identifiés et communiqués afin que les guides de l'autre côté puissent accéder plus facilement au mur. Aux ruines.

Mais l'essaim ne cessait jamais. Les esprits continuaient d'affluer. Certes, ils étaient inconscients. Certes, ils se gênaient les uns les autres. Ceux qui avaient été maîtrisés attendaient souvent un moment, donnant aux guides un instant de répit avant d'être bousculés par la prochaine vague d'assaillants. Ce n'était pas facile. L'ennui répétitif de l'attaque jouait sur nos instincts humains. À tel point qu'un guide pouvait s'attendre à un moment de répit après avoir maîtrisé un esprit, pour finalement se retrouver face au suivant, qui tentait de lui agripper la gorge.

Finalement, je pus me lever. En m'appuyant sur Selena. Dolan, moins blessé que moi, marchait devant nous. Nous partîmes, laissant Alec et Anna en charge de tenir le mur. Je n'avais jamais quitté un combat de la sorte auparavant. Abandonné les guides qui avaient besoin de moi.

Je me souvins de mes parents, dans les entrailles de la Montagne, combattant Piotr et me criant de les laisser. C'étaient des situations impossibles comme celle-ci, alors peut-être que les combats n'étaient pas si différents après tout. Ou peut-être étais-je un lâche.

— Tu ne leur rendras aucun service en restant, dit Dolan après que j'eus jeté un coup d'œil en arrière une fois de trop. Peu importe le nombre d'esprits que tu détruis, il y en aura le double qui les suivront. La meilleure façon d'aider tes camarades maintenant, c'est ceci.

— Et qu'est-ce que c'est, ça ? Je laissai transparaître ma frustration dans ma voix. Qu'attends-tu que Nara puisse faire ? Ce que tu n'as pas pu ?

— Je te l'ai dit, répondit Dolan. Elle prendra les esprits, elle les liera ensemble, et elle en fera une armée capable de couvrir Riven. De lui rendre la paix.

— Alors pourquoi ne sommes-nous pas allés la voir dès le début ? demanda Selena.

— Parce qu'il a fallu Mali et moi pour contenir son ambition auparavant, dit Dolan. Je ne suis pas aussi confiant en moi seul.

— Nous serons là, dis-je. Et puis, si Riven tombe, Nara tombe aussi.

Dolan se contenta d'acquiescer, puis retomba dans le silence. Je me souvins des peintures, du spectacle de Mali. Si Nara représentait vraiment une terreur plus grande que ce qui se passait déjà, eh bien, nous devrions prendre le risque. Un échec certain sur la voie que nous avions essayée. Avec Nara, nous avions une légère chance de réussite.

Lorsque nous atteignîmes la cour de la tour de l'horloge, Dolan et moi marchions normalement. Nos âmes réparées. Bryce n'était pas encore revenu de l'autre côté, ce que je pris comme un signe positif. S'il faisait des progrès là-bas, cela pourrait compenser le manque de progrès ici. Nous ne restâmes pas longtemps. Je fis un rapide compte-rendu aux guides qui tenaient le centre de commandement, puis nous repartîmes. Marchant vers l'est en direction du champ de céréales une fois de plus.

Le trajet jusqu'à Nara parut plus court cette fois. Peut-être parce que Dolan, dès qu'il le put, nous poussa à courir. Il affirma que puisque nous ne pouvions pas nous fatiguer, autant voyager aussi vite que possible. Des vies étaient en jeu. Je ne protestai pas.

Courir sans fin était étrange. Comme si à tout moment mes muscles allaient se réveiller et réaliser qu'ils ne devraient pas faire ça. Que sprinter d'un pâté de maisons à l'autre, à travers les quartiers et vers le mur est, au-delà du palais et vers la verdure sans une seule pause pour reprendre son souffle était en quelque sorte anormal. Mais ce ne fut pas le cas. Mes jambes ne protestèrent jamais. Je ne fus pas noyé de sueur, ni ne m'effondrai d'épuisement. Finalement, l'étrangeté de tout cela s'estompa. Je vivais dans une nouvelle normalité. Je n'avais pas de corps, pas un vrai corps physique en tout cas, et il était temps que j'apprenne à l'utiliser.

Nara se tenait devant sa hutte lorsque nous approchâmes cette fois. Elle regarda droit vers Dolan, par-dessus nos têtes. Elle fixa l'esprit des yeux, mais ne laissa autrement aucune expression traverser son visage.

— Cela fait longtemps, dit d'abord Dolan.

— J'avais oublié ce que ça faisait, dit Nara. De t'avoir assez proche pour sentir le lien. Je n'aime pas ça.

— Si je pouvais rester à l'écart, je le ferais, répondit Dolan.

L'esprit raconta ensuite à Nara ce qui s'était passé. Notre

défensive ratée. Le nombre écrasant d'esprits s'écoulant des brèches. Pas une seule fois la surprise ne traversa le visage de Nara. Pas une seule fois elle ne montra de peur. Au lieu de cela, ce même regard fixe resta braqué sur Dolan pendant tout son récit.

— Alors, peux-tu nous aider ? demandai-je quand Dolan eut fini.

— Vous aider ? dit Nara. On dirait que vous avez besoin d'un peu plus que de l'aide. Vous avez besoin d'un sauveur.

— Ne laisse pas ça te monter à la tête, dit Selena.

— Pourquoi pas ? répondit Nara. Elle s'approcha de la pile de céréales qui brûlait sans cesse et la remua avec une tige détachée. Me voici, à entretenir ce feu pour l'éternité, jusqu'à ce que vous trois décidiez de me rendre visite après avoir essayé tous les moyens possibles de l'éviter. Vous me dites que tout est perdu. Que vos amis et vos familles souffrent. Que je suis votre seul salut. Si je ne suis pas votre sauveur, alors qui pourrait l'être ?

— Quand je suis arrivé ici pour la première fois, dis-je en éludant la dispute, tu m'as dit que je pourrais t'aider. C'est ce que j'ai fait. Je t'ai amené ceux que tu as demandés. Nous avons besoin que tu tiennes ta part du marché.

— Je ne peux pas le nier, dit Nara. Je crois savoir comment vous rembourser. Je peux faire ce que vous m'avez demandé. Je peux tendre la main, une fois que je serai proche, attirer les esprits et les entraîner dans mon filet. Sauver vos amis. Votre monde.

L'hésitation flottait dans l'air alors que sa voix s'estompait.

— Mais ? demandai-je.

Nara se détourna de son tas de grains en train de brûler et s'approcha de moi. Elle s'arrêta à peine à trente centimètres de moi. Je ne bougeai pas.

— Le problème quand on est un sauveur, dit Nara, c'est

que tout le monde s'attend à ce qu'on les sauve. Même d'eux-mêmes.

— Explique-toi.

— Carver, éloigne-toi d'elle, dit Dolan, avec une intonation différente dans la voix. J'entendis la grande épée être tirée de son fourreau.

Et puis je sentis quelque chose d'étranger. Nara tendit la main et toucha ma poitrine. Sa main appuya sur moi, puis *en* moi. J'avais déjà lié des esprits auparavant, mais c'était différent. Plutôt qu'une fusion, la technique de Nara ressemblait davantage à un vol. Nara prit ma volonté, ma voix et mon choix. Mes sens furent remplacés par des ombres d'eux-mêmes, tenus par des fils qui menaient à elle.

En un instant, je passai de savoir qui j'étais, ce que j'étais et où j'étais, à attendre que Nara me le dise, que son esprit m'informe. Je restai immobile, rigide. Je fixai les yeux de Nara et je sus ce qui s'était passé, je sus qu'il n'y avait rien que je puisse faire à ce sujet.

Animaux de Compagnie

Carver, que se passe-t-il ? demanda Selena.

Je voulais tourner la tête vers elle. Pour la prévenir. Mais j'étais prisonnier de mon propre corps. Je ne pouvais pas bouger. Jusqu'à ce que Nara me donne un ordre. La compulsion, le lien de Nara poussant mon esprit à saisir Selena et à la jeter au sol. Moins un ordre extérieur qu'une envie irrésistible.

Jeter Selena au sol était la *chose à faire*.

Je me suis retourné, j'ai regardé Selena et lui ai souri. — Tout va bien, dis-je. Nara va nous aider.

— Quoi ?

Alors qu'elle plissait les yeux vers moi, j'ai fait un pas en avant, j'ai enroulé mes bras autour de ses épaules et je l'ai fait basculer par-dessus ma jambe pour la jeter au sol. Nara s'est penchée sur Selena pendant que je regardais, mais avant que la main de Nara ne puisse la toucher, Dolan a interposé sa grande épée. Il a repoussé Nara.

— Dolan, dis-je en tirant le fouet de ma main droite et le long couteau de ma gauche. Nara essaie de nous aider. C'est comme ça qu'elle procède. Écarte-toi.

Dolan m'a jeté un coup d'œil, puis s'est tourné vers Nara.
— J'espérais que les années t'auraient adoucie. Il semble que je me sois trompé.

Nara a penché la tête vers lui. — Adoucie ? J'ai attendu, piégée ici dans ce champ, pendant des siècles. La seule chose que j'ai pu nourrir, c'est ma vengeance. Maintenant, je vais l'obtenir.

— Même si cela te coûte tout ?

Nara a ri. — Ça ne me coûtera rien. Après toi, je reprendrai Riven et j'en ferai le paradis qu'il a toujours été destiné à être.

— Tu ne mérites pas d'être une déesse, a répondu Dolan, avant de se jeter en avant avec l'épée. Droit sur Nara. Selena a reculé précipitamment, tandis que je me suis interposé entre Nara et l'attaque de Dolan. J'ai dévié l'épée de l'esprit avec mon couteau juste assez pour que Nara puisse s'écarter.

Dolan a fixé son regard sur le mien. Je lui ai fait un signe de tête. Je respectais ses compétences. Je ne respectais pas sa position.

— S'il te plaît, dis-je. Tu sais que c'est notre seul choix. Ne te sacrifie pas pour rien.

— Elle parle à travers ta bouche maintenant, dit Dolan. Je suis désolé, Carver. Tu méritais une meilleure fin.

Dolan a levé sa grande épée, l'a tirée vers le haut et la gauche, puis a fait un pas en avant pour asséner un coup violent vers ma tête. Quelque chose que je ne pouvais pas contrer. Alors j'ai roulé, je suis tombé sur la droite et j'ai laissé la lame me frôler. Je me suis relevé en position accroupie et j'ai fait claquer le fouet vers la cheville de Dolan. Je l'ai attrapée alors que l'esprit ralentissait son coup, et j'ai tiré. J'aurais dû faire perdre l'équilibre à Dolan.

Au lieu de cela, l'esprit a enfoncé son talon dans la terre, arrêtant ma traction, puis a balayé vers le bas avec sa grande épée. J'ai lâché le fouet, qui est tombé librement, et le coup de

Dolan a manqué la corde. Je ne voulais pas que mon arme soit sectionnée si loin de Nicholas, le seul que je connaissais capable de réparer ce truc.

Je me suis levé, j'ai reculé tandis que Dolan avançait vers moi, le fouet traînant derrière lui. Ma main droite vide a plongé dans mon manteau, en a sorti le pistolet d'Inman. Correctement chargé et prêt. Je l'ai pointé sur le visage de Dolan, et il s'est arrêté.

— Tu n'es pas assez rapide pour esquiver ça, dis-je.

— Résiste, Carver, répondit Dolan. Ce n'est pas ton fait.

Le problème avec les paroles de Dolan, c'est qu'elles n'entraient pas dans mes oreilles. Ou plutôt, l'esprit qui entendait ces mots n'était pas le mien. Alors j'ai appuyé sur la détente.

Dolan a chancelé, la balle perçant un trou dans sa poitrine. Pas de sang, bien sûr, mais chaque coup faisait toujours mal. Plus important encore, cela gardait l'attention de Dolan sur moi. Du moins, jusqu'à ce qu'il entende le bruit de raclage du couperet de Selena sortant de son fourreau.

Dolan a regardé derrière lui, a vu Selena se mettre en position. J'ai vu dans les yeux de mon amour le même esprit qui avait pris le mien. Nara, observant depuis le bord de la clairière, arborait un petit sourire. Deux nouveaux trophées pour commencer sa collection.

— Abandonne, dis-je à Dolan. C'est un combat que tu ne peux pas gagner.

— Tu ne comprends donc pas ? dit Dolan, tenant la grande épée d'une main, l'autre sur la blessure causée par la balle. Elle ne peut pas partir si je ne la laisse pas faire. Ou à moins que je ne sois mort. À ton avis, qu'a-t-elle choisi ?

J'ai lutté à ce moment-là. J'ai résisté à la voix de Nara, qui me chuchotait dans la tête. Me disant de tirer à nouveau. De mettre Dolan à terre et de permettre à Selena de mettre fin à sa misère.

Fais-le. Nara parlait dans mon esprit. *Libère-le.*

Mon doigt s'est resserré sur la détente. Les yeux tristes de Dolan observaient, bordés du feu pâle qui le brûlait depuis mille ans ou plus. Et je me suis arrêté.

Non.

La fureur de Nara a coulé à travers le lien, et j'ai senti que je perdais le contrôle. Si Nara voulait me faire bouger elle-même, je ne pouvais pas l'en empêcher.

Dolan a dû voir le combat vacillant dans mes yeux, car il a déplacé ses pieds. Il s'est élancé à l'attaque. Mais pas contre moi. Pas contre Selena. Contre Nara. La grande épée balayant le sol, brûlant d'un feu bleu, pour détruire notre espoir et notre damnation.

Ma balle suivante a frappé Dolan à l'épaule droite, mais l'esprit a à peine bronché, traversant cette clairière à toute vitesse. Une brève panique a traversé le visage de Nara, puis un long couteau est apparu, jaillissant du dos de Dolan, brûlant d'une flamme bleue. Alors que Dolan franchissait les derniers mètres vers Nara, il a trébuché, l'épée est tombée de sa main, et tandis que le feu commençait à ramper sur lui, le vieil esprit s'est effondré dans la poussière aux pieds de Nara.

Selena a ramené son bras, vide sans son couteau, et a regardé. Tout comme moi.

Nara s'est penchée, a saisi la tête de Dolan de sa main et a tourné son visage vers elle. Je ne pouvais pas voir ses yeux, je ne pouvais pas lire la douleur sur son visage, je ne pouvais que ressentir l'immense satisfaction qui coulait à travers ma connexion avec Nara. Je ne pouvais qu'entendre ses paroles alors qu'elles s'échappaient de son sourire sanguin.

— Adieu, mon vieil ami.

ENCHAÎNÉ

Je glissai la grande épée dans son fourreau, suspendu à mon dos. Je regardai vers la trouée dans les céréales où, un instant plus tôt, Dolan avait disparu dans son voyage vide vers le Cycle. Une main se posa sur mon épaule, légère et ferme.

— Ça fait du bien, n'est-ce pas ? dit Nara. De récupérer ton arme ?

J'acquiesçai. Mon esprit, par ailleurs, était vide.

— C'est une épée digne d'un champion, poursuivit Nara. Est-ce que Dolan t'a dit ça quand il t'a menti ?

— Non, répondis-je.

Les mots de Nara suscitèrent une question, une pensée : *menti à nous ?* Mais l'idée de la poser s'évanouit, disparaissant de ma conscience sans que je ne la considère.

— Riven était autrefois un monde animé, dit Nara. Où chaque esprit avait un foyer. Un nouveau départ. Une chance de poursuivre ses passions sans le poids de la réalité sur ses épaules. Sans besoin de nourriture, d'abri, sans peur de la mort ou du temps, tout était possible. Jusqu'à ce que Dolan et Mali jugent bon de le détruire. Ils avaient peur, je suppose. Ils pensaient que mes méthodes étaient cruelles. Dangereuses. Comme tous ceux qui voient des choses qu'ils ne comprennent pas.

Nara me fit pivoter pour faire face à Selena, qui avait rangé ses armes et nous observait d'un air solennel. Attendant les ordres de sa chef.

— Jusqu'à ce qu'il choisisse une autre voie, Dolan était mon épée. Mon champion. Il protégeait ma cité, Carver. Maintenant, je te demande la même chose, dit Nara, puis elle éclata d'un rire grave. Enfin, *demander* n'est peut-être pas le bon mot. Une fois qu'on a vu les défauts de la loyauté, il est facile de voir les avantages de l'obéissance. De la possession.

Nara pointa du doigt vers les céréales, et nous nous mîmes en mouvement. Je l'entendis marcher derrière nous tandis que mes bras écartaient les tiges. Dégageant un chemin pour la nouvelle liberté de Nara.

Tout en avançant, je testai les limites du contrôle de Nara. Elle m'avait confié une tâche — dégager le chemin — et dans les limites de cette tâche, il semblait que je pouvais ajuster mon approche. Écarter une tige avec ma main gauche, puis la suivante avec ma droite. Ou utiliser les deux bras. J'essayai même de les bousculer avec mes épaules et ça marchait aussi. Essayer de m'arrêter, en revanche, impossible. Mon corps ne répondait tout simplement pas.

Plus tôt, avec Dolan, j'avais senti Nara diriger mes pensées. Altérer mon esprit. Mes paroles. Mais quand l'esprit ne se concentrait pas sur moi, mon âme revenait. Comme en me réveillant d'un profond sommeil, je devais me reconnecter avec mes sens, mes membres. Comprendre ce que je pouvais et ne pouvais pas faire.

Je jetai un coup d'œil à Selena, qui marchait résolument à côté de moi. Aucune idée si elle découvrait les mêmes choses.

— Selena ? dis-je, plus pour voir si je pouvais parler qu'autre chose.

Je sentis le regard de Nara se fixer sur moi quand je prononçai ces mots. Je sentis son esprit pénétrer le mien, cherchant mon objectif. Se relâchant quand elle ne trouva que de la curiosité.

— Carver ? répondit Selena, croisant mon regard. Qu'allons-nous faire ?

— Tout ce qu'elle voudra, répondis-je.

— Correct, dit Nara derrière nous. Profitez-en pour vous habituer à votre nouvelle existence. Comprenez que vous êtes en laisse. Une laisse qui peut être longue ou courte, selon vos actions. Je n'ai aucun désir de blesser mes champions, et je préférerais me concentrer sur autre chose que votre prochain mouvement, alors s'il vous plaît, chérissez notre relation.

— Chérir, dit Selena. Vous venez de tuer notre ami.

— Non. C'est vous qui l'avez fait.

— C'est un mensonge, répliquai-je.

Et je tombai à genoux. Mes yeux se fermèrent. Ma bouche se crispa. Ce n'était pas mon fait. Mon esprit fuyait mon corps, se recroquevillant sous une migraine écrasante. Dolan allait au Cycle à cause de ce que Nara nous avait fait faire. N'est-ce pas ?

Ou l'avions-nous fait de notre propre chef ?

Dolan ne s'était-il pas retourné contre nous ? N'avait-il pas dégainé son épée pendant que nous parlions avec Nara ? Discutions du plan pour sauver Riven ?

Il avait essayé de tuer Nara. Sans provocation. Elle n'avait pas d'arme.

— Nous devions l'arrêter, dis-je à Selena. Il n'y avait pas d'autre choix. Il aurait ruiné notre dernière chance de sauver Riven.

Je vis Selena acquiescer lentement. — Je n'avais pas le choix, dit Selena. C'était la seule solution.

— Regrettable, dit Nara. Mais nous n'avons pas le temps de pleurer. Allons, continuez à avancer.

Je me levai, tendis le bras et écartai la prochaine tige. Je mis un pied devant l'autre. Dolan avait fini par nous trahir. Tragique, mais inévitable. Son plan avait échoué, après tout.

Maintenant, nous avions un nouveau chef.

LA PORTE DE L'EST

Deux guides nous attendaient à la porte de l'est. Ils guettaient pour voir si nous avions réussi. J'en reconnus un : le guide maigre qui avait travaillé avec Piotr. Celui qui aurait bien pu me tuer de l'autre côté, piégé dans la chambre d'hôtel à New York. Je ne connaissais pas l'autre, mais peu importait.

— Voici Nara, dis-je en approchant. Elle va nous sauver.

Polk regarda au-delà de moi et fit un signe de tête à Nara.

— Où est l'autre ? Dolan ? Vous voyagiez ensemble ?

— Dolan doit s'occuper d'autres problèmes, répondit Nara. Je suis ravie de vous rencontrer.

Nara s'avança et tendit la main. Polk la prit. Je vis le changement s'opérer dans ses yeux, le moment où il perdit le contrôle. Le moment où Nara le fit sien. L'autre guide, cependant, ne semblait pas y prêter beaucoup d'attention. Il regardait Selena, et je réalisai que mon amour avait sorti son couperet.

— Vous n'aurez pas besoin de ça ici, dit le guide. Il n'y a pas de brèche à proximité. On a gardé l'endroit propre pour vous.

— Juste au cas où, dit Nara en posant sa main sur l'épaule du guide.

En un instant, lui aussi lui appartenait.

De la rue, nous entendîmes un bruit. Un bruissement alors qu'un autre guide sortait d'un poste de garde trapu, juste à l'intérieur de la porte. Je le connaissais. Derringer. Mais au lieu d'un regard amical, son visage était empreint de suspicion.

— Derringer, l'appelai-je. Viens ici, dis bonjour.

— Je ne crois pas, non, dit Derringer. Voyez-vous, j'ai vu beaucoup du travail de Piotr. J'ai vu comment ces esprits liés réagissaient quand il parlait. J'ai vu comment leurs yeux correspondaient à son regard de la même façon que les vôtres correspondent tous au sien. Je sais ce que je vois.

Et puis Derringer s'enfuit. Nara ne parla pas, ne prononça pas les mots, mais je sentis l'ordre. L'appel à attraper Derringer et à le soumettre. À le faire respecter notre chef. Alors, nous nous sommes tous les quatre lancés dans une course effrénée. Nous avons poursuivi Derringer à travers les larges cours de pierre entre le Palais et les statues qui composaient le côté est de Riven.

Derringer n'était pas un petit homme. Il n'était pas lent non plus. Il fonçait en avant, pompant ses bras et ses jambes comme un vrai coureur. Mais il était humain. Ses muscles brûlaient. Selena et moi gagnions du terrain, courant plus près, plus fort. Derringer essaya de se faufiler derrière des colonnes, de zigzaguer entre les rues et de prendre des ruelles au hasard, mais ce n'était pas suffisant. Il ne pouvait pas échapper à notre énergie sans fin.

Les rues s'étaient resserrées au moment où nous l'avons finalement rattrapé. Des bâtiments bordaient chaque côté de la large avenue. Les flocons cendrés si courants à Riven me soufflaient dans les yeux. Puis Derringer s'arrêta, haletant, les mains sur les genoux.

Selena et moi sommes arrivés derrière lui. J'avais mon

fouet et mon couteau prêts, Selena avec son couperet. Dans mon esprit, je sentais Nara me pousser à en finir avec lui. À le brûler et à le transformer en un esprit qu'elle pourrait lier quand elle nous rattraperait. Sous cet appel, je sentais ma propre chaleur bouillonnante. Derringer avait été avec Polk, avec mon corps dans cette chambre d'hôtel. L'un d'eux avait appuyé sur la gâchette, coupé mon lien avec l'autre côté.

Je voulais sa mort autant que Nara.

— Vous savez ce qui se passe si vous nous tuez ? dit Derringer. La ligne tient à peine à l'ouest. Elle va tomber d'un jour à l'autre, d'une heure à l'autre maintenant. Quand ça arrivera, toute cette ville sera rasée par des esprits furieux et déchaînés. Vous pensez que votre nouvelle chef peut la sauver ?

— Je ne pense pas, dis-je, je sais qu'elle le peut.

— Eh bien, c'est une sacrée façon de commencer.

Je levai le couteau et Derringer me lança un regard noir. Il était temps d'effacer ce visage. J'avançai, tirai mon bras en arrière. Et je sentis une douleur brûlante déchirer mon épaule. Je tombai dans la rue, entendis l'écho du coup de feu ricocher dans l'avenue. Ce n'était pas ce à quoi je m'attendais.

— Ça ne va pas marcher, dit une voix familière. Vous êtes cerné, Carver. Rendez-vous, et peut-être pourrons-nous vous libérer de votre malédiction.

— Alec, appela Selena, et oui, elle avait raison. Je connaissais cette voix. Tu fais erreur ! Nara veut aider Riven !

Je comptai les visages aux fenêtres, un certain nombre d'entre eux pointant des fusils vers moi. Les ressources qu'ils avaient dû retirer du mur à la porte ouest pour attendre notre retour. Un retour qu'ils espéraient triomphant, pour apporter des miracles. Pour sauver leurs amis mourants de l'autre côté de la ville.

Maintenant l'ouest ne servait qu'à protéger les condamnés.

— Selena, c'est une tragédie de te voir ainsi, dit Alec, en

remontant la rue vers nous avec une paire de guides de chaque côté. Notre offre vaut pour vous deux. Posez vos armes. Discutons de paix.

Je me levai, la douleur de la balle commençant déjà à s'estomper.

— Nous ne pouvons pas, dis-je. Et vous ne pouvez pas gagner.

Un des guides dans le bâtiment à côté de nous cria et disparut de la fenêtre. Attaqué par derrière. La voix de Nara emplit nos esprits, nous disant de courir. De reculer dans la rue et de la retrouver quelques pâtés de maisons plus loin. Un autre guide glapit de l'autre côté. Alors que Derringer et Alec se tournaient vers le bruit, Selena et moi détalâmes. J'entendis des balles frapper le sol autour de moi, mais ensuite nous nous engouffrâmes dans une ruelle et disparûmes. Filant à travers les bâtiments, autour des coins et des courbes. L'itinéraire que Nara voulait que nous suivions apparaissait comme une carte devant nos yeux. Une compulsion me disant de prendre à gauche, puis à droite, puis d'aller tout droit à travers un magasin en ruine.

Nous l'avons trouvée au sommet de l'immeuble délabré, les escaliers désordonnés nous offrant une ascension trébuchante jusqu'au dernier étage. À la lisière du centre-ville. Nara regardait par la fenêtre, surplombant Riven. Aucun des autres guides n'était présent.

— Deux sacrifiés pour votre folie, dit Nara. La prochaine fois, attrapez votre proie plus rapidement.

Selena et moi nous sommes excusés. À l'unisson.

— Il semble que vos guides se soient améliorés au fil des années, dit Nara. Le genre d'organisation nécessaire pour avoir des formations en couches n'existait pas à mon époque. Dolan aurait été fier de son héritage.

— Les guides sont forts, dis-je.

— Mais pas assez forts, rétorqua Nara. Néanmoins, les guides n'ont pas besoin d'être notre premier ennemi. Il existe des chemins plus faciles à emprunter pour nous. Ne crains rien, Carver. Nous sauverons ton monde et nous n'avons pas besoin des guides pour le faire.

L'Armée Liée

Nous avons pris la direction du sud. Sud et ouest, contournant les bords du territoire principal des guides autour de l'horloge. Nous nous sommes tenus aux ruelles, aux rues secondaires. Nous avons traversé des bâtiments. Rampé le long de petits canyons entre des structures en ruine. Chaque fois que nous tombions sur un esprit, Nara nous faisait retenir l'âme perdue pendant qu'elle la liait à elle. Ensuite, elle envoyait l'esprit en éclaireur devant nous et dans diverses directions, pour repérer les dangers potentiels. Nous évitions les brèches, qui attireraient les guides. Nous esquivions les groupes d'esprits qui pouvaient être vus par d'autres. Ou qui pouvaient, potentiellement, nous attaquer avant que nous ne soyons prêts. Mais au fur et à mesure que nous avancions et que Nara en liait de plus en plus, j'ai commencé à remarquer aux bords de ma vision, dans les fenêtres des bâtiments que nous passions et dans les rues que nous n'empruntions pas, des esprits qui passaient en éclair. Ils étaient toujours là, toujours à nous observer. Formant un anneau autour de nous.

Nara ne parlait pas, et Selena et moi n'avions rien à dire. Je ressentais un sentiment croissant de désespoir. Un désespoir qui se mêlait néanmoins au plus petit espoir. Nara elle-même n'était peut-être pas la sauveuse que nous espérions. Cependant, elle ne voulait pas non plus voir Riven détruit. Elle pourrait sauver Riven, même si ce qui resterait ne serait pas le monde que nous connaissions.

Nous avons atteint les Shambles et la porte sud, les débuts d'une armée marchant autour de nous. Plusieurs dizaines d'esprits marchaient dans notre sillage, ou menaient notre avancée. Nara liait tous ceux que nous croisions. D'un rapide mouvement de la main, une paume sur un dos non méfiant, elle en ajoutait un autre à notre force. J'ai commencé à comprendre comment elle avait accumulé tant d'esprits si rapidement. Comment Dolan et Mali en étaient venus à craindre leur amie. Si en quelques heures elle pouvait rassembler des centaines d'âmes, en quelques jours elle pourrait en avoir des milliers. Finalement, des millions. Alors il n'y aurait plus aucune force capable de l'arrêter.

Pourtant, je sentais qu'il y avait une chance de survie. Les guides, après tout, pouvaient traverser. Pouvaient laisser Riven derrière eux. Si Nara régnait sur une armée de morts, au moins ils ne toucheraient pas l'autre côté. Ils ne reviendraient pas sur Terre.

Nous n'étions pas depuis longtemps dans la forêt, marchant le long du sentier que les esprits empruntaient pour le Cycle, quand un grondement familier a secoué le sol. Des arbres à notre droite ont émergé plusieurs goules. Celles que j'avais vues plus tôt, poursuivant Dolan et Selena dans leur quête pour fermer les brèches.

— Que devrions-nous faire ? ai-je demandé à Nara.

Elle m'a seulement souri, — Regarde.

Les goules ont marché lourdement vers nous, toutes les trois de grands monstres vaguement humanoïdes avec des collections aléatoires de bras et de jambes. Elles martelaient le sol et ramassaient des esprits au passage, les dévorant dans leurs corps et grossissant à chaque fois. Jusqu'à ce que Nara envoie sa vague.

Sa nouvelle armée s'est déplacée en un énorme groupe, chargeant et hurlant et tailladant les goules. Ils ont escaladé ces bras et ces jambes effroyables. Se sont enfoncés dans leurs corps et ont mis les goules en pièces. Les créatures géantes jetaient des esprits par dizaines, mais deux douzaines de plus accouraient pour remplacer ceux qui étaient perdus.

En quelques minutes, les goules avaient été déchiquetées, éparpillées et brisées en morceaux. Nara nous a donné l'ordre. Selena et moi, avec mon fouet et mon long couteau, elle avec son couperet, nous nous sommes approchés des goules brisées et les avons brûlées dans le feu. Les avons séparées en leurs masses d'esprits. Puis Nara les a liés aussi.

— Doutes-tu encore de moi ? m'a dit Nara quand ils ont eu fini. Ne penses-tu pas que je peux sauver ton monde ?

Je ne pouvais que secouer la tête. Nara était vraiment grande, vraiment terrible. Elle était notre sauveuse.

Un Changement de Plan

La Montagne. La dernière fois que je l'avais vue, je marchais vers ma mort inévitable. Elle n'avait pas beaucoup changé. Toujours la même entrée creusée dans ses parois rocheuses, pleine d'esprits entrant dans le Cycle. Des esprits que Nara liait les uns après les autres dans une frénésie fiévreuse. Elle passait de l'un à l'autre, enchaînant leurs âmes à elle. Augmentant et élargissant sa force. Envoyant les nouveaux esprits former des rangs devant la Montagne elle-même.

Juste avant l'entrée de la caverne, nous nous sommes retournés pour regarder les rangs déployés devant nous.

— Tu vois ? dit Nara. C'est pour ça que tu es venu me voir, Carver. C'est ce dont tu avais besoin. Avec ces âmes, nous pouvons nettoyer Riven de nos adversaires et prendre le monde pour nous.

— Une question, dis-je en regardant l'armée, tous ces esprits qui se tenaient là sans rien sur eux. Pas d'armes, pas de crochets, pas d'épées, pas d'étinceleurs. Une foule, certes, mais qui manquait de moyens pour maîtriser les esprits. Comment allons-nous fermer les brèches ?

Nara me jeta un coup d'œil.

— Tu as l'épée avec toi.

— Je ne peux pas être partout à la fois, dis-je. Viens avec moi.

Je sentis que Nara me laissait faire cette déclaration. Me laissait la guider jusqu'au sommet de la Montagne, à travers le passage de Piotr jusqu'à la pente surplombant la forêt. Selena nous suivit.

De là-haut, nous pouvions voir toute la forêt jusqu'à la lisière de la ville. Les brèches éclataient, des lumières jaunes, bleues et vertes brillant à travers la forêt et au-delà. Il y en avait tellement qu'on aurait dit les étoiles dans le ciel cette nuit-là où j'étais allé avec Inman à son camp au bord de la rivière.

— Même avec une douzaine de moi, dis-je, nous ne pourrions jamais toutes les fermer. Nous ne pourrions jamais maintenir Riven en vie.

— Alors nous fabriquerons une centaine de tes épées, dit Nara. Un millier. Assez pour que chaque esprit en manie une.

— Comment ? demanda Selena. Peux-tu le faire sans Dolan ?

Le choc, suivi de la frustration, traversa le lien lorsque Nara se souvint que Dolan avait disparu. Le seul esprit qui avait jamais maîtrisé l'art de créer les armes brûlantes s'était volatilisé. Et bien que les guides aient pris les outils originaux, les aient restructurés en nouvelles épées, haches et arcs au fil des siècles, sans Dolan, il n'y avait aucun moyen d'en fabriquer davantage.

— Dolan était un esprit, dit Nara. Tout ce qu'il a fait peut être fait par un autre. Nous n'avons qu'à trouver le bon.

Ni Selena ni moi n'avons eu la permission de répondre. Au lieu de cela, nous avons suivi Nara en bas, de retour dans la Montagne, jusqu'au bord du Cycle. Elle nous a placés près du rebord, et nous l'avons regardée s'approcher d'un esprit passant, une femme âgée, et la toucher à l'épaule. La lier à la volonté de Nara. Puis, Nara a pointé vers le Cycle.

Dolan avait dit qu'il avait capturé la flamme par accident. En touchant le Cycle et en maîtrisant son énergie brûlante. Nara a envoyé l'esprit faire de même.

La femme s'est penchée au-dessus du bord et a touché le bleu. Le feu a remonté son bras, enveloppé son corps jusqu'à ce que nous ne puissions plus rien voir d'elle. Rien sauf la lumière aveuglante. L'esprit a basculé par-dessus le bord et a disparu.

— Ce n'était que le premier essai, marmonna Nara.

Mais le suivant eut le même résultat. Et le troisième. Le cinquième. Jusqu'à des centaines. Je ne pouvais pas suivre combien de temps Nara avait passé à jeter des esprits à leur perte, seulement que cela avait dû durer de nombreuses heures avant que Nara ne recule, son visage un masque de rage à peine contenue.

— Ça ne marchera pas, dis-je. Nara ne faisait pas attention à ma volonté, sa concentration portée sur d'autres choses. Pour une fois, j'avais la liberté de bouger mes propres lèvres. Nous pourrions rester ici une éternité à attendre un autre esprit comme Dolan. Si cela n'arrive pas bientôt, alors Riven pourrait bien avoir disparu avant que tu n'en trouves un.

— Disparu ? dit Nara, me regardant avec une question dans les yeux. Avant, quand tu es venu me voir pour la première fois dans le champ. Tu as mentionné que tu voulais sauver Riven. Le sauver de quoi ?

— Il est envahi, dis-je. Je sentis Nara pousser, cherchant une réponse plus profonde. L'histoire des guides dit que s'il y a assez d'esprits à Riven, un trou vers la Terre pourrait s'ouvrir. Un passage vers l'autre côté. Où ils pourraient blesser nos familles. Nos amis. Détruire tout ce que nous connaissons.

Nara hocha la tête.

— C'est ce dont j'avais besoin de me souvenir. Viens, retournons sur la pente.

De retour au point d'observation, nous avons de nouveau contemplé les brèches.

— Tu m'as demandé de sauver ton monde, Carver, dit Nara. Mais il semble que Riven ne puisse être sauvé ainsi. Il n'y a pas d'autre choix que de laisser cette calamité s'abattre sur nous. De chevaucher la vague vers l'inconnu. Si ces esprits vont créer un portail, alors nous le traverserons.

Même avec la connexion, même avec Nara supprimant mes sentiments, je me suis retourné de colère. Trahison. Pendant un moment, cette pulsion a submergé notre lien.

— Tu as menti, crachai-je. C'est toi qui as laissé partir Dolan. Qui as anéanti notre seule chance. Ce n'est pas que Riven ne peut pas être sauvé, c'est que tu as détruit tout espoir de le sauver.

— Ne sommes-nous pas tous humains ? dit Nara. Imparfaits, poussés par nos ambitions vers quelque chose au-delà de notre capacité à l'obtenir ? Plutôt que de nous concentrer sur nos échecs, je choisis de tirer parti de l'avenir, et notre avenir réside dans ceux-là.

Les bras de Nara balayèrent la vue, englobant les brèches qui parsemaient la campagne. Ce faisant, l'une d'elles, une lueur provenant de l'intérieur des murs lointains de la ville, s'éteignit. Nara interrompit son geste, clignant des yeux vers cet espace.

— Les guides, dis-je, répondant à sa question muette. Ils continuent de sceller les brèches qu'ils peuvent à l'intérieur de la ville.

— Retardant notre victoire, dit Nara. Il semble, Carver, que tu puisses encore m'être utile. Mon champion a toujours une cause contre laquelle brandir son épée.

— Comment puis-je servir ? dis-je, détestant ces mots alors qu'ils sortaient de ma bouche, les adorant et la façon dont ils plaisaient à Nara à travers le lien. J'étais sa marionnette, et j'adorais quand elle tirait les ficelles.

— Tu prendras ma légion, dit Nara. Tu marcheras le long du chemin de l'esprit et tu entreras dans la ville par le sud. Pourchasse les guides devant toi. Massacre ceux qui restent. Chasse ceux qui fuient. Purge Riven d'eux et de leurs âmes. Ouvre la porte de notre nouveau foyer.

INCURSION

Nara aligna les âmes pour moi en rangées devant l'entrée de la Montagne. Baigné dans l'éclat du Cycle, je me tenais devant des centaines d'esprits liés à suivre les ordres de Nara, et à travers elle, les miens.

Les esprits venaient de partout. Jeunes et vieux, riches et pauvres, vêtus de haillons et des plus beaux costumes. À travers et autour d'eux erraient des âmes que Nara n'avait pas encore liées, comme une rivière se brisant autour d'un barrage de morts.

Toutes les quelques secondes, un autre esprit me contournait et prenait sa place dans les rangs. Un autre lien, une autre âme qui n'hésiterait pas à déchirer chaque guide. Je n'avais qu'à leur dire quand.

— En avant ! criai-je dans les cendres tourbillonnantes. Dans ces arbres sombres. Nara entendit mes paroles et transmit l'ordre à ceux sous son emprise. Y compris moi.

Sans effort conscient, mes jambes se mirent en mouvement. De longues enjambées qui me firent traverser et dépasser mon armée jusqu'à ce que je marche à sa tête. Je tenais la grande épée dans mes mains, prêt à repousser tout assaillant.

Et il y en avait beaucoup. Des esprits en colère venus des brèches voisines mordaient les flancs de ma force. Ils surgissaient des arbres en vagues grondantes, mais mes esprits les repoussaient. Ils s'abattaient sur mes âmes en tas grinçants jusqu'à ce que, grâce à notre supériorité numérique, nous déchirions les attaquants.

Bien sûr, sans les feux dompteurs, les esprits guériraient avec le temps. Ils retourneraient à leurs saccages. Ils continueraient à pousser Riven jusqu'à son effondrement.

— Pourquoi les Décombres ? dis-je à Nara à travers notre lien. La plupart des guides devraient être concentrés à la porte ouest ?

Je pouvais la sentir là-bas, près du Cycle, rassemblant plus d'esprits et les ajoutant à sa force. Pourtant, la puissance de ce lien s'estompait à mesure que la distance entre nous grandissait. Il faudrait deux jours de marche pour atteindre les Décombres, et pendant ce temps, ses liens se relâcheraient. Quand nous atteindrions la ville, je pourrais peut-être lui résister complètement.

— Parce que je veux briser leur détermination, répondit Nara à travers le lien, sa voix s'écrasant dans mon esprit. Parce que quand tu menaceras de les couper de leur foyer, ils ne se battront pas. Ils fuiront. Se disperseront et se briseront.

— Tu les sous-estimes. Les guides valent mieux que ça.

— Vraiment ? Je pouvais entendre le rire de Nara. Tu oublies, Carver. J'ai dû choisir un jour entre mourir pour mes croyances ou vivre, piégée pendant des siècles. Ils choisiront comme je l'ai fait. Ils courront pour avoir une chance de survivre.

Autour de moi coulait le flot des morts aux yeux vides. Domptés ou, moins probablement à chaque heure, un esprit naturellement séduit par le Cycle. Je croisais leurs regards alors qu'ils manquaient le mien. Combien d'entre eux Nara rallierait-elle à sa cause ?

— Nous devrions nous diriger vers la tour de l'horloge. Mon esprit se tourna vers l'attaque, essayant de trouver les angles pour la victoire de Nara. C'est le centre des forces des guides.

— Alors prends-la, dit Nara. Manie ma force comme un marteau et réduis les guides en poussière.

Si nous avions été en personne, j'aurais peut-être fait une révérence. Ou dit à quel point j'aimais l'opportunité d'exécuter son ordre. Cependant, alors que je progressais sur le chemin, Nara sentit mon plaisir à travers notre lien. Elle savait que je n'hésiterais pas à déchirer la ville sur son ordre.

Les centaines d'âmes derrière moi feraient de même.

L'Assaut Des Morts

La porte sud ressemblait à une ménagerie. Un point focal où tous les esprits de la ville se rassemblaient avant de s'élancer sur le chemin menant au Cycle. Je ne m'étais jamais tenu à l'extérieur, regardant vers l'intérieur, auparavant.

Du moins, pas en tant qu'envahisseur.

De chaque côté de la porte s'élevaient des tours crénelées. Penché sur celle de droite, un guide fixait mon armée du regard. Tandis que mes forces se rassemblaient, le guide brandit un lance-étincelles et tira un éclair lumineux dans les airs.

Je pointai mon épée vers le guide alors que l'étincelle éclatait haut dans les nuages, dispersant une série de points azur en hauteur et en contrebas. Ils s'estompèrent et grésillèrent tandis que mes âmes couraient autour de moi, vers la porte.

Qui se referma brusquement, ses grandes portes de chêne glissant pour se fermer avant que les premiers de mes soldats ne puissent la franchir. Apparemment, je m'étais trompé. Les guides n'étaient pas entièrement concentrés sur la porte ouest.

Peut-être que Bryce avait appris des autres ce que Selena et moi étions devenus. Peut-être s'était-il préparé au pire.

Ce ne serait pas suffisant.

J'enfonçai l'épée dans le sol devant moi. Je pris l'arbalète de mon dos et y glissai un carreau orange. Quelle malchance que Nicholas ait réapprovisionné mon stock après la charge malheureuse de Dolan vers les bois.

Je levai l'arbalète, visai et appuyai sur la détente. Le carreau orange fila vers la porte, frappa les épais battants et explosa en une nova aveuglante. Les rayons brûlants rampèrent le long des contours des portes, comme de la peinture renversée s'étalant sur une toile.

Après une minute, les rayons se dissipèrent, ne laissant que quelques morceaux noircis pendant sur les côtés. Un trio de guides se tenait derrière les ruines, abasourdis.

— Vous devriez fuir ! criai-je en me dirigeant vers la porte. L'arbalète sur le dos, la grande épée arrachée du sol tandis que j'avançais. Il n'est pas nécessaire que vous mouriez ici.

La guide du milieu, une femme armée de haches que je reconnus vaguement comme l'une des gardiennes de Bryce après son arrestation, se raidit mais resta immobile. Les deux guides à ses côtés, chacun équipé de l'épée et du couteau caractéristiques des recrues plus jeunes, imitèrent sa résolution.

— Tu n'es plus le bienvenu dans la ville, Carver Reed ! répondit la femme, sa voix chargée de la conscience d'affronter des chances impossibles.

— Si quelqu'un a le pouvoir de décider qui entre et sort d'ici, je ne pense pas que ce soit vous. Je levai ma main gauche et les esprits de la force de Nara se rassemblèrent à mes côtés. Ils calquèrent leur pas sur le mien. Je le répète. Partez, retraversez, et attendez votre sort avec vos familles.

Ces trois guides mourraient s'ils restaient. Ils seraient balayés par la force derrière moi. Leur sacrifice ne gagnerait pas de temps. Ne prouverait rien ni ne changerait l'issue de cette guerre certaine.

Alors, quand la femme croisa ses haches devant sa poitrine, prête à affronter la charge, je retins mes esprits. Nara, à travers notre lien, me pressait de lancer une attaque totale. Me disait de foncer dans la ville et de les briser. Mais là où auparavant sa voix fracassait mon esprit, maintenant c'était plus proche d'une conversation. Des mots qu'on pouvait ignorer.

J'avançai devant mon armée. Je rencontrai la femme et les autres guides juste à l'intérieur de l'arche. Les Décombres, les appartements épars, les bidonvilles et les rues déformées s'étendaient devant moi. Quelque part là-bas se trouvaient les journaux de ma mère, toujours là, comme ils le seraient pour toujours, dans une maison vide.

— Il n'est pas nécessaire que vous mouriez ici, répétai-je aux trois guides en m'approchant. Je ne peux pas retenir les esprits de Nara, ni ma propre épée, beaucoup plus longtemps.

— Et je vais répéter ce que j'ai dit avant. C'est notre privilège de mourir pour notre ville et notre ordre. La femme sembla pendant un instant sur le point d'attaquer sur-le-champ, mais un dernier regard aux jeunes guides à ses côtés immobilisa ses mains.

— Alors faites-le quand ça comptera, dis-je. Allez, courez et prévenez vos camarades de ce qui arrive.

Nara ne pouvait pas contrôler ce que je disais, pas à cette distance. Malgré tout, ma peau commença à me démanger. Ma tête me faisait mal. Je ne désobéissais pas tout à fait à son ordre, pas encore, mais la pression pour abattre ces trois-là, pour envoyer les esprits, grandissait.

— Pourquoi nous donnes-tu des conseils ? demanda la femme. Pourquoi devrions-nous te faire confiance alors que tu es lié à l'ennemi ?

— Parce que qui d'autre y a-t-il ? dis-je. Et aussi, ceci.

Je levai l'épée et les guides reculèrent. Les esprits derrière moi avancèrent. C'était le moment.

— Cinq secondes, commençai-je. Quatre.

La femme regarda à nouveau les guides. Puis les esprits derrière moi.

— Trois.

Face à des chances impossibles. Je vis ses yeux changer.

— Deux.

Ils s'enfuirent. Tournèrent le dos et sprintèrent le long de la route. Dépassant les esprits malheureux qui marchaient vers nous.

— Un.

Je pointai la grande épée en avant et les esprits de Nara déferlèrent devant moi dans la ville. Je marchai avec eux, un pied après l'autre.

À ma gauche, les esprits de Nara s'enroulaient autour d'un immeuble d'appartements. Brisant les fenêtres et les portes, fouillant chaque pièce à la recherche de guides cachés. À ma droite, les esprits trouvèrent l'endroit où les trois guides avaient gardé des armes de rechange. Ils s'en emparèrent et s'armèrent.

Partout où je regardais, l'armée de Nara se répandait. Une vague s'écrasant à travers la ville, apportant la terreur avec elle.

À Travers L'ami Et La Flamme

Les trois guides avaient dû revenir. Ils avaient dû prévenir les autres. Je n'ai rencontré aucune résistance en traversant les Décombres. Aucune non plus dans les Garennes. Même l'immeuble d'Anna avait été abandonné.

Un pari dangereux — sans accès à sa cave, Anna ne pourrait pas revenir. Du moins, pas si elle avait continué à utiliser le bâtiment comme son point d'entrée dans Riven.

Je doutais qu'elle soit la seule guide à prendre un tel risque.

Les guides s'étaient installés sur la place de la tour de l'horloge. Mon foyer à Riven pendant des années, la tour elle-même se dressait comme une ruine calcinée à l'extrémité nord de la place. Une fontaine, maintenant entourée d'abris de fortune, servait de centre névralgique aux opérations des guides.

J'ai reformé les esprits en une ligne alors que nous arrivions en vue de la place. À un pâté de maisons. Devant nous, regardant par les fenêtres des bâtiments et alignés en travers de l'avenue, se tenaient les guides que j'avais appelés mes amis. Des frères et sœurs que je prévoyais de chasser ou de réduire en poussière.

Au premier rang se tenait mon mentor, sa vouge à double

tranchant plus haute que lui. Bryce me lançait un regard mêlé de colère et de déception, une expression qui s'adressait autant à lui-même qu'à moi.

À ses côtés se tenaient Anna et Alec. Je suppose que c'était une tentative pour jouer avec mes émotions en utilisant mes amis. Une tentative qui a fonctionné, qui m'a fait tressaillir, mais qui n'a rien fait pour m'empêcher d'ordonner la charge.

L'armée de Nara perdrait beaucoup d'esprits, mais nous pouvions nous le permettre. Les guides, en revanche, seraient décimés à chaque perte.

Depuis les bâtiments autour de nous, s'élevant sur deux, trois et quatre étages, les guides tiraient avec leurs étinceleurs. Anna, Bryce et les autres aussi. La lumière vive et la chaleur saturaient l'air, me forçant à m'arrêter, à protéger mes yeux de mes mains. Une chaleur effleura mon visage, et quand j'ai retiré mes mains, les bâtiments autour de nous brûlaient.

Les guides qui s'y trouvaient avaient disparu. Les incendies crachaient de la fumée dans la rue, le ciel, les ruelles. Des murs affaiblis s'effondraient, répandant des débris et envoyant des gravats calcinés sur le chemin de mes esprits. Bien que non mortels, les ruines brûlantes entravaient notre progression. Elles enflammaient les esprits ou brisaient leurs jambes. Les piégeaient sous des balcons qui s'effondraient.

Notre avancée s'enlisait.

Nara pouvait sentir la colère et l'agonie à travers ses liens, et elle me transmettait ces sentiments, que j'utilisais. Je me suis élancé à travers le brasier vers l'autre côté. Où, au lieu de dizaines de guides, je n'en ai vu que quelques-uns éparpillés. Bryce avait disparu. Battu en retraite.

— Carver, c'est bon de voir que tes tactiques ne se sont pas améliorées.

Alec a frappé rapidement, ses gantelets volant vers moi depuis mon flanc.

J'ai encaissé les coups, me tournant alors que ses poings heurtaient mon épaule pour placer la grande épée entre nous.

— Avec les esprits de Nara, je n'en ai pas besoin.

J'ai riposté. Poussé l'épée en avant. Alec a attrapé la lame avec ses mains, essayant de la détourner. Seulement, j'ai poussé en avant, le forçant à reculer.

Il avait été plus fort que moi en tant qu'homme. Avec des limitations humaines. En tant qu'esprit, ce n'était plus le cas.

Alec a poussé l'épée sur le côté en sentant le bûcher ardent d'un bâtiment s'approcher. Il a accepté une coupure à l'épaule droite en se tordant pour échapper à la lame. Il a dansé vers moi, puis a roulé à nouveau alors que j'inversais le coup et le forçais à reculer.

— Tu peux combattre le lien, Carver !

Alec a reculé alors que certains des esprits de Nara se frayaient un chemin à travers la fumée derrière moi. J'ai hoché la tête, et ils se sont précipités sur mon ami.

— Tu peux fuir, Alec, ai-je répondu.

Le guide a fait un pas vers le premier esprit, délivrant un uppercut du droit gainé de son gantelet au menton de l'âme. Le frappant et l'enflammant.

Le deuxième a sauté en l'air, les bras tendus, vers l'épaule gauche d'Alec. Au lieu de se retourner, Alec a tendu sa main gauche et a laissé l'esprit s'empaler sur les pointes du gantelet.

Le troisième, cependant, a surpris mon ami hors de position. Le frappant bas, alors que la main droite d'Alec repoussait encore le premier esprit. Il a fauché les jambes d'Alec et envoyé le guide sur les pavés.

En un éclair, je me suis tenu au-dessus de lui, l'esprit restant de Nara maintenant les bras d'Alec. J'ai cloué Alec au sol avec la pointe de ma lame.

— Tu es meilleur qu'avant, m'a dit Alec.

— Je t'ai toujours laissé gagner, ai-je répondu.

J'ai levé l'épée. La voix de Nara hurlait dans ma tête d'en finir avec lui. De poignarder Alec et de brûler le lien du guide avec la Terre. Avec la vie.

Difficile d'ignorer un ordre direct à travers un lien, même venant de quelqu'un de si distant. Mais je pouvais hésiter. Essayer.

Juste pour une seconde.

— Ça, je ne le croirai jamais.

Alec a tiré l'esprit de Nara, accroché à ses bras, par-dessus sa tête et entre mon épée et sa poitrine. J'ai frappé, senti l'épée mordre, et tordu la poignée. Brûlé l'esprit.

Alec s'est dégagé de sous mes jambes. Il s'est relevé en rampant pendant que je dégageais mon épée de l'esprit. Il a adopté une position de garde, qui s'est relâchée quand il a regardé par-dessus mon épaule.

Je pouvais les entendre. Les esprits de Nara qui avançaient en trouvant des passages à travers les flammes. Alors que les décombres ardents s'éteignaient. Les guides avaient retardé notre avancée, certes, mais leur stratagème touchait à sa fin.

— Autant que j'aimerais continuer, a dit Alec, je crois que ces probabilités sont contre moi.

— Tu abandonnes la tour de l'horloge ? Comment allez-vous revenir ?

— Si nous ne mettons pas fin à cela maintenant, il n'y aura plus d'endroit où revenir !

Alec m'a fait un léger signe de tête, puis s'est retourné et s'est enfui. La place derrière lui était déserte. L'équipement des guides, les tables et les cartes étaient restés.

Les esprits de Nara s'y sont engouffrés, tout déchirant avec abandon. Je me suis approché de la table principale, où il n'y a pas si longtemps, j'étais assis avec Dolan, Selena et les autres pour planifier notre dernier espoir de salut.

Sur la table se trouvait la même carte qu'ils avaient auparavant, sauf qu'au lieu de brèches, il y avait maintenant une seule ligne épaisse tracée. Du centre de la ville vers la Montagne.

Une petite boule se trouvait à son extrémité, juste au-dessus du Cycle.

Un Cadeau

Je sentis le pouls de Nara alors que je relevais les yeux de la carte. Ses mots traversaient la distance entre nous.

— Tu les as chassés de leur foyer ? demanda Nara.

— Riven est leur foyer, et ils y sont toujours, répondis-je.

— Alors tu as échoué.

— Je ne veux pas réussir.

J'observais les esprits s'armer avec l'équipement restant. De longs couteaux et des épées. Des lances et des haches. Des armes de Guide entre les mains de ceux qu'elles étaient censées détruire.

— Mais moi si, et tu m'appartiens.

Plutôt qu'une colère brûlante, une froide acceptation traversa notre lien. L'assurance que j'étais bel et bien sien. Que je ferais tout ce qu'elle me demanderait.

Nara avait raison.

— Je crois qu'ils ont l'intention de venir à toi, dis-je en expliquant la carte. Bien que ce qu'ils prévoient de faire une fois arrivés soit plus difficile à deviner.

— Essayer de me détruire, bien sûr. Quant à leurs espoirs après cela, je l'ignore.

— La Montagne est trop loin pour la plupart d'entre eux, dis-je en jetant un coup d'œil aux ruines de la tour de l'horloge. Ils ne pourront pas traverser avant que leurs corps ne meurent de l'autre côté.

— Quel dommage. Tu les suivras par derrière. Poursuis-les. Je suis en train de constituer une force secondaire qui affrontera les guides de front dans la forêt. Ils n'auront nulle part où fuir.

Sur cet ordre, la voix de Nara s'estompa. Son esprit se tourna vers d'autres préoccupations. Le mien se concentra sur l'armée, qui me fixait maintenant en attendant de nouvelles instructions.

Nous marchâmes donc vers l'ouest. Vers la Montagne, Bryce et les guides.

En traversant le centre-ville, je réalisai que nous passions près de l'appartement que j'avais partagé avec Selena et les autres. Près du laboratoire de Nicholas.

J'ordonnai aux esprits de poursuivre leur marche destructrice après les guides et je m'engageai dans la rue de droite. Nara était moins attentive que d'habitude. Sans doute concentrée sur la formation de sa seconde armée.

L'appartement était tel que je l'avais vu pour la dernière fois. Trois étages de construction modeste mais solide. Les balcons que Selena aimait tant surplombaient la rue, leur fer noir se détachant du haut, une échelle de secours gâchant la vue latérale.

J'entrai dans le laboratoire de Nicholas, qui occupait tout le rez-de-chaussée, et m'arrêtai. Vide, à l'exception de quelques vieilles tables. Sur l'une d'elles, il y avait un morceau de papier, à côté d'une boîte pas plus grande que ma main.

La bombe était manifestement absente. Le bouton de réinitialisation. Je m'étais attendu à moitié à ce qu'elle nous attende sur la place de la tour de l'horloge. J'avais pensé qu'ils l'activeraient et nous renverraient en arrière.

Carver,

Anna me dit que tu es en route pour nous ruiner sur l'ordre d'un esprit ancien. Je ne peux imaginer de façon plus appropriée pour que notre temps ici se termine que par ta main, bien que j'avoue que ma propre réflexion te considère comme trop têtu pour simplement suivre des ordres.

Cependant, j'en suis venu à comprendre Riven comme un lieu de paradoxes. Un monde où la science s'entremêle avec le spirituel, et où nos amis les plus forts peuvent avoir le plus besoin d'aide. Ainsi, je t'offre un cadeau, avec tous mes remerciements.

Ton humble scientifique,

Nicholas

Je regardai la boîte, petite, trapue et noire. Un cadeau. Ce que Nicholas pouvait avoir pour moi à ce stade, je l'ignorais. Je tendis la main vers la boîte, aucun loquet ne retenait son contenu, et je poussai sur le dessus.

J'entendis la détonation. Mes yeux captèrent l'éclair avant de se fermer par réflexe. Je sentis le feu brûler. À la fois la chaleur âpre des flammes orange et le bleu purificateur.

— Reviens, Carver.

Quoi ? Je flottais. Ou plutôt, j'existais dans un lieu qui n'existait pas. Un vaste vide. Un que je reconnaissais, de l'époque où Dolan m'avait malmené. Un endroit d'ombres et d'images furtives.

C'était, je le compris, l'endroit où les esprits restaient pendant que leurs formes sans esprit marchaient vers le Cycle.

— Ils m'ont dit que je devais te laisser. Mais tu m'as sauvée, alors je sens que je dois te rendre la pareille.

Je regardai autour de moi, mais je ne pus trouver la source de la voix. Je ne pouvais me rappeler à qui elle appartenait. Les ombres se déplacèrent. Un visage ? Des cheveux ?

Quelque chose me tira, me souleva de mes pieds, tels qu'ils

étaient, me fit basculer sur le dos et je tombai. À travers les ombres et les lumières. Jusqu'à ce que le monde s'éclaircisse progressivement autour de moi et que je réalise que je regardais dans les yeux d'Anna.

— Voilà, dit Anna. Il y eut un bruit, quelque part à l'extérieur, et une expression inquiète traversa son visage. Je suis désolée, mais je ne peux pas t'attendre. Quand tu iras mieux, viens nous trouver. Nous allons à la Montagne.

Anna se leva. J'essayai de parler, mais ma bouche ne fonctionnait pas. Je ne sentais pas mes jambes, mes bras. La douleur commença à s'infiltrer.

Anna sortit son fléau, laissa la chaîne pendre près de ma tête. — Au revoir, Carver. J'espère te revoir.

Et puis elle disparut. Me laissant allongé là, sur le sol du laboratoire, avec des hordes d'esprits de Nara qui couraient dans les environs.

La bombe de Nicholas avait brisé mon esprit. Il faudrait des heures pour guérir. Des heures que je n'avais pas.

TRANCHÉ

La sensation revint dans mes bras, des picotements qui se transformèrent progressivement en un contact froid avec le sol de pierre ou en un frottement rugueux de mon manteau en lambeaux contre ma jambe. Le plafond oscillait entre netteté et flou tandis que mes yeux se reconstituaient.

Nicholas ne m'avait pas ménagé.

Si Anna n'avait pas été là pour me ramener, je serais encore perdu dans cette nova obscure. Inconscient. Ignorant.

La première fois, quand Dolan m'avait consumé, je n'avais pas compris ce qui se passait. Il m'avait ramené si vite que je n'avais pas eu le temps d'assimiler l'événement. Nous avions quitté le désert et je n'y avais plus repensé.

Maintenant, je comprenais ce qui s'était passé. À qui je devais d'être revenu dans le monde cendreux de Riven.

Je tendis la main à travers le lien d'Anna. Elle s'éloignait. En route vers la Montagne. Je ressentis une vague d'encouragement chaleureux de sa part. D'une manière ou d'une autre, elle croyait encore en moi.

Ma main droite me revint. Je tâtai le sol. Je cherchai à tâtons autour de moi, mon cou refusant de tourner.

La bombe de Nicholas avait dévasté mon manteau, ne laissant qu'un tas de lambeaux derrière elle. Au moins, l'épaisse veste avait un peu protégé la chemise et le pantalon en dessous. Ils semblaient roussis au toucher, mais intacts.

Je ne pouvais pas en dire autant du fouet. La chaleur semblait avoir brûlé le câble. La poignée était toujours dans l'étui, mais en tant qu'arme, ses jours étaient comptés.

Le grattement commença doucement d'abord. Un grondement rauque. La porte du laboratoire s'ouvrit en grinçant et claqua contre le mur. Je ne pouvais pas me retourner pour voir, mais je sentais son regard sur moi. Le râle s'arrêta.

Un esprit, et d'après la rapidité avec laquelle il se matérialisait, un de ceux de Nara.

— Il est ici, oui, dit l'esprit à personne. Du moins, à personne ici. Vivant, oui. Ses yeux sont ouverts. Sa main a bougé.

Ma main gauche me faisait seulement mal. Je ne pouvais pas la bouger. Mes jambes pouvaient tressaillir, mais pas se plier. La seule chose que j'avais, c'était ma droite.

— J'en suis sûre, oui. L'esprit s'approcha de moi. Sa tête apparut dans mon champ de vision. Des cheveux longs et filasse. Un visage qui aurait dû être jeune, mais qui avait été rudement malmené. Elle cligna des yeux en me regardant. Vivant, oui.

— Elle ne peut pas me sentir, n'est-ce pas ? dis-je. Jouant la montre.

— Il parle, marmonna l'esprit. Il pose des questions.

— Demande-lui, dis-je.

L'esprit grogna contre moi, puis recula. Elle fixa le mur du laboratoire droit devant elle.

— Il se demande si vous pouvez le sentir ?

Je déplaçai ma main droite. Je la fis passer sur mon corps.

Vers mon étui gauche. Vers le long couteau que j'espérais y trouver. Quand l'esprit reporta brusquement son regard sur moi, je m'arrêtai.

— Non, dit-elle. Tu ne lui appartiens plus.

— Je peux la sentir, protestai-je. Ma voix était rauque. Une fois de plus, l'esprit détourna le regard. À l'écoute.

Ma main alla plus loin. Elle saisit l'extrémité de la poignée du long couteau.

— Elle dit que tu mens. L'esprit se pencha vers moi. Ses yeux fous se fixèrent sur les miens, ses lèvres s'écartant. Elle dit qu'on ne peut pas te faire confiance.

— Comment t'appelles-tu ?

Une tactique que j'avais déjà utilisée avec les esprits, surtout ceux à la limite de la folie. Même s'ils n'avaient pas l'intention de répondre, pendant un instant l'esprit penserait à son nom. Beaucoup ne pouvaient plus s'en souvenir, et cette prise de conscience les jetait dans la panique.

Comme ce fut le cas pour celui-ci. Son visage se relâcha, puis s'élargit d'inquiétude. Jusqu'à ce que Nara réprime ces sentiments. Ramène l'esprit à son objectif.

— Elle dit qu'il faut en finir avec toi. L'esprit ouvrit grand la bouche, l'intérieur beaucoup trop proche et visible pour être agréable. Des dents, tordues et cassées, s'approchèrent de mes yeux.

Le couteau s'enfonça profondément, bien que je n'aie pas l'angle pour faire pivoter la poignée. Mon poignet ne tournait pas. L'esprit recula, mon long couteau planté dans son abdomen. Sifflant de colère, de douleur. Des cris stridents qui résonnaient contre les murs durs du laboratoire.

Je me propulsai avec mon bras droit, tirant mon corps. Je présentai mon dos à l'esprit, puis mon côté gauche. Mais je vis ce que je voulais.

Coincée sous moi, sous les ruines de l'arbalète, se trouvait la grande épée. Je roulai légèrement, donnant à mon bras droit assez d'espace pour saisir sa poignée. Je pliai le coude pour faire pivoter la pointe de l'épée vers le haut, peut-être d'une trentaine de centimètres.

Je n'avais jamais réalisé à quel point la lame était lourde jusqu'à maintenant. Soudain, je n'étais pas sûr de pouvoir réellement l'utiliser. De pouvoir la maintenir assez haute.

L'esprit enroula ses mains autour du couteau et l'arracha. Il semblait sur le point de jeter la lame au loin, puis s'arrêta. Nara, encore une fois.

Autant de contrôle direct de si loin. Si rien d'autre, occuper Nara ainsi donnerait un peu de temps à mes amis. Laisserait quelques esprits de plus non liés.

L'esprit se jeta sur moi, trébuchant en avant avec le couteau qui tournoyait dans sa main droite. Le tenant en avant pour frapper.

Je poussai avec ma main droite, faisant levier avec la poignée de la grande épée contre le sol tandis que je glissais sur le dos. La pointe se leva alors que l'esprit approchait. Ma lame heurta le couteau, le faisant sauter de la main de l'esprit. Mais mon mouvement était terminé.

La grande épée se tenait droite, mais c'était tout ce que je pouvais faire pour la maintenir ainsi.

Dehors, dans la rue, j'entendis le martèlement de pas. Des renforts, et je doutais qu'ils soient les miens.

L'esprit s'approcha de ma tête en se déplaçant latéralement, les yeux rivés sur mon épée. Je ne pouvais pas la bouger pour suivre. J'essayai de penser aux astuces qu'il me restait. Je fis chou blanc.

Alors que l'esprit réalisait que je ne pouvais pas riposter, un sourire tordu s'étala sur son visage. Il s'approcha pour me tuer.

Comme il plongeait vers moi, je décalai mon épaule, poussai mon bras droit en avant. Je laissai la poignée basculer vers ma tête. La lourde lame tomba, droit vers moi. Je fixai l'épée pendant une seconde, avant que le visage sauvage de l'esprit ne bloque ma vue.

Je sentis ses dents mordre ma peau, puis j'entendis le bruit sourd de la grande épée s'abattant sur la tête de l'esprit, s'y enfonçant. Cette fois, j'avais suffisamment de marge pour tourner ma main droite, faire pivoter la poignée de la grande épée et libérer le feu pâle.

Les flammes envahirent mon champ de vision tandis qu'elles consumaient l'esprit étendu sur moi. Je fermai les yeux une seconde. Commençai à me détendre. Jusqu'à ce que j'entende à nouveau des pas. Tout près.

J'avais survécu à un esprit, seulement pour mourir face à la douzaine qui approchait.

DÉMÊLÉS AVEC LES BLESSÉS

J'ai repoussé l'esprit vacant de ma main droite. J'ai senti un peu de vie dans ma jambe gauche, alors j'ai appuyé ce pied contre le sol et me suis traîné en arrière. Cela m'a donné un peu d'espace et un angle pour regarder la porte donnant sur la rue.

Là, j'ai vu la folie.

Des esprits s'emmêlaient avec d'autres esprits. Ils plongeaient les uns sur les autres, roulant dans la rue. Certains avaient les yeux bleus caractéristiques d'une âme en colère, enragée et inconsciente. Les autres étaient probablement les forces de Nara, entraînées dans un combat qu'elles ne cherchaient pas.

Autant d'esprits en colère signifiait qu'une brèche devait être proche. Une brèche qui, pour l'instant, me sauvait la vie.

Un claquement attira mon regard vers l'esprit que j'avais maîtrisé. La grande épée était tombée au sol quand l'esprit s'était levé, sa tête dans un angle bizarre à cause de la coupure de l'épée. Ses yeux étaient vides, fixant droit devant elle sans émotion.

Elle fit un pas, puis un deuxième et un troisième. Vers la

porte et dans le chaos. Sans interruption, elle irait jusqu'au Cycle.

Où, si Nara était prête, elle pourrait être liée à nouveau à son service.

Je ne pouvais rien faire à ce sujet, cependant. Alors je me suis traîné jusqu'à la grande épée. Cette fois, je me suis déplacé vers le mur, traînant l'épée derrière moi tandis que je rampais.

J'ai coincé l'épée dans l'angle entre le sol et le mur et j'ai poussé avec ma main droite. J'ai appuyé et glissé ma jambe gauche sous moi. Avec ma jambe droite toujours tendue, la position était profondément inconfortable.

Mais si je ne pouvais pas me tenir debout, je serais sans défense contre les prochains esprits qui entreraient, qu'ils soient ceux de Nara ou des esprits sauvages venant de la brèche.

Avec ma main droite, j'ai lâché l'épée. J'ai déplacé mon poids sur mon côté gauche. Je me suis penché en avant, j'ai attrapé ma cheville droite et j'ai plié ma jambe droite sous moi.

La douleur a jailli et s'est répandue. Ma vision a vacillé. J'ai essayé de me concentrer. De la supprimer.

La douleur n'est pas réelle, Carver. Tu n'as pas de nerfs.

Si seulement c'était aussi facile.

Dehors, les cris devenaient plus forts. Plus nombreux. Des esprits hurlant leur frustration sans retenue. Ce qui signifiait que le camp de Nara perdait. Ou abandonnait le terrain.

Bientôt, j'aurais de la compagnie, une fois que l'une de ces âmes en colère aurait erré jusqu'ici.

J'ai de nouveau saisi l'épée, maintenant dans une position à genoux. Je l'ai pressée contre le mur avec ma main droite. Mon pied gauche, sa botte déchirée collant à la peau, a bougé jusqu'à reposer à plat sur la pierre. Puis j'ai poussé, fort.

J'ai peut-être crié.

Mais, en m'appuyant sur l'épée, je me suis levé. Ma jambe

droite, toujours un désastre, a touché le sol. Je ne voulais pas encore mettre de poids dessus.

J'ai regardé à travers le laboratoire. Vers les tables à deux mètres de là. L'épée serait ma canne. Ma jambe gauche mon seul équilibre. Si je pouvais atteindre les tables, j'aurais alors un soutien. Je pourrais libérer ma main droite pour manier l'épée, au moins un peu.

Un corps s'est écrasé contre l'extérieur du laboratoire, des mains qui grattaient et des dents qui déchiraient racontant exactement ce qui lui arrivait.

J'ai fait un bond avec l'épée, me tournant et enfonçant la pointe dans la pierre. Espérant que Mali avait rendu l'épée de Dolan plus forte que la ville. Que son cadeau à son compagnon esprit pourrait mordre dans la roche.

L'épée a frappé le sol et des étincelles ont jailli, mais j'ai senti la pointe s'enfoncer dans le sol. Elle a supporté mon poids tandis que j'avançais mon pied gauche d'un grand pas. Je l'ai fait une seconde fois.

Maintenant je pouvais atteindre les tables. Un dernier effort avec l'épée, et je serais parfaitement placé.

Mais j'avais manqué de temps.

Derrière moi, j'ai entendu les murmures fous, les grognements d'une paire d'esprits. J'ai risqué un coup d'œil. Des soldats, leur esprit militaire depuis longtemps disparu. Me regardant comme si j'étais leur déjeuner.

Ils se sont élancés vers moi, les yeux écarquillés et brûlants. J'ai attendu une longue seconde, puis j'ai déplacé mon poids sur le pied gauche. J'ai appuyé avec ma jambe gauche, puis j'ai balayé la grande épée avec ma main droite.

Alors que mon corps pivotait, je me suis propulsé avec ma jambe gauche. Les mains des esprits ont effleuré mon manteau en lambeaux tandis que je tournais, l'épée raclant le sol. J'ai vu leurs visages, leurs yeux brûlants, alors que je tombais. Ils ont continué à venir.

Mon dos a heurté le bord de la table, et l'établi de Nicholas a tenu bon. J'ai utilisé le levier, j'ai traîné l'épée vers le haut dans une coupe transversale dans laquelle les esprits, sans aucun sens dans leurs âmes, ont couru.

J'ai tordu la poignée alors que l'épée tranchait, dessinant des lignes bleues brûlantes à travers les bras tendus des esprits. Ils sont tombés sur moi, me projetant de la table au sol. Effondrés.

J'ai vu le dessous de la table, et j'ai eu une idée. Les esprits brûlants ont roulé loin de moi, et en quelques secondes ils seraient partis. Me laissant à nouveau ouvert aux attaques. À moins que les esprits ne puissent pas dire que j'étais là.

Avec ma main droite, j'ai soulevé et frappé le pied avant droit de la table, le plus proche de la porte. Après deux coups, le pied s'est cassé en deux et la table a basculé vers l'avant, puis est tombée. Comme elle s'inclinait, je me suis poussé derrière la barrière qui tombait.

La table se trouvait entre moi et la porte, bloquant toute vue de l'extérieur. Les cris s'étaient calmés. La brèche attirerait toujours des esprits, mais sans rien pour les retenir ici, ils iraient plus loin à la recherche d'âmes à malmener.

Moi, je me suis recroquevillé derrière cette table tombée. J'ai ramené mes jambes ensemble, j'ai tenu l'épée près de moi, et j'ai voulu que mon âme guérisse.

DEBOUT

Caché derrière la table, attendant que mon corps guérisse, je tendis la main à travers mon lien vers Anna. Je sentis son excitation nerveuse et lui parlai.

— Où êtes-vous tous ? dis-je ces mots dans mon esprit et, comme si je lançais un cri vers une amie lointaine, j'envoyai la question à Anna.

— Nous sommes dans la forêt, répondit Anna. Nous fermons les brèches et marchons vers la Montagne. Bryce nous guide. Déterminé.

— Ça ne m'étonne pas. Désolé de ne pas pouvoir être là.

— Pas encore, tu veux dire.

— Je suis caché derrière une table, Anna. La bombe de Nicholas m'a vraiment mis en pièces.

Une vague d'inquiétude passa à travers le lien, accompagnée d'un petit rire.

— On ne pouvait pas prendre de risques, envoya Anna. Si le feu n'avait pas rompu le lien avec Nara, on ne voulait pas que tu sois de nouveau opérationnel.

— D'accord. À la place, je reste ici à combattre les esprits avec un seul bras valide.

— Je croyais que tu te cachais ?

— Pour l'instant. J'écoutai. Les esprits couraient toujours dans les rues dehors, mais rien ne les attirait dans le laboratoire. Comment allez-vous tenir jusqu'à la Montagne ?

— Nous tiendrons parce que nous n'avons pas le choix. Il n'y a pas d'autre option.

— Nicholas pense que sa bombe fonctionnera ?

— Même réponse, Carver. Il le faut.

— Tu sais ce qui se passera si ça marche, n'est-ce pas ? Je disparaîtrai.

Silence d'Anna. Une pointe de tristesse.

— Nous le savons, les mots d'Anna vinrent lentement. Si Nicholas peut faire ce qu'il promet, il sera emporté aussi. Et Selena. Et, en fait, nous tous qui sommes encore ici.

— C'est un prix élevé à payer.

— Comparé au coût de ne rien faire ?

— Je vois ce que tu veux dire.

— Je crois que tu m'as dit, peu après notre rencontre, que les guides devaient être prêts à mourir à tout moment, non ? Que nous ne pouvions pas espérer vivre longtemps ?

J'acquiesçai pour personne dans le laboratoire. C'était un sentiment de bravade. Des mots qui me faisaient me sentir fort et important, surtout quand je les partageais avec un gamin dans le train pour Chicago, ou dans une citation pour l'une des histoires d'Opperman.

— Ça fait partie du boulot, dis-je à Anna. Seulement, ce n'est pas parce que c'est probable qu'il faut l'accepter.

— Dis-moi. Voudrais-tu vraiment rester ici, à Riven ? Pour toujours ?

— Ce n'est pas si mal. Je fus surpris par mes propres mots. À quel point ils étaient vrais. Avec Selena, et vous tous, il y a plein d'aventures. Des endroits à explorer. Des choses à faire. Le paysage pourrait être amélioré, et la nourriture est terrible...

Anna ne dit rien. Il n'y avait pas grand-chose à dire à quelqu'un qui était déjà mort, qui allait mourir à nouveau, si ses amis arrivaient à leurs fins.

— Sauf que, continuai-je, tu sais quoi, je suis en colère. Je suis frustré. Je n'ai jamais eu la chance de fonder une famille. De mener une vie normale. De me battre dans une guerre pour mon pays ou de trouver un emploi normal. Par hasard, je pouvais devenir guide, et avant que je ne m'en rende compte, je l'étais. Toutes les choses que j'aurais pu faire, je ne peux pas les faire.

— C'est pareil pour nous tous, la réponse d'Anna vint doucement. Nous sommes des pions dans un jeu plus grand que nous. Carver, même avec toutes les horreurs, tous les dangers et tous les combats, au moins nous avons la chance d'influencer le monde. Toi et moi, Bryce et les autres guides, nous façonnons l'avenir de tous.

— Je sais. C'est pourquoi je ne changerais ça pour rien au monde, je fis un sourire en coin que j'espérais faire passer dans mes mots. J'ai besoin de catharsis de temps en temps.

— Tu sais ce que tu pourrais faire à la place ?

— Quoi ?

— Te lever et venir nous rejoindre.

— Ce serait peut-être une bonne idée. Je testai mes jambes. Mes mains et mes pieds. Plus de sensations. Je pouvais probablement me tenir debout, peut-être boiter. Oser un pas ou deux.

Je me penchai en avant, m'asseyant. Je posai ma main droite sur le dessus de la table, me tirai debout. Ma jambe droite n'était pas ravie, mais entre les élancements, elle tenait. Je me penchai, ramassai la grande épée. Je la soulevai à deux mains. Je fis passer l'arme à ma droite et fis un pas, ma main gauche prête à me rattraper sur la table.

Je ne tombai pas.

Je fis un autre pas. J'atteignis le bout de la table. Je pouvais le faire.

— Anna, ça va prendre un moment, mais je suis en route.

Pari d'Âme

Les usines et entrepôts de la Fosse de Goudron étaient vides. Ses rues étaient dépourvues des esprits errants que j'aurais normalement vus. Les brèches avaient attiré les âmes ailleurs, et les guides avaient fait en sorte de garder la ville aussi libre que possible de ces dernières.

Mon boitement s'atténuait au fur et à mesure que j'avançais. Je fléchissais les doigts de ma main gauche. J'arrivais même à tourner la tête de gauche â droite sans douleur. Les miracles d'être mort.

En quelques heures, je pouvais voir la porte Ouest, ou plutôt, ses ruines. La longue ligne de décombres où se dressait autrefois l'arche. La tour de garde à moitié effondrée du côté sud.

Et les guides livrant une bataille désespérée à l'extérieur.

Je ne pouvais pas vraiment courir, mais alors que mon trot boiteux me rapprochait, je vis la paire de guides devant l'unique porte de la tour. Ils combattaient un groupe d'esprits, également armés. L'armée de Nara, donc, pourchassant quelques retardataires.

Le choc du métal contre le métal confirmait que les esprits

n'étaient pas la foule habituelle armée de mains et de dents. Je ralentis en approchant, m'abritant dans les ruines déchirées d'un poste de garde. À travers ses murs éventrés, j'avais une meilleure vue.

Je n'aimais pas ce que je voyais.

Tenant bon devant la porte, combattant en parfaite coordination, se trouvaient mes guides les moins préférés : Polk et Derringer. Ils bloquaient la porte de leurs corps, repoussant les esprits de Nara. Les chances n'étaient pas en leur faveur ; huit contre eux deux, et les esprits de Nara semblaient se contenter de prendre leur temps. Ils entraient et sortaient rapidement, cherchant une opportunité, plutôt que de charger avec l'imprudence à laquelle je m'étais habitué de la part des esprits.

Polk et Derringer étaient humains. Ils saigneraient, ils se fatigueraient. Ils perdraient.

Bien que je ne sois pas tout à fait mon moi furtif habituel, je n'avais pas été remarqué. Je pouvais me faufiler derrière les esprits, les abattre. D'un autre côté, Polk et Derringer m'avaient tué. Ils m'avaient tranché la gorge ou mis une balle dans la tête. Quelle meilleure justice y avait-il que de voir leur cruauté rendue ?

Je vis Derringer esquiver le coup d'épée d'un esprit, puis Polk frapper par-dessus la tête de son partenaire, enfonçant la pointe de sa rapière dans la poitrine de l'esprit, l'enflammant d'un feu bleu.

Un coup puissant. Un qui laissa Polk exposé.

La hachette s'abattit sur le dos de Polk, l'esprit la maniant à deux mains. Le guide s'effondra contre Derringer, qui par réflexe ou par habileté, projeta parfaitement Polk en arrière à travers l'embrasure de la porte tout en reculant lui-même pour remplir l'entrée.

Un contre sept.

Même moi, je ne suis pas si cruel.

Je sortis en trébuchant du poste de garde dans la rue sale et commençai à crier. J'agitai les bras. Essayant d'attirer l'attention. Les esprits, et même Derringer, se tournèrent vers le bruit. Me fixèrent.

Alors Derringer en profita. Il utilisa ses épées et poignarda l'esprit le plus proche de lui. Le brûla complètement.

Deux contre six maintenant.

Les esprits se divisèrent en deux, trois se tournant pour s'attaquer à Derringer et un autre trio me faisant face. J'avais l'homme à la hachette, un autre esprit avec une paire de longs couteaux, et un tenant une lance à deux mains. Les trois esprits ressemblaient à des fantômes miteux d'un service hospitalier, vêtus de blouses tachées et le visage grêlé.

— Belle variété, les gars, dis-je en dégainant la grande épée.

Celui avec la lance avait l'avantage de la portée, et il mena l'attaque, s'élançant avec une estocade directe pendant que les deux autres se déployaient de chaque côté de moi. Une bonne vieille manœuvre en tenaille.

Alors j'avançai. Je glissai juste à côté de la poussée de la lance, et au moment où l'esprit commençait à retirer son arme, je balayai l'air avec la grande épée. L'esprit n'était pas assez loin pour éviter la pointe flamboyante.

Je gardai mon élan, tirant l'épée et faisant pivoter mes pieds vers la gauche, forçant l'homme à la hachette à reculer. Ce qui laissa l'homme aux longs couteaux libre de me sauter sur le dos, me poignardant avec ces maudites dagues. Mais je continuai à tourner, et il ne tint pas compte de son propre élan, et même si ces couteaux s'enfonçaient en moi, il s'envola et heurta le sol.

Je levai mon coup, repoussant la douleur brûlante, coupai ma rotation de moitié, et abattis la grande épée sur l'esprit maniant les couteaux. Il ne se relèverait plus.

Ce qui laissa l'homme à la hachette tout seul.

— Carver ! Le cri douloureux de Derringer attira mon regard vers la tour. Il ne lui restait qu'un esprit, mais Derringer, appuyé contre l'entrée, avait un couteau planté dans le côté. Une de ses épées gisait au sol. Le dernier esprit, tenant une grande hache, la faisait tournoyer pour porter le coup fatal.

Alors je fis la seule chose que je pouvais. Je me tournai, mis tout mon poids dans le mouvement, et lançai la grande épée dans les airs. Elle vola, tournoyant, et s'abattit dans les jambes de l'homme à la hache. Le trancha et fit trébucher l'esprit.

Je ne vis pas ce que Derringer fit ensuite, car l'homme à la hachette vint vers moi. Il visa ma poitrine, et je plongeai en avant. J'attrapai son avant-bras avant que l'arme ne puisse s'abattre, et nous entraînai tous les deux dans la poussière.

Malheureusement, cela signifiait voir le visage de l'esprit de près ; son cauchemar purulent et suintant, un véritable festin de terreur. J'y répondis de la seule manière sensée que je pouvais imaginer — en prenant ma propre tête et en la cognant contre son nez.

Avec ma main gauche, j'essayai de saisir la hachette. J'échouai alors que l'esprit éloignait son bras de ma portée. Prêt à l'abattre sur mon dos. Alors je glissai mon bras droit sous le dos de l'esprit et tirai au moment où il balançait la hachette. Je fis basculer l'esprit sur moi, faisant rater son coup largement à droite.

La hachette heurta durement la pierre et rebondit, hors de sa prise. Nous laissant tous deux sans armes. Deux esprits s'agrippant et se déchirant mutuellement. Du moins, c'est ce que je pensais qu'il allait se passer, jusqu'à ce que l'esprit, grognant contre mon visage, se fige et s'effondre alors qu'un feu bleu brûlait autour de lui.

Le visage en sueur et ensanglanté de Derringer apparut par-dessus les épaules de l'esprit en flammes, cherchant à voir si j'étais toujours en vie.

— À peine, répondis-je à la question muette en repoussant

l'esprit. Mon dos me brûlait, mais comparé à la bombe de Nicholas, ce n'était qu'une broutille. Rien de bien méchant.

— Merci, dit Derringer en m'aidant à me relever. Il est sorti de nulle part.

— Je ne suis toujours pas convaincu que j'aurais dû t'aider, dis-je en m'appuyant sur lui tandis que nous retournions vers la tour.

— Polk et moi étions les gardes, expliqua Derringer en me faisant entrer. Je vis alors, allongés là dans divers états de blessure, une douzaine de guides ou plus. La plupart étaient adossés aux murs. Quelques-uns étaient assis par terre. Deux ou trois étaient sur le dos.

Je me sentis vaguement mal. J'avais failli les abandonner tous à une mort certaine, juste à cause de ma propre rancune.

— Trop mal en point pour continuer, toussa Polk en se levant pour me serrer la main. Bryce nous a renvoyés avec eux. On a contourné cette bande d'esprits que tu guidais. J'imagine que tu ne fais plus ça ?

— J'ai changé d'avis, dis-je. Le reste du chemin ne devrait pas être trop difficile. Il y a une brèche, mais ce n'est pas bondé.

Derringer hocha la tête. — J'imagine que tu ne voudras pas nous escorter ?

Je secouai la tête. — Je dois rattraper les autres. S'ils n'y arrivent pas, peu importe que vous reveniez vivants ou non.

Aucun d'entre eux ne protesta. Ils savaient tous.

Deux Goules

Derringer s'approcha de moi alors que je contemplais les ruines de la porte ouest, déjà recouvertes de flocons de cendre. Les brèches dans les bois et les esprits qui en jaillissaient poursuivaient probablement les guides. L'armée de Nara. Un rare moment de calme pour cette partie de Riven.

— Polk et moi pouvons t'accompagner. On peut t'aider, dit Derringer.

— Vous ne pourrez pas suivre le rythme, répondis-je sans prendre la peine de le regarder. Je ne me fatiguerai pas. Tout esprit qui m'attrapera, je guérirai en quelques minutes. Tu es déjà blessé. Polk peut à peine marcher.

Derringer ne dit rien pendant un moment. Puis je sentis sa main se poser sur mon épaule.

— Nous sommes avec toi, Carver. Je sais que tu n'as aucune raison de nous apprécier, et c'est normal, mais nous te soutenons. Nous voulons tous que tu retournes à cette Montagne, que tu t'occupes de Nara et que tu sauves Riven.

— Tu dis que vous me soutenez ? Je regardai Derringer,

puis écartai les bras. Je pense qu'il croyait que j'allais le serrer dans mes bras, mais non, j'avais une meilleure idée.

— Tout ce qu'on peut faire.

— Donne-moi ton manteau.

— Quoi ? Puis Derringer regarda le mien, qui ressemblait plus à un tas de lambeaux de tissu qu'à un manteau. — Oh.

Vêtu du manteau de Derringer, un peu large aux épaules mais sinon solide, je quittai la tour de garde et me dirigeai vers l'ouest. Au-delà de la porte et dans la clairière avant la forêt. En approchant des arbres, je me retournai. Je regardai le mur en ruine, la porte fracturée et la ville qui s'étendait au-delà. Je n'y retournerais jamais. Je le savais aussi sûrement que je savais quoi que ce soit d'autre.

Soit nous réussirions, et le Cycle me balayerait et m'efface-rait de l'existence. Soit nous échouerions, et Nara me lierait pour que je redevienne son esclave. Et nous attendrions la fin de tout dans la Montagne.

Je n'avais pas ressenti de tristesse en pensant que je ne reverrais plus mon appartement à Chicago. Un sourire à l'idée d'Ezra, de ne plus jamais goûter un autre verre de leur bière mousseuse ou de leur café chaud par un matin d'hiver froid. Riven n'avait aucun de ces charmes, mais je réalisai, debout là, que c'était plus un foyer pour moi que n'importe quel autre endroit ne l'avait jamais été. Je connaissais ses rues, ses bâti-ments qui s'effondraient, sa brise incessante et ses flocons de cendre. Riven n'avait jamais été sûr, mais c'était chez moi.

Maintenant, pour le protéger, je devais le détruire.

Avec la grande épée tendue devant moi, le dos encore douloureux à cause de la hache, je m'enfonçai dans la forêt. Les troncs gris s'élevaient haut dans les airs, la sombre canopée filtrant le ciel brumeux. Les bruits des esprits se battant entre eux résonnaient. Ils se répercutaient sur les arbres, le sol, donnant l'impression que le monde entier autour de moi était engagé dans une lutte mortelle.

Je savais quelle direction était l'ouest, et c'est par là que je marchais.

Je tendis la main vers Anna, pour voir si elle était toujours là. La confiance me revint. Une légère tristesse. Peut-être perdaient-ils des guides. Peut-être comprenaient-ils que cela pourrait aussi leur coûter la vie. La résignation face à une nécessité.

Plusieurs heures après le début de la marche, ou du moins c'est ce que je supposais, les fracas, grognements et bavardages constants éclatèrent plus près de moi qu'auparavant. Je pouvais voir du mouvement au-delà de l'arbre suivant et je me préparai. J'attendis que quelque chose surgisse. Les sons s'éloignèrent au dernier moment, avec un changement brusque. Ils étaient forts, une lutte entre plus que de simples esprits.

Je n'aurais pas dû enquêter. Aucune raison d'être curieux maintenant. J'aurais dû simplement continuer. Sauf que je ne savais pas si c'était comme Polk et Derringer. Un ami ayant besoin d'aide.

Alors au lieu de fuir le bruit, je me dirigeai vers lui. J'entrai dans une clairière, une qui n'était pas là avant, mais maintenant, à travers l'abattage d'arbres par les coups et les corps, un cercle brisé apparut. Là, leurs bras larges et épais se balançant l'un contre l'autre, se tenait la goule dorée de Mali face à une autre, plus étrange.

Cette goule, faite des corps moulés d'esprits consumés, avait six bras, et les utilisait comme jambes et tout ce dont elle avait besoin. Elle s'agrippait à la goule dorée, et elles alternaient, se jetant l'une l'autre autour de la clairière. Je ne pouvais pas dire qui gagnait, les deux se battant à parts égales.

Le monstre se tenait sur deux de ses bras, et saisissait les mains appariées de la goule dorée avec deux autres, puis avec sa paire supérieure, il attrapa la tête de la goule dorée et commença à la tordre. À déchirer la goule dorée en morceaux.

La création de Mali avait été mon amie.

Je me précipitai en avant et frappai avec la grande épée. J'atteignis le dos du monstre et mordis profondément dans la chair sombre et tourbillonnante. Le feu bleu de ma lame dansa le long des bords de la coupure, mais ne parvint pas à prendre.

La goule, cependant, le remarqua. Elle rompit sa prise et poussa un hurlement aigu qui venait, je le réalisai, d'une bouche au milieu de ce que j'avais pris pour sa poitrine. La goule se retourna et me frappa avec sa jambe inférieure gauche. Elle me toucha en plein dans les côtes, bien que je réussis à lui porter un autre coup d'épée dans le processus. Je volai en arrière, atterrissant sur des branches brisées.

Qu'était-ce qu'un bleu de plus de toute façon ?

L'attaque donna à la goule dorée une chance de reprendre pied. Elle s'abattit sur la créature à six bras, l'enfonçant dans le sol avec la force de son poing doré. Cependant, depuis sa nouvelle position collée au sol, la goule saisit et jeta les pieds de la créature de Mali sous elle. La goule dorée s'effondra au sol.

Le monstre profita de son avantage ; il grimpa sur la goule dorée et commença à la marteler avec quatre de ses six bras. Battant et brisant mon ami monstrueux.

— Mali aurait dû te rendre meilleur, marmonnai-je en me relevant. J'ajustai l'épée et chargeai avec elle, pointant sa lame comme une lance.

Alors que je m'approchais, le monstre ralentit ses coups avec son bras gauche du milieu et le balança pour m'atteindre. Je fis un pas sur la gauche, évitant le coup, puis ramenai l'épée dans un arc de cercle pour l'abattre sur le bras. Avec cette force supplémentaire, l'épée trancha et sectionna le membre de la goule.

Elle poussa un cri strident et recula en trébuchant de la goule dorée. Cette fois, le feu bleu de mon épée consuma la main sectionnée et lécha le moignon. Tandis que la goule reculait, je la suivis. Je frappais chaque fois qu'elle essayait de me repousser avec ses bras. Elle n'avait aucune défense contre l'épée.

Du moins, c'est ce que je croyais.

La goule marqua une pause et je fonçai pour lui porter un coup d'estoc droit dans la gueule. C'est alors que ses trois bras restants, ceux qu'elle n'utilisait pas comme jambes, convergèrent vers moi sous différents angles. J'ajustai mon coup pour viser celui de droite, tranchant la main tendue de la goule, mais elle continuait d'avancer.

La goule pressa l'épée contre mon corps et accepta la flamme bleue brûlante. Je sentis la pression de tous côtés. Écrasante, broyante. Dans un instant, j'allais être complètement disloqué. Aplati jusqu'à n'être plus que poussière.

Jusqu'à ce que la goule de Mali, cette chose qui avait failli me tuer dans son temple, ne plonge tête la première dans l'abdomen de la bête. Elle me libéra de ses bras et enfonça ses poings dorés encore et encore dans l'autre goule. Je heurtai le sol et restai immobile un moment, essayant de déterminer quelles parties de mon corps fonctionnaient encore.

Grâce à la goule de Mali, je pouvais sentir mes bras et mes jambes. Je n'étais pas détruit comme après la bombe de Nicholas. Je me relevai en grinçant, ramassai l'épée du sol, contournai la goule dorée qui continuait de malmener la bête qui se débattait, puis enfonçai ma lame dans le sommet du monstre à six bras. Je laissai le feu bleu descendre le long de l'épée et pénétrer dans la créature, consumant les liens qui la maintenaient.

La goule de Mali se redressa tandis que le feu achevait de consumer son adversaire. Elle me fixa d'un hochement de tête. Puis se retourna vers les restes en flammes.

Je compris pourquoi. Alors que la goule brûlait, des esprits émergèrent. La source de son pouvoir et de sa rage. Ces esprits étaient ceux de la Main Droite et de la Main Gauche. Les guerriers de Cheo, déchirés et confus. Liés ensemble dans une colère perdue.

— Cheo, dis-je en voyant le chef émerger du feu. Il n'était cependant plus l'homme que j'avais connu. Comme les autres, la goule avait détruit tout lien qu'il avait encore avec la raison. Si j'avais encore été humain, si j'avais encore été en vie, j'aurais pu les lier. Si j'avais su utiliser la technique de Nara, j'aurais pu le faire aussi. Mais je vis le calme sur ce visage, les yeux fixes et clairs, et je posai ma main sur son épaule.

— Je suis heureux de te donner la paix que tu recherchais, dis-je tandis que Cheo me regardait. Tes jours de combat sont terminés.

Un instant plus tard, Cheo fit ses derniers pas vers le Cycle.

RETROUVAILLES

Je glissai la grande épée dans son fourreau et me tournai vers l'ouest. Prêt à suivre les pas des esprits de Cheo et à rattraper les guides se dirigeant vers la Montagne. Je fis un pas en avant et entendis alors un grondement derrière moi.

Oh. Par-dessus mon épaule, je remarquai la goule dorée qui se dressait.

Je fis un autre pas en avant. J'entendis le sol trembler sous mes pieds tandis que la goule se déplaçait, me suivant.

On dirait qu'elle voulait m'accompagner.

À partir de là, nous avons continué à marcher. La goule me suivait presque jusqu'à la ligne, écartant les arbres comme s'ils n'étaient que des brindilles et restant à quelques centimètres de mon pied arrière. Si l'idée d'une statue vivante de trois mètres de haut, avec des morceaux brisés ici et là, marchant derrière moi ne semblait pas étrange, eh bien, j'étais à Riven depuis longtemps maintenant.

Plus grand-chose ne me surprenait.

Pendant que nous avancions, des esprits apparaissaient occasionnellement, venant de brèches ou de contingents perdus de l'armée de Nara. La goule et moi les traitions avec un mélange égal de dédain et d'habileté. Soit je tranchais, soit je poignardais. La goule piétinait ou frappait l'esprit de son poing si fort que l'âme s'envolait à travers les arbres et ne montrait plus son visage. Nous progressions ainsi. À chaque pas, je me sentais plus fort. Mon âme se reconstituait.

Je ne sais pas combien de temps cela a pris, mais nous avons rattrapé l'armée de Nara. Ou ce qu'il en restait. Lorsque j'étais parti de la Montagne, en tant que commandant des forces de Nara, il y avait plus de mille esprits qui marchaient avec moi. Mais au fil du temps, à mesure que les brèches, les guides et les esprits en colère avaient rongé les flancs, il ne restait qu'une trentaine d'esprits marchant dans un semblant d'ordre. Lorsque la goule et moi nous sommes approchés, ils se sont arrêtés. Ils se sont tournés pour nous regarder.

— Carver ! J'entendis la voix, l'appel de Bryce. Comment ça si tu les prends par derrière, et nous par devant ?

Je levai l'épée, signalant mon accord. Nous avons chargé. Les esprits de Nara se retournèrent, la moitié pour m'accueillir moi et la goule, et l'autre moitié pour faire face à l'apparition soudaine d'une douzaine de guides. Des guides que je reconnaissais. Anna et Bryce, Alec et d'autres. Ils se jetèrent sur les esprits avec une férocité désespérée. Nous savions tous que c'était le moment décisif, et nous n'allions pas laisser les vestiges grognants de l'armée de Nara se mettre en travers de notre chemin.

Le combat fut rapide, sans histoire. Une ligne ininterrompue de coups et de tourbillons, ponctuée de feu bleu, et les esprits de Nara furent anéantis.

Une fois terminé, j'aidai certains guides à soigner leurs blessures. Bryce me trouva en train de remettre en place l'épaule d'un homme, disloquée lorsqu'un esprit qu'il avait maîtrisé était tombé dessus.

— Nicholas est juste derrière le prochain groupe d'arbres.

Le reste de nos forces autour de lui. Bryce me regarda de haut en bas. Content que tu sois de retour, Carver.

— Si tu voulais que je revienne, tu aurais pu trouver une façon plus sympa de demander, dis-je. Une bombe, vraiment ?

— On ne savait même pas si tu la trouverais, dit Bryce. C'était plus un dernier recours qu'autre chose. Anna avait plus confiance que moi.

— Merci.

— Mais maintenant que tu es là, il faut qu'on décide quoi faire.

— J'ai vu la carte, dis-je. Vous voulez la faire exploser à l'intérieur de la Montagne.

— Nicholas pense que son dispositif brûlera suffisamment pour faire s'effondrer la Montagne. Pour libérer le Cycle. Bryce m'emmena dans les arbres, loin du nettoyage. Vers Nicholas. Si cela se produit, le Cycle déferlera à travers la forêt, sur la ville...

— Il effacera tout, dis-je. Je sais.

— Y compris toi. Et Selena.

— On est déjà morts, Bryce. Je lui fis un demi-sourire. Je suis mort une fois, je peux recommencer.

Mon mentor me fit un rapide signe de tête. — Merci de comprendre. L'autre partie de l'histoire, bien sûr, c'est nous autres.

— On vous donnera le temps de vous échapper. Je n'allais pas faire exploser la bombe alors que Bryce, Alec et tous les autres étaient encore là. Ils avaient des familles. Tout ça ne servait à rien si cela signifiait tuer ceux que j'aimais.

— On ne peut pas te faire confiance pour ça, dit Bryce. Si tu échoues, si Nicholas ne peut pas faire exploser la bombe, alors on perd tout. Qui sait ce que Nara nous réserve là-haut... si c'est seulement toi, il n'y aura peut-être aucune chance de réussite. Si cela signifie qu'on se perd nous-mêmes, alors qu'il en soit ainsi.

Alors que nous arrivions au gros des forces des guides, je

pouvais sentir les regards sur moi. Certaines mains allèrent à leurs armes, avant de se détendre sous le regard de Bryce. Mes compagnons, m'ayant vu pour la dernière fois tailler dans leurs propres rangs, avaient sans doute quelques griefs. Des dettes qu'ils estimaient devoir régler.

— L'emprise de Nara est brisée, annonçai-je aux guides. Je suis ici tel que je suis. J'emmènerai Nicholas et la bombe dans la Montagne, nous la ferons exploser et mettrons fin au risque que Riven représente pour vous et vos familles.

Je vis quelques hochements de tête, mais il semblait que les guides n'étaient pas d'humeur pour les discours. C'est alors que je réalisai qu'ils voyageaient déjà depuis des jours. Qu'ils avaient traversé bien plus longtemps qu'une chasse normale. Leurs corps, de l'autre côté, étaient en danger.

— Bryce, me tournai-je vers lui. Tu dois les ramener. Tu dois rentrer.

— Comment ferions-nous cela ? répondit Bryce. Ils sont épuisés. Seuls certains d'entre nous, les plus forts et les plus expérimentés, ont pu garder leur endurance. Les renvoyer maintenant, à travers cette forêt, ce serait les envoyer à la mort.

— Pas s'ils avaient une escorte.

— Il n'y a pas le temps.

— Nous les séparons, dis-je. Le ghoul doré de Mali part avec vous tous, de retour vers la ville. Nicholas et moi, nous allons à la Montagne.

— Toi, Nicholas, et certains d'entre nous, rectifia Bryce. Comme je l'ai dit, Carver, nous comptons bien voir ça jusqu'au bout.

Bryce rassembla le reste des guides, ceux qui pouvaient marcher et ceux qui pouvaient porter les autres qui ne le pouvaient pas. J'envoyai le ghoul avec eux. Je lui désignai les guides et lui dis de les protéger au péril de sa vie. Je ne savais pas s'il me comprenait vraiment, mais quand les guides s'éloignèrent en direction de la ville, vers les endroits où ils pourraient traverser et retourner chez eux, le ghoul les suivit.

Ils y arriveraient. Ils seraient sauvés.

Alec et Anna se tenaient près de Nicholas, examinant la bombe, qui était attachée à un chariot presque aussi grand que moi. Des roues grossières en dessous, et des cordes autour de l'engin qui le fixaient aux panneaux. Pour le maintenir à niveau, pour le garder en sécurité.

— Désolé d'avoir failli te tuer, dis-je à Alec en m'approchant.

— Moi ? Mais j'ai décidé de ne pas te tuer. Alec jeta un coup d'œil à Anna. Pour elle. J'avais déclaré que tu avais fait ton temps. Mais elle a argumenté que tu méritais une dernière chance.

— Eh bien, merci Anna, dis-je. Alec, je ne te sauverai pas quand tu auras des ennuis.

— Mon ami, si j'ai des ennuis, ce sera le problème des ennuis, pas le mien.

Anna rit. — Carver, sans toi dans les parages, il est devenu encore plus insupportable.

— Je ne pensais pas que c'était possible. Je regardai Nicholas, penché sur la bombe, ajustant quelque chose sur le côté gauche. Ça va marcher ?

Le scientifique se redressa et me regarda, le visage impassible. — Tu me remets toujours en question, et tu as toujours tort. Pourquoi cette fois-ci serait-elle différente ?

— Cette fois-ci est différente parce que tu essaies de faire exploser une montagne. Pas de fabriquer un fouet ou une arbalète.

— Ce sont tous des miracles, et je suis un faiseur de miracles.

— Si tu te le demandes, Carver, intervint Anna. Je garde ma santé mentale auprès de ces deux-là en faisant de longues promenades. De longues promenades où je trouve et dompte chaque esprit que je vois.

— Plus sain que de boire, ce qui était ma solution, répondis-je.

— Tu insinues que je suis une nuisance d'une certaine manière, Nicholas prit une fausse inspiration. Sourit. Tu as probablement raison. Content de te revoir, Carver.

— Je ne pouvais pas manquer la fin.

— Nous aurons besoin de ton épée, dit Alec. Ce serait bien si nous avions aussi Selena.

— Elle sera là, dis-je. Juste pas de notre côté.

— Pas encore, Anna posa sa main sur mon épaule, puis m'attira pour une étreinte. Nous la récupérerons. Avant la fin.

— J'espère, dis-je. Et c'était vrai. Vraiment. Je n'avais pas encore dit au revoir à Selena. Je ne voulais pas partir vers le vaste néant, vers la prochaine grande aventure, sans une dernière occasion de lui parler. On nous avait volé notre vie, et il était temps de la reprendre.

Bryce donna le signal un instant plus tard. Il était temps de partir, vers la Montagne. Pour envoyer un dernier esprit fou au tapis.

La Racaille

La Montagne s'élevait au-dessus de la forêt, n'étant plus une merveille naturelle mais un piège construit avec des intentions pleines d'espoir : faire de Riven un second foyer pour l'humanité. Un rêve devenu cauchemar.

La Montagne était, au cœur de tout cela, la seule raison pour laquelle Riven existait en premier lieu. Sans elle, le Cycle serait libre. Les esprits erreraient dans son néant bleu peu après leur arrivée.

Pas de brèches. Pas de goules. Pas de guides.

Mais la Montagne se dressait là devant nous, et devant la large entrée de la grotte par laquelle des centaines et des milliers d'esprits passaient dans leur marche vers le Cycle, se tenait la nouvelle force de Nara. Plus petite et concentrée, et menée par l'amour de ma vie. De ma mort.

Selena dirigeait au moins une centaine d'esprits. Ils s'alignaient derrière elle, debout en rangs serrés, en sections. Des lignes parfaites, des soldats parfaits.

Une vingtaine d'entre nous sortaient de la forêt. Bryce, Anna, Alec, moi-même et une poignée d'autres guides qui avaient fait le voyage. Tous épuisés. Tous lents. Tous sachant qu'ils n'avaient probablement pas de chances de rentrer chez eux. Aujourd'hui, ils étaient là pour leurs amis. Pour leurs familles. Pour leurs foyers.

Je ne les laisserais pas tomber. Je ne les décevrais pas.

Plus jamais.

Nicholas restait à l'arrière, caché parmi les esprits perdus qui continuaient à se déplacer autour de nous dans leur marche vide vers la Montagne. Il fallait le garder protégé. Si Nara détruisait l'appareil de Nicholas, alors tout serait perdu.

Moi, en revanche. J'étais dispensable. Le seul esprit de notre côté. Ce qui signifiait que je marchais en tête. Je gardais la grande épée sur mon dos tandis que j'allais vers Selena, qui se tenait à plusieurs mètres devant les troupes de Nara. Leurs nombreux yeux me suivaient et je me remémorai brièvement ce moment dans la Fosse de Goudron quand mon père, Graham, avait lancé une torche. Tant de visages à l'esprit unique fixés sur le mien.

— Nara se doutait que tu avais changé de camp, dit Selena sans sourire alors que je m'approchais. Elle ne dégaina pas ses armes. Au lieu de cela, elle me regardait comme on pourrait fixer une maison particulièrement laide. Un objet à la fois ordinaire et sans importance. À traiter si nécessaire, ou à ignorer.

— J'ai du mal à choisir mon camp, dis-je en écartant les mains en m'approchant d'elle. Mais je pense que tu aimerais les avantages de ce côté-ci. Les gens sont plus sympas, pour commencer.

— Ils ne gagneront pas, répondit Selena. Regarde-les. La moitié est sur le point de s'effondrer maintenant. Et les autres... peuvent-ils même soulever leurs épées ?

— Mon amour, je te mets au défi de le découvrir.

Amour. Ce mot sembla pénétrer le lien de Nara. Fit tressaillir Selena, détourner le regard un instant. Ses mains, je remarquai, se serrèrent en poings. Pendant une seconde, Selena avait retrouvé le contrôle de son corps.

Quand son visage se tourna à nouveau vers moi, le masque de Nara était de retour.

— Nara est prête à vous offrir une dernière chance à tous, dit Selena, s'adressant non pas à moi, mais au-dessus et autour, à Bryce et aux autres guides. Si vous partez, elle vous laissera retourner en ville sans être inquiétés. Vous pourrez retrouver vos familles, en sécurité.

— Jusqu'à quand ? cria Bryce en retour. Jusqu'à ce que votre armée grandisse à nouveau et nous pourchasse ? Ou jusqu'à ce que vous laissiez Riven s'effondrer sous le poids des morts ?

Selena se tourna vers moi. — Je vois que Bryce n'a pas changé. Il n'a jamais été un homme de raison.

— C'est toi qui parles, ou Nara ?

— Je suppose que tu ne le sauras jamais, dit Selena, puis elle fronça les sourcils. Je remarquai une seule larme couler d'un œil. — Mais Carver, tu devrais savoir que ce qui va se passer ensuite vient entièrement d'elle.

La main de Selena bougea plus vite que je ne l'aurais cru possible. Glissant dans son manteau et dégainant le couperet dans un coup vers mon ventre. Je ne sautai pas en arrière, je tombai presque, mes pieds dansant rapidement sous moi pour garder l'équilibre. La coupure accrocha les bords de mon manteau emprunté et le déchira. Mais pas moi. Aucun feu bleu ne brûla ma peau.

Je tendis la main derrière mon dos et tirai l'épée dans un large mouvement qui força Selena à arrêter son avancée. J'avais la portée. J'avais la puissance. Selena avait la vitesse. Difficile de dire qui gagnerait celle-ci.

— Résiste-lui, dis-je, gardant l'épée en position de garde. Prêt à pivoter de n'importe quel côté que Selena choisirait.

— Je ne peux pas. Selena leva son couperet en l'air, tordit la poignée, faisant jaillir une flamme bleue de la lame. Derrière elle, les esprits rugirent d'une seule voix et commencèrent leur ruée vers mes amis. Ce serait le moment décisif, et je ne savais pas comment les guides pourraient survivre. Ils étaient trop fatigués, trop épuisés.

Selena abattit son couperet, se baissa en position accroupie. Prête à bondir sur moi.

Seulement je ne restais pas immobile.

Je bondis sur la gauche, me jetai dans un groupe d'esprits chargeant qui m'ignoraient pour se ruer sur les guides. Je fis tournoyer la grande épée à travers leurs rangs. Je sentis l'arme mordre, couper et brûler. J'essayai d'en emporter autant que possible à chaque estocade et rotation. L'épée de Dolan chantait, et elle jouait une mélodie enflammée.

Selena était sur moi. Son couperet bloquant mon coup, arrêtant l'épée. Son couteau se dirigeant vers moi. J'inversai ma prise sur l'épée et tournai en arrière. Loin de son couteau.

Avec mon poignet inversé, je n'avais pas le levier pour garder la lame droite, et mon épée s'enfonça dans le sol. S'éloignant du couperet de Selena.

Je retournai à nouveau mon poignet, sous l'épée, et la balayai vers le haut. Selena esquiva sur la droite, dans la trajectoire d'un de ses propres esprits. L'âme chargeante heurta Selena et la jeta au sol.

J'avais une ouverture claire. Je levai l'épée, sur le point de l'abattre, quand je sentis la panique d'Anna à travers notre lien. Une peur paralysante, un froid engourdissant dans tout mon corps. Je me retournai, regardai en bas de la colline.

J'avais fait ce que je pouvais, mais les guides étaient toujours submergés. Anna elle-même, faisant tournoyer son fléau, tenait tête à quatre esprits à elle seule. Elle saignait déjà, elle était déjà blessée.

— Toi, tu restes ici, dis-je à Selena, qui essayait de se libérer de l'esprit.

Je dévalai la colline en courant, utilisant le poids de l'épée pour me donner un élan supplémentaire. Je frappai les esprits sur mon passage, tranchant leurs jambes ou les poussant les uns contre les autres. N'importe quoi pour perturber leur nombre. Pour les empêcher de simplement submerger mes amis comme une vague s'écrasant sur un petit rocher.

J'attaquai les esprits par derrière, en tranchant trois d'entre eux d'un large coup. Le fléau d'Anna attrapa le quatrième. Elle m'adressa un rapide sourire fatigué. — Comme je l'ai dit, c'est bon de t'avoir de retour.

— Je fais ce que je peux, répondis-je en pivotant et en m'attaquant à deux autres avec quelques coups. Contrairement à la première armée de Nara, celle que j'avais menée dans la ville, ces esprits n'avaient ni armes, ni discipline. Nara paniquait. Je pouvais voir, dans le flot d'esprits occasionnels sortant de la Montagne et plongeant vers nous dans des charges suicidaires, que Nara semblait plus préoccupée par le nombre que par la stratégie. Ses forces vivaient et mouraient par hordes, pas par compétence.

— Attention, Carver ! cria Alec alors que je m'occupais d'un autre esprit. Le guide, ses gantelets enflammés, se faufila entre Anna et moi, attrapant un autre esprit que je croyais avoir abattu, mais qui n'avait que trébuché, ses mains agrippant mes chevilles.

— Retournez auprès de Nicholas. J'avais besoin qu'ils soient près du scientifique. J'avais besoin qu'ils s'éloignent de moi. — Je peux encaisser leurs griffes. Pas vous.

Mais je ne pouvais pas encaisser le couperet. Je ne pouvais pas encaisser le couteau de Selena. Elle me poursuivait, implacable. J'eus à peine le temps de lever mon épée pour bloquer un coup droit, le bord dentelé du couperet rendant cela aussi mortel qu'un coup de côté. Elle essaya de planter le couteau dans ma jambe droite, mais je passai en position latérale, sa lame ne faisant que m'effleurer. Pas assez pour m'enflammer.

Je la repoussai avec une série rapide de coups d'estoc ; de courtes jabées qui profitaient de la portée de l'épée pour la forcer dans une position défensive.

— Nara dit qu'elle te pardonnera, dit Selena en tournoyant autour de moi, déplaçant ses pieds d'un côté à l'autre en cercle, testant constamment mes mouvements avec la grande épée. Cherchant à ce que je me déplace mal et me laisse ouvert pour une frappe rapide.

— C'est tellement gentil de sa part. Je bougeai bien les pieds. S'il y a une chose que j'avais apprise avec Bryce et nos chasses, c'est que l'agilité était la clé de la survie. Le mouvement vous maintenait en vie, ce qui était plus important que de porter un coup chanceux. Nous tournâmes jusqu'à ce que Selena se retrouve en contrebas. Un mauvais coup.

— Elle pense que c'est généreux, dit Selena. Je pense que c'est ta seule chance.

— Je pense que tu devrais faire plus attention. Je m'élançai en avant. J'utilisai ma position surélevée pour porter un coup descendant à un angle qu'elle ne pouvait pas contrer sans mettre ses deux lames au-dessus de sa tête. Mais je n'avais pas prévu sa roulade. Plutôt que de bloquer, elle plongea en bas de la colline. Vers l'endroit où Anna se tenait, repoussant un autre esprit. Selena sortit de sa culbute, se releva et poignarda Anna avec le couteau.

Je vis les yeux d'Anna s'écarquiller. Je vis sa bouche s'ouvrir, je la vis se retourner sous la douleur et repousser le couteau de Selena avec son fléau. Anna trébucha en arrière contre un tronc d'arbre. La voleuse que j'avais trouvée, que j'avais rencontrée dans le train il y a tous ces jours et mois et années, tenait sa main sur la tache rouge qui s'épanouissait sur son côté.

À travers notre lien coulait la douleur et une soudaine faiblesse.

Je courus. Je suivis mon élan. Selena se tourna vers moi avec le couperet, mais je passai à côté d'elle. Je portai un coup transversal qui attrapa un esprit qui tendait la main pour achever Anna. Selena avait une ouverture claire vers mon dos.

Je m'attendais à sentir la morsure de son couperet, même en plantant mes pieds pour me retourner.

Anna se détacha de l'arbre, sa main gauche laissant une empreinte sanglante derrière elle. Elle lança son fléau en avant, au-dessus de ma tête alors que Selena s'élançait. La boule hérissée et brûlante d'Anna frappa l'épaule de Selena, déviant son coup et l'enflammant. La flamme bleue couvrit mon amour et l'emporta.

Je voulais la tenir. Rester avec Selena et ne jamais, jamais partir. Mais alors que Selena brûlait, je devais me retourner. Je devais continuer à manier l'épée et combattre aux côtés de mes compagnons guides.

Certains tombèrent, d'autres tinrent bon. Bryce frappait sans cesse avec sa vouge. Alec utilisait ses gantelets avec un effet dévastateur. D'autres guides utilisaient leurs couteaux, leurs épées, leurs haches. À la fin, huit d'entre nous étaient encore debout au milieu d'une horde d'esprits vides.

Nara, semblait-il, avait tiré sa propre leçon. Elle avait résolu de garder toutes les nouvelles âmes pour plus tard. Elle nous donna un moment pour respirer.

Anna avait l'air grise. Pâle et perdue. Ses yeux croisèrent les miens alors que je m'approchais d'elle, le dos appuyé contre l'arbre, son fléau au sol, ses mains pressées sur la blessure à son côté où le couteau de Selena avait profondément entaillé.

— Tu dois me libérer, dis-je en regardant la blessure. Coupe le lien. Reprends ta force.

— Mais nous avons besoin de toi pour finir ça.

— J'ai besoin que tu vives, dis-je. Nous sommes si près du

Cycle maintenant, si près de Nara. Je pourrai le repousser pendant un petit moment.

Anna me fixa du regard. Puis secoua la tête. — Je ne le ferai pas. Je ne prendrai pas ce risque.

— Alors promets-moi, dis-je. Promets-moi que si tu dois le faire, tu me libéreras.

— Seulement si je n'ai pas le choix.

Bryce et Alec étaient là un instant plus tard. Alec écarta les bras d'Anna et commença à panser la blessure. Déchirant des bandes de son propre manteau et enveloppant la plaie. — C'est un long chemin de retour, Anna, alors on ferait mieux de se mettre en route.

— Vous ne pouvez pas les abandonner ici, répondit Anna en secouant la tête.

— La voie est dégagée, dis-je. Nara n'a plus assez de forces. Je peux m'en occuper.

— Non, dit Bryce. Tu auras besoin d'aide.

Mon mentor se tourna et alla vers Selena, qui venait de se relever, perdue dans ce monde. Il posa sa main sur son épaule et commença à lui parler. Établissant la familiarité, la relation pour former un lien. En une minute, Selena, ma Selena, me regarda.

— Carver ? Sommes-nous libres ?

— Pas encore.

Quelques minutes plus tard, le groupe entier s'était divisé en deux sections. Bryce et les autres guides dans l'une. Selena, Nicholas et moi dans l'autre, avec le chariot portant la bombe.

— Ramenez Anna, dis-je, mes yeux dérivant à nouveau vers elle. En sueur et pâle, les yeux d'Anna étaient fermés. — Allez aussi vite que possible. Nous nous occuperons de ça.

— Je la préviendrai quand nous serons hors de danger à travers notre lien. Bryce hocha la tête vers Selena. — Pour que vous puissiez faire exploser.

C'était un plan aussi bon qu'un autre. Alors que les esprits rôdaient autour de nous, mes amis entamèrent la longue marche de retour vers la ville. De retour là où ils pourraient traverser. En chemin, ils devraient sans doute affronter d'autres esprits, se déversant à travers les brèches et en vagues éparses et furieuses rôdant dans Riven en nombre toujours plus grand. Ils y arriveraient. Ils survivraient.

Cela n'aurait pas d'importance si nous échouions.

Au Bord Du Gouffre

Entourés par les esprits ambulants, nous sommes entrés dans la Montagne, tous les trois, Nicholas tirant derrière lui le chariot transportant l'engin. Les esprits remplissaient le tunnel, se dirigeant tous vers le Cycle. De chaque côté, des branches se détachaient, vides et inexplorées. Je m'en souvenais de notre dernière visite.

— C'est assez ironique, ai-je dit. La fin des guides aura lieu là où tout a commencé.

— Où tout a commencé ? a demandé Nicholas.

— Mali a créé la Montagne pour abriter le Cycle. C'est ici, d'après Dolan, qu'il a découvert comment fabriquer les armes qui brûlaient. C'est ici que les guides sont restés lorsqu'ils ont commencé à se préparer pour combattre Nara.

Je ne savais pas quoi ajouter d'autre. Il y a quelque chose dans le fait de se confronter réellement à l'histoire qui vous laisse sans voix. Le mythe et la légende devenant réels et traçant une ligne directe jusqu'à vous. Tous ces événements, ces erreurs et ces succès nous menant, nous trois, à tenter une dernière fois d'effacer tout cela.

Nous sommes arrivés à la caverne où Piotr avait fait la

traversée. Là où, il y a quelques mois, j'avais perdu mes parents. Nous avions remporté notre première vraie victoire et subi notre première vraie perte.

Ça aurait été bien d'avoir Graham et Katherine à mes côtés. L'optimisme impertinent de Graham, son gros marteau nous auraient insufflé de la confiance. La gentillesse de Katherine, son don pour trouver la meilleure voie à suivre... mais ils n'étaient pas là. Nous étions seuls.

À gauche, des escaliers continuaient de descendre, s'enfonçant plus profondément dans la grotte. Au bas de ces marches se trouverait l'océan bleu-gris du Cycle. Au bas des marches, j'en étais certain, Nara nous attendrait.

— Je vais ouvrir la marche, ai-je dit, la grande épée devant moi. Selena, tu fermes la marche. Reste entre les ennemis potentiels et Nicholas. Et toi, génie, tu amènes cette bombe à la falaise et tu la mets en marche.

— Ne devrions-nous pas attendre Bryce et les autres ? a demandé Selena.

— On attend si on a le temps. Je veux qu'ils vivent, mais on ne peut pas prendre de risques. Si nous n'avons pas le choix, Nicholas, tu fais sauter cet engin.

Le scientifique a hoché la tête. Je n'ai pas remarqué le moindre scrupule moral dans son regard. Aucune inquiétude quant à sa capacité à aller jusqu'au bout. Nicholas connaissait l'objectif. Il ferait ce qu'il avait à faire.

Nous avons descendu lentement le dernier escalier, passé la grotte menant au promontoire de Piotr. En bas, les marches débouchaient sur une vaste chambre dominée par le Cycle. Sa lumière bleue envahissait tout, recouvrant nos visages, nos manteaux, nos esprits d'une teinte turquoise. Devant nous, un défilé d'esprits se jetait du précipice dans la mer sans fin. L'un après l'autre, comme des animaux. Ou des machines.

— Je ne l'avais jamais vu, a dit Nicholas. C'est magnifique.

— Ne t'approche pas trop près. J'ai ajusté la position de la grande épée et regardé autour de nous. Où était Nara ?

Nicholas a fait avancer le chariot dans la chambre. Il l'a poussé près du bord de la falaise. Les esprits passaient à côté de lui, à côté de nous tous.

— Tu es revenu vers moi, a résonné la voix de Nara depuis les marches. Elle était au-dessus de nous. En arrière, par où nous étions venus.

— Où es-tu ? ai-je crié. J'ai fait signe à Selena de passer devant moi et lui ai indiqué de rejoindre Nicholas. Nous devions le protéger.

— Quelle importance ? a dit Nara. Cela ne changera rien à ce qui va se passer.

— Et que penses-tu qu'il va se passer ?

Une partie de moi voulait la faire parler, même si je ne pensais pas que nous pourrions maintenir ce dialogue pendant toute une journée. Ou plus longtemps, selon le temps que mettraient Bryce et les autres. Nara finirait par se montrer tôt ou tard. Nous serions prêts.

— Vous allez perdre, a dit Nara. Vous ne le verrez même pas venir.

Je me suis positionné devant les marches. J'ai jeté un coup d'œil en arrière vers Nicholas et Selena. Ils semblaient aller bien.

J'ai senti des mains agripper ma bouche, ma gorge, me tirer en arrière et bloquer mes bras contre mes flancs. Des cris ont jailli de mes amis, et des esprits que j'aurais juré voir marcher vers le Cycle une seconde plus tôt les ont éloignés de l'engin. Loin du Cycle. Contre les parois de la grotte.

Des esprits nous tenaient chacun, obéissant résolument à l'ordre de leur chef. Nara, qui descendait les marches et entrait dans la chambre. Elle s'est dirigée vers la bombe et l'a examinée.

Deux autres esprits, tous deux des soldats, la suivaient. Des gardes du corps personnels.

— Qu'essayez-vous de faire avec ça ? a dit Nara, et elle s'est retournée vers nous. Qu'est-ce que c'est ? Une sorte d'arme ?

J'ai réalisé, en espérant que Nicholas aussi, que Nara n'avait peut-être jamais vu de bombe auparavant. Qu'elle n'avait peut-être aucune idée de ce qu'une telle chose pouvait faire. Après tout, les explosifs n'avaient pas leur place dans Riven. Peut-être que l'idée de faire sauter la Montagne ne lui viendrait même pas à l'esprit. Que ce ne serait même pas une possibilité.

— C'est à moi, a dit Nicholas. J'essaie d'en apprendre plus sur le Cycle.

— Peu importe. Le Cycle n'aura bientôt plus d'importance. Nous allons tous rentrer chez nous.

Nara a traversé la chambre, passant entre les esprits, et s'est approchée de Nicholas. Elle a tendu la main vers son visage.

J'ai vu Nicholas bouger les épaules. Je les ai vues se déplacer, et j'ai alors reconnu le manteau qu'il portait. Les lignes qui le traversaient. J'avais eu un manteau comme celui-là autrefois, jusqu'à ce que des esprits me l'arrachent. Alors que Nara tendait la main vers lui, le manteau s'est embrasé de flammes bleues ondulantes. Elles ont recouvert l'esprit qui le tenait. Nara a retiré sa main avec surprise.

J'ai senti le tiraillement. L'esprit qui me tenait fermement a vacillé alors que Nara perdait son propre contrôle. Sa propre concentration sur les esprits s'évanouissant dans sa peur. J'en ai profité. J'ai appuyé mes pieds au sol et repoussé l'esprit contre le mur derrière moi. Je l'ai brisé contre la pierre.

Les mains de l'esprit retombèrent et je me libérai, la grande épée dans ma main droite. Prêt à mettre fin à la folie de Nara.

Je retournai l'épée et frappai derrière moi. Je sentis la lame s'enfoncer dans l'esprit stupéfait. Je le brûlai. Nara s'enfuit loin de Nicholas, remontant les escaliers de la grotte. Lâche.

— Carver ! cria Selena, et je vis son esprit la traîner dans les escaliers. Vers le haut et loin du Cycle.

Je m'apprêtais à les suivre quand les deux gardes du corps de Nara me barrèrent la route. C'étaient des créatures grandes et massives. Mais elles ne portaient pas d'armes.

Alors quand elles se jetèrent sur moi, j'utilisai l'épée. Un coup à droite, puis un tourbillon vers la gauche. Deux coups, deux esprits brûlants. La voie était libre.

Nara avait besoin de meilleurs gardes.

Nicholas se précipita vers l'appareil, puis me jeta un coup d'œil. Je pouvais poursuivre Selena. Ou je pouvais rester, protéger Nicholas.

— Vas-y, dit Nicholas. Ce n'est pas ma dernière surprise. Il ouvrit sa veste pour révéler plusieurs carreaux bleus à l'intérieur, des recharges pour mon arbalète. Je m'en sortirai.

— Tu as intérêt. Crie si quelque chose change.

Je montai les escaliers en courant, poursuivant Selena. Poursuivant Nara. Essayant de survivre.

SAUVÉS

J e montai les escaliers et m'arrêtai en passant devant le chemin menant au promontoire. Il y avait deux endroits où ils pouvaient aller. Je ne savais pas lequel. J'entendais encore les cris de Selena, mais ils résonnaient dans la grotte, rebondissant sur les parois et rendant difficile de déterminer leur provenance.

De partout, en fait.

J'étais sur le point de crier, de demander quelle direction prendre, quand une douleur me traversa. Ce n'était pas la mienne, cependant, c'était celle d'Anna. Venant à travers notre lien. Elle disparut presque aussitôt qu'elle m'avait frappé, mais notre connexion continuait de s'affaiblir. Je pouvais le sentir, sentir sa vie s'échapper. Si elle mourait, notre lien serait rompu.

Je secouai la tête. Je ne pouvais rien faire pour elle maintenant. Je devais trouver Selena, je devais garder Nicholas en sécurité.

— Le promontoire ! entendis-je Selena crier, et je me dirigeai dans cette direction. Elle avait peut-être réalisé que donner des indications était une meilleure stratégie que de hurler d'angoisse.

Il n'y avait pas d'esprits errant sur le chemin de Piotr, donc ma progression fut rapide. Je bondis dans les escaliers. Je me propulsai contre les murs et gardai la grande épée devant moi, tenue fermement. Je surgis sur le promontoire.

La forêt s'étendait en contrebas, s'éloignant de la Montagne. Je pouvais voir, presque comme des lumières de ville, des brèches luminescentes. Riven était en train d'être submergé, et cela se produisait de plus en plus vite. Certaines brèches semblaient se connecter, de grandes flaques jaunes engloutissant des arbres entiers. Quelque part là-bas, Bryce et les autres couraient pour sauver leurs vies.

Au bord du promontoire, Selena se battait pour la sienne. L'esprit l'avait attrapée, un soldat maigre mais fort qui avait soulevé Selena du sol. Il la déplaçait vers le bord, se préparant à la laisser tomber.

Je ne pouvais pas arriver à temps. Selena allait tomber.

Je levai la grande épée au-dessus de ma tête, à deux mains, et la lançai en avant. Je la lâchai alors que mes mains commençaient leur descente.

L'épée vola dans les airs, tournoyant sur elle-même. Elle frappa l'esprit. S'enfonça dans son dos. S'embrasa. L'esprit tomba de la falaise.

Et Selena partit avec lui.

Je courus vers eux. Là où ils avaient été. Je plongeai et glissai sur la roche, tendis la main pour voir s'il y avait quelque chose à saisir.

Je ne sentis rien.

— Tu vas devoir tendre le bras plus loin, la voix de Selena me traversa comme une décharge. Je regardai par-dessus le bord ; elle était suspendue à quelques mètres en contrebas, son couperet et son long couteau plantés dans la roche, lui donnant juste assez de prise. Je me penchai davantage, m'accrochai à la roche avec ma main gauche. Tendis la droite. Selena la regarda, puis jeta un coup d'œil au couperet et au long couteau.

— Laisse tomber, dis-je. Ça ne vaut pas la peine de mourir pour ça.

— Tu continues d'oublier, Carver, nous sommes déjà morts. Selena lâcha prise avec sa main gauche, et le couperet tomba de la Montagne et disparut dans l'abîme. Elle s'appuya sur le couteau, et tendit le bras pour attraper ma main.

Tandis que je tirais Selena vers le haut, le couteau se détacha. Selena garda sa main droite serrée autour de son manche. Refusant d'abandonner cette dernière arme. Je roulai sur le dos, utilisant l'effet de levier pour hisser Selena sur le promontoire. Elle roula sur moi, et nous restâmes immobiles un moment.

— Combien de fois vais-je devoir te sauver la vie ? lui dis-je.

— Je pourrais te poser la même question.

Et puis je me souvins de Nicholas. Seul là-bas près du Cycle. Avec Nara rôdant dans les grottes.

Une Fin Murmurée

Selena et moi dévalâmes les escaliers. Nous repassâmes par le passage secret et descendîmes vers la caverne et le Cycle. Chaque seconde où nous n'étions pas à ses côtés, Nara pouvait trouver un moyen de déchiqueter le scientifique. De détruire l'appareil.

Selena et moi fîmes irruption dans la chambre, bousculant les esprits, et vîmes l'appareil toujours intact sur la falaise. Nicholas se tenait devant deux esprits fumants, veillant à ce qu'ils ne se relèvent pas. Derrière lui, sortant d'un groupe d'esprits marchant vers le Cycle, Nara s'approchait de son dos.

Nicholas leva les yeux, nous vit, leva une main. Il ne voyait pas Nara qui approchait.

Je criai son nom. — Derrière toi !

Le scientifique, aux yeux minces et brillants d'adrénaline, se retourna juste à temps pour que Nara lui saisisse le visage. Ses doigts osseux s'enroulèrent autour de ses joues et je vis la vie les quitter. L'indépendance, la liberté, disparues.

Je courus vers eux. J'entendais Selena faire de même. Bien que nous n'ayons que le couteau de Selena, j'étais déterminé à essayer quelque chose, n'importe quoi.

Nicholas se retourna vers moi, entre Nara et moi. Il leva la main et me fit un simple signe. — Au revoir, Carver.

Le scientifique se retourna et sauta dans le Cycle.

Nous regardâmes tous Nicholas disparaître dans le bleu. Puis le vieil esprit, celui qui était censé nous aider à sauver Riven et qui avait réduit ces rêves en cendres, parla. — Il était le plus grand risque restant, dit Nara. Une inconnue. Je ne sais pas ce qu'est cette chose, mais il doit y avoir une raison pour laquelle vous l'avez amené ici. Il doit y avoir une raison pour laquelle vous essayiez de le sauver.

— Ça n'a plus d'importance maintenant.

Je ne savais pas quoi penser. Ni quoi ressentir. Avec Nicholas parti, je ne savais pas qui pourrait déclencher l'appareil, si quelqu'un le pouvait. Je ne savais pas quel était le plan. Je n'avais tout simplement jamais pensé que nous échouerions. Je ne l'avais jamais vu venir. Nous avions l'avantage, nous avions l'équipement. Mais me voilà, désarmé, à la fin du monde.

— Et maintenant ? dit Nara, et elle regarda Selena. Tu me poignardes ? Tu me brûles et me jettes dans le Cycle ? Même si ça ne te servira à rien ?

— Peut-être pas, mais ça fera un bien fou, dit Selena. Elle fit un pas vers Nara, et alors le vieil esprit se jeta sur moi. Je n'avais pas d'armes pour la frapper, alors je fis ce que je pus et rencontrai sa main qui agrippait avec un plaquage. Je la repoussai, le long du bord du Cycle. Nous dansâmes, moi essayant d'empêcher ses mains de saisir les miennes, de toucher mon visage, ma gorge, mes poignets, n'importe quel endroit qui pourrait lui permettre de se connecter à ce qui restait de mon âme.

— Tu es une telle déception, gronda Nara tandis que nous luttions. Elle était plus forte que je ne m'y attendais. Mais encore une fois, les apparences pouvaient être trompeuses à Riven. Les muscles et les os n'avaient plus d'importance une fois mort. La seule chose qui comptait était votre détermination. Votre habileté.

Nara avait beaucoup appris au cours de ses siècles.

Elle tordit sa jambe et attrapa mon mollet, me jetant au sol. Elle tendit la main vers mon visage. Je donnai un coup de pied vers le haut et la frappai à l'estomac. La repoussai.

— Tu ne vois pas que la Terre ne mérite pas de mourir pour que tu puisses vivre ? lui criai-je.

— Il se trouve que je pense que si. Nara se rua à nouveau sur moi. Je pouvais voir Selena derrière elle, cherchant le bon endroit pour planter Nara avec le couteau. C'était mon espoir, c'était mon plan.

Mais Nara le savait aussi bien que moi. Elle continuait à nous faire tourner, à faire pivoter nos prises pour déséquilibrer Selena.

Je devais essayer quelque chose de différent.

Alors quand Nara chargea à nouveau, je la laissai enrouler ses doigts autour de ma gorge. Je sentis qu'elle commençait à déchirer mon âme. Je sentis les murmures de Nara se déverser dans mon esprit. Et puis je les sentis disparaître. Repoussés par le couteau bleu brûlant de Selena.

Nara fit un pas en arrière, la surprise se lisant sur son visage. Elle ne pouvait pas imaginer une telle chose. Comme si le concept de défaite ne lui avait jamais traversé l'esprit.

— Poignardée dans le dos, dit Selena. Ça devrait t'être familier. Nara fit un pas, sa bouche travailla, puis elle s'effondra dans les flammes. Elles diminuèrent autour de son corps au sol. Je ne la laissai pas se relever et la poussai par-dessus bord.

Alors que Nara disparaissait dans le bleu profond du Cycle, je réalisai que les trois esprits qui avaient construit Riven étaient partis. Il était donc logique que leur création parte avec eux.

Je fis un sourire à Selena et commençai à me diriger vers l'appareil, quand mon monde explosa.

La douleur me traversa à nouveau, venant de nulle part et de partout. À travers le lien que je partageais avec Anna. C'était sauvage, incontrôlable, et je savais qu'il n'y avait qu'un seul moyen de l'arrêter.

— Laisse-moi partir, dis-je à voix haute, mais j'envoyai ces mots à travers notre lien. Je les envoyai à Anna à travers la distance qui nous séparait. Si elle devait revenir vivante, elle avait besoin de toute sa force. Elle avait besoin de la partie d'elle qu'elle m'avait donnée. J'avais besoin qu'elle la reprenne.

La confusion, le soulagement, coulèrent à travers notre lien. Anna hésitait. Alors je la pressai à nouveau. La suppliai. J'essayai d'être confiant, de lui faire savoir que c'était ma décision. Que je m'en sortirais. Malgré le fait que je ne savais rien de tout cela.

Selena s'agenouilla à côté de moi, son visage un masque d'inquiétude, quand elle demanda ce qui se passait, je pouvais à peine formuler les mots pour le lui dire.

Puis je le sentis. L'étrange ruée de mon corps se reconstituant. Anna me quittant et me coupant. Elle ressentirait la même chose. La force revenant dans ses membres. Comme se réveiller après une longue sieste, ou un bon repas. J'espérais que ce serait suffisant.

Quand la séparation fut terminée, je me levai, libéré de la douleur.

— C'est fini, dis-je à Selena. Seulement, ce n'était pas le cas. J'entendis les voix s'infiltrer dans ma tête. Les murmures. Le défilé sans fin de déclarations les unes après les autres. M'exhortant, m'exhortant à avancer. Faire quelques pas et disparaître. Tous mes soucis, tous mes problèmes cesseraient.

Je savais d'où ils venaient, je connaissais cet appel.

Le Cycle me voulait.

Une Attente Parfaite

Selena m'avait entouré de ses bras avant que je ne puisse bouger. Sa bouche près de mon oreille, j'entendis sa voix.

— Carver, Carver reviens. Repousse-le. Écoute-moi.

Les mots allaient et venaient, se mêlant au chœur grandissant des murmures. Des exigences. Des pulsions m'incitant à plonger dans le bleu profond. Comme le besoin de tabac, d'alcool. Des besoins profonds qui devaient être satisfaits.

— Je ne peux pas lutter, dis-je en repoussant Selena. Je me levai. Avançai mon pied gauche, puis mon pied droit. Plus près du bord.

Selena me plaqua au sol par derrière. Elle me renversa. Enfonça son coude dans mon dos et me pressa contre le sol.

— Tu ne vas pas me laisser ici, dit Selena, je pouvais entendre sa voix se briser. Après tout ça, tu ne vas pas me laisser seule. Pas ici. Pas maintenant.

L'émotion brute dans ces mots fit son effet. Elle émoussa la force de l'appel du Cycle juste assez pour que je fasse une pause. Pour que je sente mes mains, mes jambes, ma bouche.

Pour que je reprenne le contrôle. Mais je ne dis pas à Selena de se lever. Pas encore. Pas avant d'être sûr.

— Continue de parler, dis-je. J'ai besoin de toi.

Selena s'exécuta. Elle parla en histoires, en souvenirs et en poèmes. Elle me raconta ce qu'elle avait ressenti la première fois que nous nous étions rencontrés. Quand je l'avais sauvée de l'esprit et de la rue. Elle me parla de l'appartement, des longues journées à dessiner et à essayer de trouver une passion à Riven, aimant quand je venais à la porte pour offrir de l'excitation.

Elle me raconta la première fois qu'elle avait tenu le couperet. Plus qu'une arme, c'était un symbole d'indépendance. Quelque chose qui disait que c'était aussi son monde, et qu'elle y avait sa place. Qu'elle n'était plus à la merci des autres. Qu'elle pouvait conduire sa propre destinée.

Elle parla de la façon dont elle se sentait plus proche de moi que de quiconque. Comment lorsque nous voyagions tous les deux à travers le monde étrange, c'étaient les meilleurs moments de sa vie. Dans Riven ou ailleurs. Que nous deux en équipe, affrontant des horreurs, ou simplement marchant ensemble à travers le désert sans fin ou les tiges de céréales, ces moments étaient ce qu'elle chérissait.

Selena ensevelit le Cycle sous ses mots. Son amour fit taire les murmures, adoucit les cris. Je tombai dans une transe en écoutant tout ce qu'elle disait. Quand elle eut fini, avant qu'elle ne puisse se lancer dans autre chose, je levai un bras. Mon visage était toujours contre la roche, mais je parlai quand même.

— Merci, dis-je. Il y avait peut-être plus à dire. Mais à ce moment-là, c'est tout ce qui semblait important.

Selena me laissa me relever un instant plus tard, mais je remarquai qu'elle restait prête. Prête à se jeter sous mes jambes encore et encore si nécessaire.

Autour de nous, les esprits continuaient leur marche

condamnée comme si rien de tout cela ne se passait. Un public inconscient de la pièce qui se jouait devant eux.

L'appareil était là. En attente.

Je m'en approchai. Une sphère solide de métal sale, avec une petite trappe qui s'ouvrit quand j'appuyai dessus. À l'intérieur se trouvait une sphère plus petite, reliée à l'extérieur par de nombreux rayons. Un simple interrupteur, sur lequel on pouvait appuyer, se trouvait à l'intérieur.

Gravé dans le métal au-dessus, il y avait un message.

À quiconque se trouve être celui qui active cet appareil, je voudrais transmettre ce qui suit :

Appuyer sur l'interrupteur activera la procédure. Exactement 10 secondes après, le noyau intérieur s'enflammera. Les rayons seront émis peu après, déclenchant la réaction en chaîne comme prévu.

Je jetai un coup d'œil à Selena. — Il a dit que c'était complexe, on dirait que c'est juste un interrupteur.

— Peut-être qu'il savait, dit Selena. Peut-être qu'il a compris à la fin que ce ne serait pas si simple. Qu'il pourrait ne pas y arriver.

Je regardai à nouveau vers l'interrupteur et remarquai une autre série de gravures. Sous le bouton. Celles-ci dans une écriture plus désordonnée.

Si vous lisez ceci, alors pardonnez-moi. Le Cycle m'appelle, et si je dois le voir, j'avais besoin d'une raison. C'était ma chance.

Votre ami,

Nicholas

— J'ai toujours su que Nicholas était un malin, dis-je après avoir laissé Selena regarder le message.

— Il a eu ce qu'il voulait, répondit Selena.

— Alors quand est-ce qu'on appuie ?

— Quand Bryce nous donnera le signal.

Je ne sais pas combien de temps nous sommes restés assis, à raconter des histoires, à nous tenir l'un l'autre, et à nous baigner dans la lueur bleue du Cycle. Regardant les esprits passer dans leur marche sans fin. C'était un long et parfait au revoir. Nous deux ensemble dans notre attente de la fin.

Quand Selena se redressa, je sus que l'appel était arrivé. Bryce était rentré chez lui.

— Il nous remercie, dit Selena, répétant les mots de Bryce. Ils sont rentrés, avec l'aide surprise d'une goule dorée qui, errant de retour de la ville, les a trouvés.

— La plus belle création de Mali.

— Anna s'en est sortie, dit Selena. Alec dit que Laurence va l'emmener à l'hôpital. Bryce dit de le faire exploser.

— Tu es prête ?

Selena hocha la tête. Je m'avançai vers la bombe, m'arrêtai. Me retournai vers elle. — Ensemble.

Nous avons tous deux tendu la main, ses doigts reposant légèrement sur l'interrupteur. Selena murmura *maintenant* et nous avons appuyé. Le seul son fut un léger grésillement, comme si quelque chose avait commencé à brûler.

Je fermai la trappe. Selena croisa mon regard, je rencontrai ses lèvres, et le monde tourbillonna au loin.

PAIX

Anna marchait dans l'avenue, sur un large trottoir bordé d'immeubles imposants. De jour en jour, ils s'élevaient toujours plus haut. Maintenant que la guerre était terminée, beaucoup d'énergie et de matériaux étaient consacrés à la croissance de la ville. Des zeppelins remplissaient le ciel, moins de mechs parcouraient les rues. Pourtant, Anna ressentit du soulagement lorsqu'elle aperçut l'établissement d'Ezra. Une sorte de chez-soi. À travers le purificateur, et dans le bar luxueux. Ce manteau au-dessus du comptoir arrière montrant un orchestre fantastique, des airs de jazz s'échappant des haut-parleurs en dessous. Alec était déjà là, sirotant un café. Sur la table, une tasse de thé l'attendait.

— Ça fait un moment, dit Alec lorsqu'Anna s'assit.

En effet. Des mois. Il n'y avait plus vraiment de raison de se retrouver si loin de chez eux désormais. Ils n'avaient plus de réunions régulières. Les guides, dans l'ensemble, avaient plus ou moins cessé d'exister. Bryce disait qu'il vérifiait de temps en temps. Qu'il traversait et se tenait sur le petit morceau de Riven qui restait. Anna n'avait pas essayé. La plupart des points de passage, les lits auxquels ils étaient habitués, vous menaient directement à votre propre fin. Ils avaient perdu quelques guides de cette façon, juste après. Maintenant, il n'y avait plus que des endroits spéciaux, liés et désignés au petit bout de Riven restant.

— Il vient aujourd'hui, n'est-ce pas ? dit Alec. Anna acquiesça.

Ils passèrent l'heure suivante à récapituler leurs vies. Se mettant mutuellement au courant de la manière dont, Anna supposait, les gens normaux le faisaient. Il n'y avait pas de goules toxiques, d'esprits en colère pour les interrompre. Pas de discussion sur des ennemis cachés, des manœuvres viles. Non, pour une fois, tout ce dont ils avaient à se plaindre, c'était du loyer. Des nouveaux restaurants. La conversation s'essouffla.

Puis une troisième personne se joignit à la table. Anna s'arrêta. Regarda l'homme.

Opperman, le journaliste, prit place, sortit un carnet. — Alors, il paraît que vous avez une histoire à raconter.

Dans un lointain futur, un androïde en dormance s'éveille sur un immense vaisseau spatial pour découvrir que les derniers espoirs de l'humanité reposent sur lui.

Commencez une nouvelle aventure de science-fiction avec L'Étoile la Plus Lointaine, Les Horizons Lointains livre un.

À Propos De L'auteur

A.R. Knight écrit de la science-fiction et de la fantasy dans le nord glacial du Wisconsin. Accompagné de deux chats, il aime se plonger dans des aventures qui s'intéressent autant au méchant qu'au héros.

Après avoir obtenu un diplôme en journalisme et parcouru le pays pour installer des logiciels de santé, A.R. Knight a pensé qu'il serait bon de revenir à ce qu'il aimait. Désormais, il dispose d'un petit bureau et de matinées précoces pour tisser les histoires qui naissent dans son imagination.

Quand il n'écrit pas, A.R. Knight a tendance à voyager partout où il le peut, que ce soit sur des îles au large de l'Équateur, dans la forêt tropicale, en faisant du snowboard dans les Montagnes Rocheuses, ou en sirotant un scotch à Édimbourg. C'est l'avantage de la vie d'écrivain, on peut l'emporter partout.

Pour le contacter ou voir ce qu'il fait, visitez www.blackkeybooks.com

DÉVOUEMENT

Pour Matthew